蒼雪詩選注

[明] 讀徹／著
喬立智　王國旭／選注

上海古籍出版社

本書獲得雲南民族大學學術著作出版資助

序

蒼雪爲明末清初大德高僧，他不僅僅是僧人，還是著名詩人，乃身兼一代佛學大師、一代詩歌名家兩頂桂冠的人物，在當時和後世都具有重要地位和影響。蒼雪與當時一些著名文人如錢謙益、吴偉業、董其昌、陳繼儒、毛子晋、王時敏等結契甚篤，交往酬唱，頗受推重，是雲南歷史上著名的具有全國影響的詩僧。吴偉業《梅村詩話》評其詩云：「蒼深清老，沉重痛快，當爲詩中第一，不徒僧中第一。」王士禎《漁洋詩話》亦云：「近日釋子詩，以滇南讀徹爲第一。」陸汾《中峰蒼雪大師詩集序》認爲其詩：「奇峰不足語其高，行雲不足想其逸。秋月同其清，春花奪其豔。文則自寫山林之格，不襲舌唾之餘。一時緇衆名流，咸推爲當代一人，豈虚語哉！」蒼雪詩中的精品的確當得起人們的讚譽。

蒼雪詩歌對於瞭解明清時期僧人生活的方方面面，不無幫助，對於研究詩、學寫詩，研究宗教、佛教文化，尤其明清之際江南文化、社會，有着珍貴的價值。

蒼雪詩集的校輯注疏，至今有王培孫校輯本《南來堂詩集》、楊爲星《蒼雪大師〈南來堂詩集〉詩注》，遺憾的是，其箋注、校勘還嫌不够，尚有餘地。

蒼雪詩集至今没有精校精注本，對於今天廣大讀者而言，閱讀實有一定的困難。不能閱讀，則「不知其中味」，無法瞭解本書的價值，一份珍貴的歷史遺産，「鎖在深閨人未識」。我友喬立智發憤忘食，潛學忘憂，歷時三載致力於蒼雪詩集箋注，今終見成效。

蒼雪生於滇南，幼年於昆明呈貢妙湛寺削髮爲僧，十一歲時，到著名佛教聖地滇西鷄足山，拜水月禪師儒全爲師。立智恰巧生於、長於大理賓川鷄足山脚下，自小耳濡目染，對佛教僧人有一種天然的親近感；立智博士畢業後執教於雲南民族大學呈貢校區，昆明呈貢乃蒼雪大師出生地。立智愛蒼雪，學蒼雪，今又箋注蒼雪詩，此中因緣，可以説是巧合，説天意也無不可。諺曰：「一飲一啄，莫非前定。」信不誣也。

蒼雪詩的一個最明顯的特徵即「真」，其直抒悲喜、率性而發的詩不少，不僅情感外溢，更能振聾發聵。陳榮昌在《滇詩拾遺》中編選蒼雪詩歌時説：「詩僧亦自多情。」立智也是一個真性情的人，守正不阿，嫉惡如仇，喜小酌，愛寫詩。故其選蒼雪詩，除高超的藝術，「情懷」定然是其衡量的一個標準。

蒼雪寫於明清之際的詩，歷來較受重視，可證詩亦可補史，如《乙酉之變避迹喝獅窩臨年仍歸一把茅度歲》《金陵懷古三首》《乙酉積雨紀事一百三十字》《焚筆四首》等等，都是讀之頗有興味的佳作。秦光玉《蒼雪法師傳》稱：「兩公（蒼雪與擔當）目擊滄桑，所爲詩歌，時有《麥秀》《黍離》之感，其忠愛熱忱，惓惓于君國也亦無不同……謂之明末遺老可耳！」

蒼雪博涉内外典，賦詩多禪理。其詩風，後人認爲「多學唐人，服古功深，最富禪意，而且達到佛家最上乘境界」，因此漁洋山人在《池北偶談》中稱揚道：「貫穿教典，尤以詩名。」趙藩在《仿元遺山論詩絶句論滇詩六十首》中也指出蒼雪詩歌的成就，在「證到詩禪最上乘」。

立智選注蒼雪詩的標準與依據，用他自己的話説：一爲詩作的文學價值，一爲詩作所承載的思想文化價值，這也正是蒼雪詩的閃光點。立智對所選詩中涉及的成詩背景、人文故實、佛門術語、疑難字詞等作了注釋，保留繁體竪排，更符合詩集原貌，同其義味。

立智不畏艱辛，不懼繁雜，不怕瑣碎，孜孜以求，持之不懈，踏踏實實，勤勤懇懇，治生教書之餘，忙裏偷閒，不知疲倦，點校注釋了《蒼雪詩集》，將沉睡的古籍唤醒，爲當今學術文化建設奉獻了一份珍貴的財富。

古籍整理是十分艱辛、繁瑣、孤寂的工作，又是非常重要、基礎性的事，有益於後代學者，其重要性不言而喻。需要細緻耐心，更需要豐富的知識、深厚的文獻學功底、廣博的文化學素養，還要有敢於擔當的社會責任感和不計名利無私奉獻的精神。

立智爲白族，有白族人的豪爽正直。其立身高法，不以榮顯爲期。予與喬立智同年博士畢業、同執教於雲南民族大學，近九年，常談天説地，探討學問交流感觸，可謂文字交、金石交。

立智又出此成果，我爲之欣喜不已。先睹爲快。他請序於我，我本學殖荒疏，見識譾陋，惴惴不安，恐難勝任，然又覺喜事一樁，不可無言。故拜命之辱，不敢辭。

讀此詩選注，蒼雪之笑貌聲音宛然如在，大師之文學實行，亦可窺見大體。是爲序。

周雪根

二〇一九年五月（己亥孟夏）於月角塘畔

自序

從下定決心箋注蒼雪詩至今，匆匆已是三年，其中甘苦，一言難盡。總括初始及後來心態，以蒼雪詩爲箋注對象，原因有三。

其一，因緣與興趣。

我與蒼雪的緣分，始於二〇一三年初。其時購得《雲南叢書總目提要》《明代雲南文學史》《蒼雪大師評傳》等書，閒時披覽，方知蒼雪有《南來堂詩集》，亦知蒼雪生於滇南，幼小於昆明呈貢削髮爲僧，少年赴鷄足山，爲水月禪師侍者，又不遠萬里、歷盡艱辛，投身一雨禪師門下，終爲影響至深至遠的大德高僧，遂有知其人讀其詩之意。此後二年，尋常事務、柴米油鹽之餘，陸續細讀王培孫先生搜集整理之八卷本《南來堂詩集》（以下簡稱「王本」），逐漸沉浸其中，爲蒼雪其人之際遇、其詩之多情深深感動，乃至不可自拔。我的故鄉在鷄足山下，從小於此間耳濡目染，對於佛教僧人有一種天然的親近感，對於如蒼雪等以詩歌爲靈魂寄託的大德高僧，則甚有傾倒之意。加之余生平酷愛詩歌，多年前所完成的博士論文亦以詩歌爲中心，便決意以王本爲底本，利用三年左右所有課餘時間，對蒼雪詩作分別進行編年、校勘、箋注。

而今三年過去，彼時弘願，並未達成，吾心愧之。所幸已有近三十萬字書稿（箋注已基本完成，編年、校勘未完），雖離初心尚遠，亦稍可寬慰矣。今暫以此未完之箋注稿爲基礎，擇其四分之一，名爲《蒼雪詩選注》（以下簡稱《選注》）。待來日纏身之事稍緩，當再假三年之功，盡吾全力，完成蒼雪全部詩作的編年箋校，償吾夙願。

其二，作品文學性、文學價值及其影響之考量。

歷來論蒼雪詩者，多引錢謙益、吴偉業、朱彝尊、王士禎等明末清初著名文士之評價，並以之爲總論蒼雪詩歌文學價值的準繩，津津樂道，甚者則略見皮毛便人云亦云，而不加深辨。殊不知，以往的評價固然重要，但時移勢遷，且當時所論，未必即爲全識。從目前的相關研究來看，從文學的角度論及蒼雪詩歌者，除余嘉華、陳力、孫秋克、李舜臣等論著勤勤開墾、兢兢拓造之外，其餘所論，多零散而不系統，多淺泛而不深刻。從古籍整理的角度，則有楊爲星先生的《蒼雪大師〈南來堂詩集〉詩注》，其校勘多爲異文羅列，其注釋則多淺顯粗略，且取捨亦頗有不當。由是言之，對蒼雪詩歌的整理與研究，尚有較大的餘地。進而言之，對蒼雪詩歌文學價值及其影響的認識是難免片面、淺顯的，這其中不無文本流傳受限及系統閱讀缺失之因素。愚以爲，文學研究最基礎、最核心的，莫過於對文本進行全面細緻深入的閱讀與闡釋，捨此而論，吾不知其旨矣。余箋注蒼雪詩歌，不無推動文本閱讀走向系統，從而加深其詩歌文學價值研究、增廣其詩歌文學影響與傳播之想。由此出發，以蒼雪詩選注爲開端，應當是有重要價值和意義的，故整體箋注，來日可期。

其三，窺探朝代更迭之際思想文化之動機。

明代末期，時局飄摇，人心思變，至清人入關之後，則文獄頻發，遺民中文人仕宦，遁者有之（遁者多削髮爲僧，此之謂「逃禪」），殃者有之，降者有之，此等人心態各各如何，可謂吾國思想文化之一大事。因僧人身份特殊，便文獄深密，亦鮮有殃及者，故明末清初逃禪之文士，以及以詩爲靈魂寄託之僧人，其詩歌大抵可作爲窺探彼時文化心態的有力媒介。蒼雪離滇之後，遊歷多方，足迹廣布，其交遊則上至達官顯貴、著名文人、得道高僧，下至落拓仕流、顛沛之士、無名僧家，乃至平頭百姓，均有交際。兼因蒼雪其人至情至性、曠懷洞達，故其交遊之間多往來唱和，其詩作於明末清初社會生活及士人心態，或宛曲幽深，或直接率真，多有抒發。且明亡後，蒼雪雖爲僧人，遁居世外，但其詩作中，常不免故國哀思。以此觀照，蒼雪之詩，蓋亦可謂爲「詩史」矣。然則此亦可謂王培孫先生晚年傾力注釋《南來堂詩集》諸詩題之深意歟？復以此觀照，得與蒼雪師結緣，幸何如之！

乃以螢火之光、蚍蜉之力及不揣淺陋之心，匆匆成此《選注》，略表摯誠之意。孟子云：「知我罪我，其惟春秋。」誠哉斯言！

此外，需要説明的是，選注的標準與依據，一爲詩作的文學價值，一爲詩作所承載的思想文化價值（尤其是往來唱和之作），上所述及「箋注原因」之二、三，大體能得其意旨。故凡文學性相對較强之作，擇而注之，凡交遊唱和涉及典型人物或典型事件之作，亦擇而注之。以上標準與依據，均建立在深入閲讀與系統把握蒼雪詩歌的基礎上，或不免主觀武斷、挂一漏萬，懇請博雅君子指正。

臨末，補充兩句話：吾兄國旭，百忙之中，不斷鼓勵支持，且不辭勞苦，反復整理校對，不勝感激；吾兄雪根，文雅豁達之士，承蒙不棄，爲本書作序，一併致謝。

時惟初春，興之所至，則以蒼雪《暮春西湖四首》詩結尾，如下：

鶯花三月暮，風雨六橋深。湖面依然在，春歸不可尋。遠山羈客淚，落日酒人心。短棹摇摇去，眠鷗散柳陰。

雙湖連畫舫，十里起香塵。不耐風薰面，何關酒醉人。雁回弦上月，梅落笛中春。日費三千貫，韶光只九旬。

水烟相應接，遊隊逐紛紜。繫艇高遮柳，飛歌半入雲。野花時獨樹，好鳥不成群。眼底興亡事，江流一帶分。

越女貌如花，耶溪曾浣紗。恩讎俱不見，事業竟誰家。輦路埋荒草，宫墻宿暮鴉。何如隱君子，獨泛五湖槎？

是为序。

喬立智

二〇一九年二月二十日於昆明居所

此書截稿於二〇一九年二月末，其時桃花盛開，正初春也。乃以懷春之情寫多年心事，匆匆成序，自娛自樂而已。夫自娛之間，常有真心，孤行獨探，最是動人。余一介書生，未嘗交際富貴，又礙於斗米，故延誤至今，罪也罪也。所幸冥冥之中，蒼師庇佑，破吾斗米之憂，大可杯酒慶賀矣。

二〇二〇年二月二十日補記

目録

送淳公還蜀

五尺昂藏實可憐，形容憔悴向人前。白雲吹我不歸去，戀戀人間究何故？草廬聞在雪溪西，拂袖何爲不肯栖？松子親栽化毒龍，摩雲蔽日生清風。松間片石誰爲枕，閒却秋光一池影。不獨山靈恨別離，竹鷄梅雀心俱冷。願君早去急歸來，免使閒階上緑苔。十二碧峰天際出，孤雲一片參天入。回頭切忌聽猿啼，恐驚鄉思衣裳濕。

【箋注】

〔詩題〕王培孫注（以下簡稱「王注」）：「《内江縣志》：『道淳號靈石，内江徐氏子，工詩書，歸釋氏教，遊兩京講佛，傾動名流。辛酉西旋，坐化，人稱爲靈石大師，著有《金剛經解》。』按辛酉爲天啓元年。《賢首宗乘》：『蒼雪十九歲出發參方，離雲南而達金陵。』是年爲萬曆丙午，道淳于辛酉西旋，則自丙午至辛酉，其間經十有六年，蒼雪與道淳交當在此十六年間。卷二《懷蜀友石公時聞成都有奢酋之警》，此即天啓元年事，時正道淳西旋，所懷之石公即靈石大師道淳。蓋道淳西旋後，適聞奢酋之警也。又按《補編》卷二《懷茗上友人靈石》，亦即道淳，時正南遊，駐錫吴興，送淳公詩有『草廬聞在雪溪西』句，可證知也。」

〔五尺昂藏實可憐〕五尺昂藏：指身材雖不魁梧，但氣度不凡、超群出衆。「五尺」，謂矮小（古尺短，故稱）；「昂藏」，謂氣度不凡。　按古有「五尺之童」一語，指未成年人。《孟子・滕文公上》：「從許子之道，則市賈不貳，國中無僞；雖使五尺之童適市，莫之或欺。」朱熹注云：「五尺之童，言幼小無知也。」亦簡稱「五尺」。《戰國策・楚策二》：「悉五尺至六十，三十餘萬弊甲鈍兵，願承下塵。」

〔松子親栽化毒龍〕謂親手所種之松已成長壯大。因成年松樹其樹幹常盤曲而上，似龍軀體之形，故以「毒龍」喻之。又，佛教典故中有「大力毒龍」，用「毒龍」作比喻，以顯松樹形體之壯大。按佛教故事有云：佛本身曾爲毒龍，衆生受害，後受戒，忍獵人剥皮、小蟲食身之苦，最終成佛。《大智度論》卷十四：「菩薩本身，曾作大力毒龍。若衆生在前，身力弱者，眼視便死；身力强者，氣往而死。是龍受一日戒，出家求静，入林樹間，思惟坐久，疲懈而睡。龍法，睡時形狀如蛇，身有文章，七寶雜色。獵者見之，驚喜言曰：『以此希有難得之皮，獻上國王以爲服飾，不亦宜乎！』便以杖按其頭，以刀剥其皮。龍自念言：我力如意，傾覆此國，其如反掌，此人小物，豈能困我？我今以持戒故，不計此身，當從佛語。於是自忍，眼目不視，閉氣不息，憐愍此人，爲持戒故，一心受剥，不生悔意。既以失皮，赤肉在地，時日大熱，宛轉土中，欲趣大水。見諸小蟲，來食其身，爲持戒故，不復敢動。自思惟言：今我此身，以施諸蟲，爲佛道故，今以肉施，以充其身。後成佛時，當以法施，以益其心。如是誓已，身乾命終，即生第二忉利天上。」

〔免使閒階上緑苔〕唐李白《尋山僧不遇作》詩：「石徑入丹壑，松門閉青苔。閒階有鳥迹，禪室無人開。」

〔十二碧峰天際出〕十二碧峰：即巫山十二峰，在重慶市巫山縣東巫峽兩岸，因其四時常碧緑，故稱「十二碧峰」。唐劉方平《巫山高》詩：「萬重春樹合，十二碧峰齊。」又唐劉禹錫《松滋渡望峽中》詩：「十二碧峰何處所，永安宫外是荒臺。」

眉山歸隱卷爲巵公

秋深忘却眉山面，昨夜思歸清夢遍。五月街頭賣雪花，説與江南人不見。江帆不動走風恬，灘水漸高秋響添。一線峽天穿忽破，遠帆争吐雪眉尖。矗矗峰尖人面立，山勢西奔如拱揖。秀色高寒出半天，眼光已到身難及。莫漫相尋老普賢，脚跟費盡草鞋錢。不知白象騎來倦，只在娑羅樹底眠。兜羅彌空一聲鳥，聲聲只叫佛現了。回頭遍嶺攝身光，五色光中人影小。分明遠海跨晴空，濛濛光霧青山曉。山曉蒼蒼滴翠微，雲光散盡鳥閒飛。磬聲時雜泉聲度，寂寂空林片笠歸。相逢强半莫相識，惟有寒泉常不易。舊日庵基尚在無，滿地眠羊驅亂石。幾片木皮聊當瓦，儘堪放個蒲團下。高枕青山睡正鼾，柴門住老無人打。料得吟成不死名，誰能更出青蓮社？熱惱人間不可居，爾歸自有繼來者。請其爲我古松邊，先結蓋頭茅一把。

【箋注】

〔詩題〕扈公：即扈芷。王注：「按蒼雪自滇遊峨嵋，遇扈芷，偕來吴中，見陳繼儒書蒼雪詩稿叙。《嘉善縣志》：『廣育字扈芷，四川人，遊金陵，住攝山、牛首間。屬大勝寺落成，邑人士延之卓錫，墻宇高峻。好吟詠，有《偶庵詩》。其徒大澍字時乃，號懶先，本江甯倪氏子，從廣育于大勝寺薙染，能詩善畫，殊有巧思。後死於亂兵，有《瘦烟草》。』……陳繼儒《白石樵真稿》『題扈芷詩一則』：『扈芷詩清雋高邁，品亦類之。性好五岳，而貧不能辦千里資糧，往往望山青雲白，欲緊絆芒鞋，倒拖藤杖，徒懸想耳。故取至遊處輒乞名賢繪圖以代卧遊，華藏竹林寺皆在卷中矣。幸諸子假筆端膚寸墨以烟雲供養之。』又書扈芷《偶庵草》小叙：『昔石曼卿隱于酒，祕演、惟儼隱于浮屠，皆最相友善。扈芷自西蜀走吴，顧獨與董玄宰、章青蓮、徐九玉、眉道人爲詩友。青蓮酒豪如曼卿，緇素無揀擇，而余畏客甚，聞剥啄聲如避催租人。及報扈芷至，跫然喜，挽之語，不聽歸。嘗與蒼雪、匡雲休夏山中，打松子作爨，余爲煮蔬蒸菌，留連者九旬始去。……扈公與蒼雪背誦《唯識論》及《天台止觀》，竟夜不放參，忍飢耐凍，不以告人；游戲而爲詩，則新意芽甲，異趣涓流，春雲秋烟蕩于胸臆筆墨之間，每讀之，如見峨嵋山五月賣雪翁，不覺寒氣透骨。……』含澈《方外詩選》：『廣育字扈芷，成都人，住江南武水東塔寺，著有集若干卷，選詩四首。』按《補編》卷二有《扈芷五十而亡》詩，則知扈芷没年五十，蓋曾欲返蜀而未成行也。」按明末清初文人沈季友有《至滇幕寄答扈芷大師》詩云：「白浪青厓處處愁，無端萬里却來遊。

遠心自欲投鷄足，秃筆非真羡虎頭。海際孤萍來澤國，天邊一髮到梁州。歸來還約師同住，閱盡花開共水流。」其中「扈芷」與蒼雪筆下的扈芷當即一人。

〔五月街頭賣雪花，説與江南人不見〕此二句謂江南一帶看不到五月街頭賣雪花之景象。雪花：似即以雪做成的花狀物。不見：謂看不到或不易看到某景象。按清曹春林編《滇南雜誌》卷七《軼事一·賣雪》云：「夏月，大理人自蒼山頂負雪來，雜以糖蜜水賣之，居人争買，以解熱渴。」其中所述情景，與「五月街頭賣雪花」近似。

〔江帆不動走風恬〕此句謂風平浪静，歸帆一路順利。　走風恬：指風速快而平緩。《太平廣記》卷二百五十二《鄭德璘》：「夜將半，聞江中有秀才吟詩曰：『物觸輕舟心自知，風恬浪静月光微。夜深江上解愁思，拾得紅蕖香惹衣。』鄰舟女善筆札，因睹韋氏粧奩中有紅箋一幅，取而題所聞之句，亦吟哦良久，然莫曉誰人所製也。」

〔莫漫相尋老普賢〕漫：副詞，意指「空、徒然」；「漫相尋」，即「徒然相尋」。　普賢：華嚴三聖（即本師毗盧遮那佛及普賢、文殊二大菩薩）之一，與文殊同爲釋迦如來之二脅士，在佛教四大菩薩（即彌勒、文殊、觀音、普賢）中，以「大行」著稱，嘗於華嚴會上説講十大願（即敬禮諸佛、稱讚如來、廣修供養、懺悔業障、隨喜功德、請轉法輪、請佛住世、常隨佛學、恒順衆生、普皆回向），以導歸極樂，故又爲法界净土宗之始祖。

〔脚跟費盡草鞋錢〕草鞋錢：古代僧侣行脚常穿草鞋，故稱僧侣行脚時所需之旅費爲「草鞋錢」。

宋普濟《五燈會元》卷六《黄山月輪禪師》：「一日，夾山抗聲問曰：『子是甚麽處人？』師曰：『閩中人。』山曰：『還識老僧麽？』師曰：『和尚還識學人麽？』山曰：『不然。子且還老僧草鞋錢，然後老僧還子廬陵米價。』師曰：『恁麽則不識和尚也。未委廬陵米作麽價？』山曰：『真師子兒，善能哮吼。』乃入室受印，依附七年。」

〔不知白象騎來倦，只在婆羅樹底眠〕宋普濟《五燈會元》卷一《釋迦牟尼佛》：「世尊因普眼菩薩欲見普賢，不可得見，乃至三度入定，遍觀三千大千世界，覓普賢不可得見，而來白佛。佛曰：『汝但於静三昧中起一念，便見普賢。』普眼於是纔起一念，便見普賢，向空中乘六牙白象。」又宋普濟《五燈會元》卷一《毗舍浮佛》：「《長阿含經》云：『人壽六萬歲時，此佛出世。』種刹利，姓拘利若。父善燈，母稱戒，居無喻城，坐婆羅樹下，説法二會，度人一十三萬。」

〔兜羅彌空一聲鳥〕兜羅：梵語 Tūla 之音譯，又譯作「妒羅」「堵羅」「蠹羅」等，草木花絮之類，總稱「兜羅」；其後亦常附「綿」字，稱「兜羅綿」，從而成爲音譯與意譯之合璧詞。金元好問《讀書山雪中》詩：「山靈爲渠也放顛，世界幻入兜羅綿。」　彌空：猶「滿空」。金元好問《陀羅峰二首》詩之一：「鑿開混沌露元氣，散布兜羅彌梵天。」

〔聲聲只叫佛現了〕明陸深《儼山外集》卷三十《蜀都雜抄》：「峨眉，古今之勝境也。山中光怪若虹蜺，然每見於雲日映射之際，俗所謂『佛光』者是已。予自陝入川，巡撫陝西黄都憲臣伯鄰爲予言，曩爲川轄時，親登其上觀佛光。光未發時，有鳥先飛過，若言『施主發心，菩薩來到』；光既散，復來作聲

『施主布施，菩薩去了』。又拾藏山中白石，大小皆六稜，照燿有光采，疑光怪即此石所爲也。理當或然，但鳥聲何爲者耶？近余編修承動懋昭爲余言，嘗從楊修撰慎用修兩宿其上登絶頂，亦見光具五色，俯視在雲壑中。其言白石與黄都憲同，惟云鳥聲只三字，若言『佛現了』。其鳥類雀而稍大，只有三枚，別無種類。三鳥飛入佛殿中，嘗就僧食，但不見有長育耳。」

〔滿地眠羊驅亂石〕明吴寬《家藏集》卷六《過吴江瑞雲觀》詩：「笠澤磯頭訪瑞雲，洞門高掩寂無聞。重湖急雨過龍陣，小塢亂石眠羊群。」

〔料得吟成不死名〕唐殷堯藩《中元日觀諸道士步虚》詩：「掃壇天地肅，投簡鬼神驚。儻賜刀圭藥，還留不死名。」明皇甫汸《杜二挽詞》詩：「學道慕長生，將留不死名。奄隨朝露變，愁見夜臺成。」

〔誰能更出青蓮社〕蓮社：東晋高僧慧遠曾於廬山東林寺，同慧永、慧持、雷次宗等僧俗十八賢人，精修念佛三昧，誓願往生西方净土。其間掘得一池，遍植白蓮，後遂以佛教僧俗人等結社爲「蓮社」或「白蓮社」，如唐戴叔倫《赴撫州對酬崔法曹夜雨滴空階》詩之二：「高會棗樹宅，清言蓮社僧。」宋謝薖《有懷覺範上人》詩：「公如歸結白蓮社，留我山边一廛許。」亦稱「青蓮社」，如元胡布《遊福山寺》詩：「絶勝惠遠青蓮社，何必匡廬望紫霄。」明汪廣洋《壯遊奉柬諸閣老》詩：「還許陶淵明，共結青蓮社。」

〔先結蓋頭茅一把〕蓋頭茅：指簡易的可遮風避雨之所。宋葛勝仲《和少藴石林穀草堂三首》詩之一：「寵辱循環厭宦情，蓋頭茅屋手親營。」又宋張嵲《次韻王得之遊净明題易安二絶》詩之二：「争似蓋頭茅一把，老僧終日百般安？」金元好問《遺山集》卷三十一《告山贇禪師塔銘》：「龍興焚蕩之餘，破屋數椽，日與殘僧三四輩灌園自給，不輕傍時貴之門。予嘗以五言贈之，有『大道疑高謇，禪枯耐寂寥。蓋頭茅一把，繞腹篾三條』之句。意其孤峻自拔如此，必有所從來。循流溯源，乃今知所自矣。」

送融公還楚省親

一葉墮秋風，萬木減重緑。之子動歸思，家在瀟湘曲。瀟湘水冷蘆葉稀，孤雁叫秋拍天飛。白髮老人聽不得，一聲寒淚迸沾衣。回首空江日正斜，獨憐遊子不還家。幾回夢斷慈闈月，落盡當門老樹花。世上忘情惟我爾，最難忘處難于此。此生自誓報親恩，與爾同盟嚙斷指。

【箋注】

〔一葉墮秋風〕唐張喬《華州試月中桂》詩：「根非生下土，葉不墮秋風。」宋張九成《見柿樹有感》詩：「寄語看園翁，勿使墮秋風。」

〔獨憐遊子不還家〕唐張若虚《春江花月夜》詩：「昨夜閒潭夢落花，可憐春半不還家。」

〔幾回夢斷慈闈月〕慈闈：母親。

〔落盡當門老樹花〕明李東陽《重陽甲子雨不赴匏庵自賦一首》詩：「老樹花空落，平池水逆流。」

〔與爾同盟囓斷指〕囓指：謂咬破指頭，表示決心、發誓。《史記·田叔列傳》：「會陳豨反代，漢七年，高祖往誅之，過趙，趙王張敖自持案進食，禮恭甚，高祖箕踞罵之。是時，趙相趙午等數十人皆怒，謂張王曰：『王事上禮備矣，今遇王如是，臣等請爲亂。』趙王囓指出血，曰：『先人失國，微陛下，臣等當蟲出。公等奈何言若是！毋復出口矣。』」

贈別友蒼

客子何方來，蕭苴乃如此。杖短不過眉，鞋破露脚指。癡童忽見之，走報驚相喜。語深吐復遲，嘔出心方已。温款問飢寒，慰言忘刺耳。曾讀歸去來，昨非而今是。胡爲常鬱鬱，虚腹自填痞。鳴玉澗淙淙，悄寒石齒齒。相引陟高岡，晴□快着屐。路銜鳥背斜，嶂疊冰層累。衆響答孤嘯，行人遠如蟻。湖光勢覆天，掌上浮杯水。我欲蕩心胸，一吸無渣滓。林木振風悲，日落晚山紫。迷離衰草間，莫辨吴宫址。宜其麋鹿迹，化爲烟凄靡。達人恣大觀，俯仰齊成毁。小智徒勞碌，茶然終未止。知爾此去來，所關在情理。一線心長牽，江流疾于矢。苦留未肯住，恐負新知己。夢斷古邗溝，月照空城壘。喔喔聞鷄啼，感懷中夜起。瘦肩聳危峰，雙眸炯鷙子。此時眉髮寒陰森，渾身如坐空潭底。虚空結個活埋庵，不碎虚空心不死。吁嗟老我生有涯，眼中之人今去矣。還將詩淚灑滄波，天河欲落孤筇倚。

【箋注】

〔詩題〕王注：「蜀僧含澈《方外詩選》：『祖嵩字友蒼，遂甯人，崇禎初遊京師，名動公卿，召入大内，賜紫衣金鉢。後之金陵，居報恩寺。一日，呼僧衆留偈，定涅槃之日，屆期端坐而逝。著有語録、詩集若干卷。』紀映鍾《戇叟詩鈔·贈友蒼法師》詩：『翠微山居山轉麓，瓦官寺裏鶯啼竹。道人十載此中住，秋雨春烟半間屋。山中歲月多閒心，山中鐘聲間朗讀。白雲如水翻階上，此句當年稱絶唱。松光在笠雪在心，獨出孤峰無倚傍。金臺一去二十年，廿年中事搶風船。紫柏家資成隔世，金門弟子空雲烟。長干舍利千年寶，蒲團放處梅花好。獨庵雪浪不可作，公也英姿追二老。長辭天北苦風沙，特少嶺南閒葛獠。相思莫莫意憧憧，丁甯尺素誰相從。世間萬事無快意，一邱只足安孤筇。拏雲攫霧不可見，今日宗門此卧龍。』據此知友蒼住金陵久，又知自北直來者……錢澄之《田間詩集》卷三《江上集·過友蒼精舍》詩：『老去投閒别院居，松窗芋火即吾廬。舊遊數問燕京事，好友常通遼海書。對客添爐灰陷後，冒寒洗鉢菜香初。年來丈室無長物，柴米蕭然轉自如。』據第三句及紀詩『金門弟子』句，知友蒼向在燕京，後因國變南來。第四句『好友』亦指函可剩公。查函可《千山詩集》，放逐到遼陽後，與友蒼有往還詩札也。又《田間詩集》有《冬夜同介丘友蒼陪虞山翁禮塔即事》詩，而錢謙益《有學集》

亦有《丁酉仲冬長至禮佛大報恩寺偕石溪諸道人燃塔繞燈乙夜放光應願歡喜》詩，事可互證。又卷四《江上集》有《坐徐氏水亭因憶石溪友蒼二師東去》詩，又卷十二《客隱集·遊水西寺即事》第三首「丈室僧遺小影懸，支公没去已三年」，自注謂友蒼禪師。按《田間詩·江上集》卷三、四爲甲午至戊戌詩，卷十二《客隱集》爲甲辰詩，言「没去已三年」，則當在辛丑順治十八年。又按《有學集·辛卯秋憩友蒼石門院扣問八識規矩》，則知自辛卯迄丁酉，即順治八年迄十四年，友蒼皆在金陵，東去當順治十五年也。……《尺牘新鈔·大嵩友蒼與介丘師札》：「峰巒峭異，鶴不停機，水西可當一面。入院後，山頭踏開草徑，巖際汲引春流，雖水落石出之勢尚自遥遥，而牛背鐵笛或可横吹也。再留得頂笠荷鋤之人數輩，相與品字支鐺，掀翻雲霧，便可安心作投老計耳。惟是回望牛頭老子，目朝雲漢，横卧大唐，真不啻霄泥之隔。所苦白紙頻封，千里相寄，實難于問津也。小力旋附此，相聞並慰法愛，惟望調適道體，應時順物，使竹柏交蔭，烟雨濛濛，座上之石，無令其磈處可也。」按釋髡殘字石溪，或作谿，又字介丘，湖廣武陵人。」

〔藞苴乃如此〕藞苴：謂行爲狀貌等較爲隨意，顯得不周整、不講究。宋普濟《五燈會元》卷十七《泐潭文準禪師》：「凡衲僧扣問，但瞑目危坐，無所示見。來學則往治蔬圃，率以爲常。師謂同行恭上座曰：『老漢無意於法道乎！』一日，舉杖决渠，水濺衣，忽大悟。净訢曰：『此乃敢爾藞苴邪？』自此迹愈晦而名益著。」《朱子語類》卷五十五《孟子·滕文公上·滕文公問爲國章》：「當時所謂國者，如今溪、洞之類。如五六十家，或百十家，各立個長，自爲一處，都來朝王，想得禮數大段藞苴。後來到夏商衰時，皆相吞併，漸漸大了。」宋謝薖《寄題朱氏小隱園》詩：「嗟予亦曠蕩，與世自藞苴。」

〔杖短不過眉〕宋普濟《五燈會元》卷四《趙州從諗禪師》：「有新到謂師曰：『某甲從長安來，橫擔一條拄杖，不曾撥著一人。』師曰：『自是大德拄杖短。』僧無對。」

〔癡童忽見之〕癡童：天真幼稚、頑皮可愛的孩童。癡，指天真、幼稚。

〔語深吐復遲〕《孔叢子・答問》：「吾謂聖人之知，必見未形之前，功垂於身後，立教而戾夫弗犯，吐言而辯士不破也。」宋員興宗《夢邴徵君》詩：「英言有深吐，微論亦高駕。」

〔嘔出心方已〕《新唐書・李賀傳》：「（李贺）爲人纖瘦，通眉，長指爪，能疾書。每旦日出，騎弱馬，從小奚奴，背古錦囊，遇所得，書投囊中。未始先立題然後爲詩，如它人牽合程課者。及暮歸，足成之。非大醉、弔喪日率如此。過亦不甚省。母使婢探囊中，見所書多，即怒曰：『是兒要嘔出心乃已耳！』」

〔慰言忘刺耳〕慰言：言語安慰或開導。明張羽《贈徐景禹進士》詩：「慰言聊致民家語，病客都忘舉業書。」又明孫承恩《擬古二十七首》詩之二十六：「有客欵我堂，慰言極懇誠。」

〔曾讀歸去來，昨非而今是〕晉陶潛《歸去來兮辭》：「歸去來兮，田園將蕪胡不歸？既自以心爲形役，奚惆悵而獨悲？悟已往之不諫，知來者之可追。實迷途其未遠，覺今是而昨非。」

〔胡爲常鬱鬱，虛腹自填痞〕此二句謂因憂愁氣悶積聚於心、不得發洩而致腹中鬱結成塊。痞：指胸腹内鬱結成塊之病症。漢張仲景《傷寒論・太陽病中》：「傷寒大下後，復發汗，心下痞，惡寒者，表未解也，不可攻痞，當先解表，表解乃可攻痞。」宋楊士瀛《仁齋直指》卷六《傷食方論》：「木香檳榔丸，治一切氣滯、心腹痞滿、脅肋脹悶，大小便結滯不利者，並亦服之。」宋朱熹《晦庵續集》卷四《與張孟遠》：「衰病益侵，自去冬來，脚弱拘攣，心腹痞痛，日甚一日。」

〔鳴玉潤淙淙，悄寒石齒齒〕此句謂潤淙淙似鳴玉，石齒齒而寂寒。　齒齒：指排列如齒狀。唐韓愈《柳州羅池廟碑》：「桂樹團團兮白石齒齒，侯朝出遊兮暮來歸，春與猿吟兮秋鶴與飛。」

〔相引陟高岡〕《詩經·周南·卷耳》：「陟彼高岡，我馬玄黃。我姑酌彼兕觥，維以不永傷。」毛傳：「山脊曰岡。」　陟：指由低處向高處走。

〔路銜鳥背斜，嶂疊冰層累〕此二句寫景，謂一路夕陽伴隨，層巒疊嶂則如累累冰層。　鳥背斜：喻指夕陽，如宋董嗣杲《過分水嶺》詩：「鳥背斜陽去，牛翻淺草眠。」又明于謙《交城道中》詩：「隨處停驂問民俗，不知歸鳥背斜陽。」

〔衆響答孤嘯，行人遠如蟻〕此二句謂登高而嘯，四處回聲，從高處往下望行人，其形小如螻蟻。

〔宜其麋鹿迹，化爲烟凄靡〕此二句與上「迷離衰草間，莫辨吴宫址」二句同爲抒懷，抒寫歷史滄桑與世事凄凉之意。　麋鹿迹：指人迹罕至之處。金趙秉文《和山耕叟》詩：「步逐麋鹿迹，詎知朝市情？」清田雯《黄花塲》詩：「出尋麋鹿迹，窈窕無人境。」

〔達人恣大觀〕漢賈誼《鵩鳥賦》：「小智自私兮，賤彼貴我；達人大觀兮，物無不可。」劉良注云：「小智惠之人自私愛其己，賤於萬物，獨貴我之爲人也。」又李周翰注云：「通達之人以理觀之，萬物不殊於已，故云『物無不可』。」

〔俯仰齊成毀〕《莊子・天運》：「且子獨不見夫桔槔者乎？引之則俯，舍之則仰。彼，人之所引，非引人也，故俯仰而不得罪於人。」又《莊子・逍遥遊》：「其分也，成也；其成也，毁也。凡物無成與毁，復通爲一。」晋郭象注：「夫成毁者，生於自見而不見彼也。故無成與毁，猶無是與非也。」

〔小智徒勞碌〕見上「達人恣大觀」注。

〔茶然終未止〕茶然：疲憊貌。茶，疲乏困倦。

〔所關在情理〕情理：指思想、意念或思慮。

〔夢斷古邗溝〕邗溝：亦稱邗水、邗江或邗溟溝，古運河，爲春秋時吴王夫差因争霸中原而於江淮之間開鑿，以通糧道。明沈章《隋堤懷古》詩：「邗溝新碧晚濤平，楊柳曾遮殿脚行。誰道雷塘歌吹歇，月明重按玉簫聲。」

〔雙眸炯鶖子〕鶖子：又作鶖露子、秋露子，佛教人名，爲佛陀十大弟子之一舍利弗，以智慧第一著稱。丁福保編《佛學大辭典》：「（舍利弗）又作『舍利弗多』『舍利弗羅』『舍利子』，新作『舍利弗多羅』『舍利富多羅』『舍利補怛羅』。『舍利』者，母之名；『弗』或『弗多』者，『弗多羅』之略，子之義也。爲舍利女之子，故曰『舍利弗』『舍利子』。又父名云優婆提舍，故從父而稱之曰『優婆提舍』。然母名之爲『舍利』，古來有二釋，一爲鳥名，譯曰『秋露』『鶖鷺』『鴝鵒』『鸜鵒』。鶖，百舌鳥，或言母之眼似彼鳥，或言母之才辯猶如鶖鷺，故以爲名。」

〔虚空結個活埋庵〕活埋：乃以修行而論，指洗盡過往，而求靈魂新生。明正勉等輯《古今禪藻集》卷二十四明法聚《禮中峰塔》詩：「幻住早知心已了，活埋猶喜法無傳。瓣香合爪春風裏，一夜梅花月在天。」又《古今禪藻集》卷二十八明真可《過天目山活埋庵》詩：「自古名高累不輕，飲牛終是上流清。吾師未死先埋却，又向巢由頂上行。」

〔不碎虚空心不死〕宋普濟《五燈會元》卷二十《靈隱道印禪師》：「臨安府靈隱最庵道印禪師，漢州人。上堂：『大雄山下虎，南山鱉鼻蛇。等閑撞著，抱賞歸家。若也不惜好手，便與拔出重牙。有麼？有麼？』上堂：『五五二十五，擊碎虚空鼓。大地不容針，十方無寸土。春生夏長復何云，甜者甜兮苦者苦。』」又宋葛勝仲《先君忌飯僧悟空興之侄有詩和韻》詩：「又不見手捉麈尾生公廬，説經妙蘊幾無餘？豈惟緇素日會面，粉碎虚空雨花片？」

〔天河欲落孤筇倚〕天河：指銀河。天河落，指夜已逝去，即將破曉。北周庾信《鏡賦》：「天河漸没，日輪將起。」唐杜甫《酬孟雲卿》詩：「但恐天河落，寧辭酒盞空。明朝牽世務，揮淚各西東。」天河欲落：謂離别之時將至。孤筇：单柄手杖，喻指獨行。

賦得吴中好風景

吴中好風景，娛樂忘朝暮。江平潮不來，川迴天低樹。人因花出游，月與舟隨往。十里行春橋，八月虎丘路。弦歌不夜天，烟水無盡處。梅信次第來，千峰萬峰去。

【箋注】

〔十里行春橋〕行春橋：在今蘇州石湖風景區，始建於宋。明王世貞《越溪莊圖記》：「自胥門之江，西南數里，而至横塘，所謂越來溪也。其水則益清，兩岸饒凈，緑與柔藍映帶。不三里而抵石湖，湖口長橋綰之，所謂行春橋也。」又明文徵明《懷石湖》詩：「茶磨山前宿雨晴，行春橋下緑波平。吳兒越女齊聲唱，菱葉荷花無數生。」

〔八月虎丘路〕虎丘：山名，在江蘇省蘇州市西北，相傳吳王闔閭葬於此。《越絶書·外傳記吳地傳》：「闔廬冢在閶門外，名虎丘，下池廣六十步，水深丈五尺。銅槨三重，墳池六尺，玉鳧之流、扁諸之劍三千，方圓之口三千，時耗、魚腸之劍在焉。千萬人築治之，取土臨湖口，築三日而白虎居上，故號虎丘。」唐陸廣微《吳地記》：「秦始皇東巡至虎丘，求吳王寶劍。其虎當墳而踞，始皇以劍擊之不及，誤中于石。其虎西走二十五里，忽失……劍無復獲，乃陷成池，故號劍池。池傍有石，可坐千人，號千人石。」

〔梅信次第來〕梅信：春天將至的信息。梅花開放，春天便臨近，故稱。

乙酉積雨紀事一百三十字

積雨漲秋江，白浪高於屋。魚蝦入釜游，鷗鷺借檐宿。何處塔影浮，遠水孤帆矗。田疇白瀰漫，菜畦時界緑。腐草化爲螢，濕穗芽生穀。晚稻撲鼻香，半亦付樵牧。老農望天嗟，抱手坐枵腹。人頭盡葫蘆，柳髮剪來禿。烟薪濕難炊，竈婦掉頭哭。小兒不解事，猶自索糜肉。無由陟高岡，時或散心目。吴其爲沼乎，豈復驗今日？想見竪眉翁，痛目展書讀。

【箋注】

〔詩題〕按此詩以關懷天下蒼生爲旨，若依照文學創作理論之所謂「現實主義」，則其中的「現實主義」特徵甚明顯。蒼雪既遁入佛門，而目光仍緊繫人世苦樂，其人亦僧亦儒、身隱心仕之特徵，皆深深映射於詩作中。這大概也可算作蒼雪詩作不同凡響的一個要素。　乙酉：公元一六四五年，乃甲申國變之後事。

〔積雨漲秋江〕積雨：久雨。積，指長久。宋宋祁《陪謝紫微晚泛》詩：「積雨漲秋濠，輕舟共此遨。」明殷奎《枕流館夜題》詩：「千年積雨漲河流，一派秋聲到枕頭。」

〔白浪高於屋〕白浪：大水浪、大波浪。唐李白《横江詞六首》詩之一：「人言横江好，儂道横江惡。一風三日吹倒山，白浪高於瓦官閣。」

〔魚蝦入釜游〕釜：炊器，整體呈圓形，口寬底窄，置於竈上，盛水適量，再置甑子等器具以蒸煮；多爲鐵製，亦有銅製或陶製者。

〔田疇白瀰漫〕田疇：指有分界的耕地，亦泛指田地。　瀰漫：水滿貌。唐元季川《泉上雨後作》詩：「誰是畹與畦，瀰漫連野蕪。」元胡助《遊道場何山追和東坡韻》詩：「野田春水白瀰漫，古松時見蒼虬蟠。」

〔菜畦時界緑〕謂緑色的菜畦已基本被積雨淹没。　時界緑：指菜畦邊緣偶有未被積雨淹没者。

〔晚稻撲鼻香，半亦付樵牧〕此二句謂因積雨而致原本已近收割時節、發撲鼻香氣之晚稻過半損毁。　付樵牧：謂損毁之晚稻用作柴草或畜生食料。

〔抱手坐枵腹〕謂積雨之後，糧食作物損毁殆盡，收成無望，百姓只能坐等飢餓而没有辦法。　枵腹：枵，讀如「肖」，原指樹木大而中空，後引申指腹空、飢餓，故「枵腹」即「飢餓」之意。

〔人頭盡葫蘆，柳髮剪來禿〕此二句描述飢餓生活之狀，「人頭盡葫蘆」是果，「柳髮剪來禿」是因。柳髮，似即因日常生活陷入困頓勞碌、疏於打理的形態，猶「蓬頭」之類。「柳髮」之後，於是乾脆一剪了之，頭髮剪盡，頭顱光禿，形似葫蘆，故曰「人頭盡葫蘆」。

〔竈婦掉頭哭〕竈婦：指擔負炊事職責的家庭主婦。　掉頭哭：因無奈、傷心、羞愧等情感交織而轉過頭哭泣。

〔小兒不解事，猶自索糜肉〕解事：通曉事理。　糜肉：猶「肉糜」，指肉粥。《晋書·惠帝紀》：「及天下荒亂，百姓餓死，帝曰：『何不食肉糜？』其蒙蔽皆此類也。」　此二句謂積雨之後，百姓生活已陷入飢餓困頓，唯小兒不通曉事理，仍一心索食肉粥。

〔無由陟高岡〕《詩·周南·卷耳》:「陟彼高岡,我馬玄黄。」毛傳:「山脊曰岡。」又《詩·小雅·車舝》:「陟彼高岡,析其柞薪。」鄭玄箋:「陟,登也。」

〔吴其爲沼乎〕《左傳·哀公元年》:「吴王夫差敗越於夫椒,報檇李也。遂入越。越子以甲楯五千保於會稽,使大夫種因吴太宰嚭以行成。吴子將許之。伍員曰:『不可。……介在蠻夷,而長寇讎,以是求伯,必不行矣。』弗聽。退而告人曰:『越十年生聚,而十年教訓,二十年之外,吴其爲沼乎!』」杜預注:「謂吴宫室廢壞,當爲污池。」

〔想見豎眉翁,痛目展書讀〕宋梅堯臣《重送楊明叔》詩:「越俗素重鬼,慎勿啓其私。子口有仁義,子腹有書詩。子嘗談王道,怪語固未宜。近聞蘇才翁,問子辟者誰。得非外戚侯,子怒已豎眉。今我儻得罪,甘與蘇同之。」

賦得北溟魚贈入泮

人才不小配天地,本與洪濛結一氣。惟人最得物之靈,物自於中分巨細。君不見北溟魚,其大不知幾千里。是物何堪處杯水,欲化未化天無雲〔一〕。形氣於焉相表裏,天之蒼蒼非正色。其視下也亦若是,直令日月欲無光。海立天崩期一決〔二〕,冥冥陰鼜鼓洪波。風水泙湃相蕩摩,風氣日厚海水立〔三〕。摶扶不住通呼吸〔四〕,背起横紋或是山。眼開射浪初疑日，波臣盡望下風拜。黑夜燃犀驚水怪，吞舟原不飲蹄涔。斗水枯魚竟安在？噫嘻乎！他日青雲隔泥塗，如今安得相忘於江湖。

【校記】

[二]「欲化未化天無雲」，王培孫先生整理之八卷本《南來堂詩集》（以下簡稱「王本」）作「欲化未化天無雨」，校記云：「雨一作雲。」按當以「雲」爲是。《莊子・逍遥遊》：「北冥有魚，其名爲鯤。鯤之大，不知其幾千里也；化而爲鳥，其名爲鵬。鵬之背，不知其幾千里也；怒而飛，其翼若垂天之雲。是鳥也，海運則將徙於南冥，南冥者，天池也。」此句化用其中典故，「欲化未化」對應「化而爲鳥，其名爲鵬」，「天無雲」對應「其翼若垂天之雲」；「天無雨」，於典故無據，於文理亦難通。

[三]「海立天崩期一決」，王本作「海立天崩期一勺」，校記云：「勺一作決。」按「決」是，「勺」非。決，讀如「謔」，迅疾貌，源自《莊子・逍遥遊》：「蜩與學鳩笑之曰：『我決起而飛，搶榆枋，時則不至，而控於地而已矣，奚以之九萬里而南爲？』」「海立天崩期一決」句，謂海立天崩之際，期待迅疾之一飛。《莊子・逍遥遊》「我決起而飛」之「決」，本謂「蜩與學鳩」，此反用之。

[三]「風氣日厚海水立」，王本作「風氣日原海水立」，校記云：「原一作厚。」按當作「厚」，作「原」，形誤，非是。「風氣日厚」，謂風力積聚久而日益厚大。《莊子・逍遥遊》：「且夫水之積也不厚，則負大舟也無力。覆杯水於坳堂之上，則芥爲之舟。置杯焉則膠，水淺而舟大也。風之積也不厚，則其負大翼也無力。故九萬里則風斯在下矣，而後乃今培風；背負青天而莫之夭閼者，而後乃今將圖南。」

[四]「搏扶不住通呼吸」，王本作「持扶不住通呼吸」，校記云：「持一作搏。」按當爲「搏」，「持」係形誤，非是。《莊

子·逍遥遊》：「鵬之徙于南冥也，水擊三千里，摶扶摇而上者九萬里，去以六月息者也。」

【箋注】

〔人才不小配天地〕「天、地、人」爲「三才」，人於三才之中，與天、地等列，故曰「人才不小配天地」。漢王符《潛夫論·本訓》：「是故天本諸陽，地本諸陰，人本中和。三才異務，相待而成。」

〔本與洪濛結一氣〕承上句，謂天地與人原爲一體。洪濛：天地形成前的混沌狀態。

〔惟人最得物之靈〕《尚書·泰誓上》：「惟天地萬物父母，惟人萬物之靈。」僞孔安國傳：「生之謂父母。靈，神也。天地所生，惟人爲貴。」

〔君不見北溟魚，其大不知幾千里〕《莊子·逍遥遊》：「北冥有魚，其名爲鯤。鯤之大，不知其幾千里也；化而爲鳥，其名爲鵬。鵬之背，不知其幾千里也；怒而飛，其翼若垂天之雲。」

〔是物何堪處杯水〕見本詩校記[三]。

〔欲化未化天無雲〕此句亦化用《莊子·逍遥遊》典故，謂北溟魚欲化爲大鵬而未能化，乃因其如垂天之雲之翼尚未長成。

〔形氣於焉相表裏，天之蒼蒼非正色〕《莊子·逍遥遊》：「野馬也，塵埃也，生物之以息相吹也。天之蒼蒼，其正色邪？其遠而無所至極邪？其視下也，亦若是則已矣。」郭象注：「此皆鵬之所憑以飛者耳。野馬者，遊氣也。今觀天之蒼蒼，竟未知便是天之正色邪？天之爲遠而無極邪？鵬之自上以視地，亦若人之自此視天。則止而圖南矣，言鵬不知道里之遠近，趣足以自勝而逝。」

〔其視下也亦若是，直令日月欲無光〕見上二句注。

〔海立天崩期一決〕見本詩校記〔二〕。

〔冥冥陰壑鼓洪波〕陰壑：幽深的山谷。　鼓洪波：波濤漲高、大浪凸起。北魏酈道元《水經注·河水四》：「其水尚崩浪萬尋，縣流千丈，渾洪贔怒，鼓若山騰。」

〔風水泙湃相蕩摩〕風水：風與水。　泙湃：水波衝擊之聲。　蕩摩：激蕩摩擦。《禮記·樂記》：「地氣上齊，天氣下降，陰陽相摩，天地相蕩。」鄭玄注：「蕩，猶動也。」唐韓愈《送孟東野序》：「大凡物不得其平則鳴：草木之無聲，風撓之鳴；水之無聲，風蕩之鳴。」

〔風氣日厚海水立〕謂風力積聚久而日益厚大，海濤因之不斷漲高鼓起，使大海之水宛如豎立。風氣：指由空氣不斷流動而生的風。

〔摶扶不住通呼吸〕摶扶：「摶扶搖」之省，源自《莊子·逍遥遊》：「鵬之徙于南冥也，水擊三千里，摶扶搖而上者九萬里，去以六月息者也。」「摶」，鳥類向高空盤旋飛翔；「扶搖」，旋風。「摶扶」，即乘旋風捷疾而上。唐杜甫《大曆三年春有詩凡四十韻》詩：「五雲高太甲，六月曠摶扶。」　通呼吸：指輕而易舉通過、到達。呼吸，比喻輕而易舉；通，通行無阻塞。　按此句謂北溟魚已化爲鵬，乃摶扶搖而直上九霄。

〔背起横紋或是山〕此句用誇張手法，謂摶扶搖而上之大鵬背上吹起的横紋宛如山脉。

〔眼開射浪初疑日〕此句亦用誇張手法，言大鵬眼睛張開，便宛如太陽照射。

〔波臣盡望下風拜〕波臣：指水族。古人通過想象認爲，江、海中水族亦猶人類有君臣等級之關係，故稱其被統治者爲「波臣」。

〔黑夜燃犀驚水怪〕燃犀：南朝宋刘敬叔《異苑》卷七：「晋温嶠至牛渚磯，聞水底有音樂之聲，水深不可測。傳言下多怪物，乃燃犀角而照之。須臾，見水族覆火，奇形異狀，或乘馬車，著赤衣幘。其夜夢人謂曰：『與君幽明道隔，何意相照耶？』嶠甚惡之，未幾卒。」後以「燃犀」爲燭照水下鱗介之怪的典故，如宋辛棄疾《水龍吟・過南劍雙溪樓》詞：「待燃犀下看，憑欄却怕，風雷怒，魚龍慘。」

〔吞舟原不飲蹄涔〕吞舟：「吞舟之魚」的省略，比喻人事之大者，語本《莊子・庚桑楚》：「吞舟之魚，碭而失水，則蟻能苦之。」　蹄涔：道路上牛蹄印中的積水，比喻容量微小，語本《淮南子・氾論訓》：「夫牛蹄之涔，不能生鱣鮪，而蜂房不容鵠卵，小形不足以包大體也。」　此句謂吞舟之魚不飲蹄涔之水，比喻人事之大者，其志在高遠。

〔斗水枯魚竟安在〕《莊子・外物》：「莊周家貧，故往貸粟於監河侯。監河侯曰：『諾。我將得邑金，將貸子三百金，可乎？』莊周忿然作色曰：『周昨來，有中道而呼者。周顧視車轍，中有鮒魚焉。周問之曰：「鮒魚來！子何爲者邪？」對曰：「我，東海之波臣也，君豈有斗升之水而活我哉？」周曰：「諾。我將南游吴、越之王，激西江之水而迎子，可乎？」鮒魚忿然作色曰：「吾失我常與，我無所處。吾得斗升之水然活耳，君乃言此，曾不如早索我於枯魚之肆！」』」

〔他日青雲隔泥塗〕青雲：比喻遠大的前途、抱負。　泥塗：淤泥、泥濘，比喻困頓或地位卑下。

祝毛子晋五十用香山九老吉公韻倒叶仄聲

閣高汲古干雲居，下臨直視疑無地。家富惟藏萬卷餘，龍宮仙島開幽祕。一聲好鳥叫春初，半百年來忽已是。傲骨侯門懶曳裾，稱觴海内同鄰比。月斜客散夜堂虚，静悟生前原是自。那有神仙不讀書，草號農夫能識字。何須海底更求珠，所需無不皆如意。

【箋注】

〔詩題〕毛子晋：明末清初藏書家毛晋字子晋，江蘇常熟人，藏書八萬四千餘册（其中多宋元刻本），建汲古閣、自耕樓等儲之，亦曾校刻《十三經》《十七史》《津逮秘書》等，爲歷代之私人刻書最多者。乾隆《江南通志》卷一百六十五《人物志·蘇州府》：「毛晋字子晋，常熟人。好古博覽，構汲古閣，藏書數萬卷，開雕經史百家及祕本鈔傳之書，使古今典籍不致盡散亡銷蝕者，晋實有力焉。所著有《明詩紀事》等書。」又《天禄琳琅書目》卷一《宋版經部》：「琴川毛晋藏書，類以甲乙爲次……晋元名鳳苞，字子晋，蘇州常熟人。好古博覽，構汲古閣，藏書數萬卷，刻《十三經》《十七史》、古今百家之書，手自校讎，僮僕皆能抄書，著述甚富。」　香山九老：指唐白居易、胡杲、吉皎、劉真、鄭據、盧真、張潭、李元爽、如滿九人。宋周密《齊東野語》卷二十《耆英諸會》：「唐香山九老則集於洛陽，樂天序之。胡杲（懷州司馬，年八十九）、吉皎（衛尉卿致仕，八十八）、劉真（永州刺史，八十七）、鄭據（龍武長史，八十五）、盧真（侍御史内供奉，八十三）、張渾（永州刺史，七十七）、白居易（刑部尚書致仕，七十四），所謂七人五百八十四者是也。又續會者二人，李元爽（洛中遺老，一百三十六歲）、僧如滿（九十五）。」又宋祝穆《古今事文類聚前集》卷四十五《香山九老》：「白居易暮節惑浮屠，至經月不食葷，稱香山居士。常與胡杲等燕樂，皆高年不仕者。人慕之，繪爲九老圖。」　吉公：指香山九老之吉皎。

〔閣高汲古干雲居〕干雲：高入云霄。三國魏何晏《景福殿賦》：「於是碣以高昌崇觀，表以建城峻廬，飛閣干雲，浮階乘虛，遥目九野，遠覽長圖，頫眺三市，孰有孰無？」

〔龍宫仙島開幽祕〕用比喻手法，言汲古閣如龍宫仙島般幽深隱秘。　幽祕：幽深隱秘。

〔一聲好鳥叫春初〕魏曹植《公宴》詩：「潛魚躍清波，好鳥鳴高枝。」元洪焱祖《問政山》詩：「飛花去人間，好鳥鳴春陰。」明張元凱《同郡張參伯招飲省齋》詩：「吏隱清尊消案牘，訟閒好鳥報芳菲。」

〔半百年來忽已是〕此句承上句，謂某春之初，好鳥鳴叫時，忽忽已是半百人生。

〔傲骨侯門懶曳裾〕曳裾：拖著衣襟，比喻在王侯權貴門下作食客，典出《漢書·鄒陽傳》：「臣聞交龍襄首奮翼，則浮雲出流，霧雨咸集；聖王底節修德，則遊談之士歸義思名。今臣盡智畢議，易精極慮，則無國不可奸；飾固陋之心，則何王之門不可曳長裾乎？」

〔稱觴海内同鄰比〕謂海内知己人士共同爲毛子晋遥遥舉杯祝壽。　稱觴：謂舉杯飲酒以祝壽，語出《詩・豳風・七月》：「躋彼公堂，稱彼兕觥，萬壽無疆。」孔穎達疏：「群臣皆升彼公堂之上，有司乃舉彼兕觥，以誓群臣，使無犯禮者。群臣於是慶君，使君萬壽無疆。」　海内同比鄰：化用唐王勃《杜少府之任蜀州》詩「海内存知己，天涯若比鄰」句。

〔静悟生前原是自〕生前：原指「活著之時」，此爲誇張手法，謂毛子晋已修煉成仙人。下句「那有神仙不讀書」，本此。　自：自然，當然。　此句承上「傲骨侯門懶曳裾」及「稱觴海内同鄰比」二句，謂毛子晋自我一身傲骨，不屑富貴，唯青睞藏書結友，此乃本於自性，理所當然。

〔草號農夫能識字〕指毛子晋率性，毫不忌諱地稱自己爲識字之農夫。

〔何須海底更求珠，所需無不皆如意〕此二句亦稱讚毛子晋之語，謂其人不必他求，而自我身心所需皆能如意。

吴門社中贈友

清曉發江天，解纜鷩鷗起。百里望炊烟，吴門深樹裏。將近更催橈，小舟疾於矢。倏忽轉楓橋，到岸如歸里。滿堂瓢笠懸，共是天涯子。情況非不佳，未必心相倚。我本雲水人，君自烟霞侣。萍水暫相逢，踪迹何堪比？永夜共青燈，不論人臧否。窗前月照霜，霜色凝如水。世事歎浮雲，明月常如此。此景共誰知，短歌聊贈爾。

【箋注】

〔清曉發江天〕江天：江與天一色似相連，多喻指江河空闊無際。此爲喻指。

〔吴門深樹裏〕吴門：原指春秋吴都閶門，因蘇州爲春秋吴國故地，故亦以「吴門」代指蘇州。此爲代指。

〔將近更催橈〕謂行船近岸時，屢屢催促快速劃槳。　橈：船槳。《楚辭·九歌·湘君》：「薜荔柏兮蕙綢，蓀橈兮蘭旌。」王逸注：「蓀，香草也；橈，船小楫也。」

〔倏忽轉楓橋〕倏忽：猶「頃刻」，指時間短。　轉：移動、到達。　楓橋：橋名，在今江蘇省蘇州市閶門外寒山寺附近。

〔滿堂瓢笠懸〕瓢笠：僧、道出家人或世外之人雲遊四方時隨身携帶的瓢勺與斗笠。明妙聲《東臯録》卷中《溪雲山居記》：「有爲全真之學者，曰陳仲孚氏，仿其衣冠瓢笠之制，若自放於方之外者。」又明汪砢玉《珊瑚網》卷十七《張元汴書岣嶁山房記》：「山人姓李，名元昭，少喜任俠，有提戈取功名之志。稍長，更讀古書，工詩詞，已而棄去，習舉子業，爲諸生。尋以祖爵襲千户侯，亡何又棄去。始一意養生之術，躬負瓢笠，與其徒雲遊湖海上，凡名勝之區，足迹殆遍。」

〔情況非不佳〕情況：指情意。唐范攄《雲谿友議》卷上《哀貧誡》：「李忽寄書於醛院，情況款密，且異尋常。」《太平廣記》卷三百一十一《蕭曠》（出《傳記》）：「神女遂命左右，傳觴叙語，情況昵洽。」

〔不論人臧否〕臧否：善惡、得失。

賦得高雲共此心

望極如停住，閒持類此心。不難超宇宙，更上太高深。片影隨空廓，浮名誤古今。倏然出遠岫，無意作甘霖。入夏多峰秀，垂天半面陰。長風何處作，吹散莫知尋。

【箋注】

〔詩題〕賦得：古人作詩時，如摘取現成之句爲詩題，題首多冠以「賦得」二字。此詩詩題乃摘取「高雲共此心」句而得，故云「賦得高雲共此心」。

〔望極如停住〕言極望高雲，似停滯而不飄動。此景恰似修行無止境，見止境即如停滯不前。

〔閒持類此心〕言極望高雲所見之情景，正如修行之心望見止境。

〔不難超宇宙，更上太高深〕此二句承上，謂望高雲至「極」乃是相對而言，若非如此，所望可至於宇宙之上，但再向上則難免太高深；喻指修行本可以無止境，哪怕超越上下四方、古往今來亦不難，但恐再往前便太深邃高遠，故須適可而止。

〔片影隨空廓，浮名誤古今〕片雲漫隨空廓之天而了無痕迹，正如真心修行之人毫不著意於古今之浮名。

〔倏然出遠岫〕倏然：無拘無束、超脱物外貌。　遠岫：遠處的峰巒。

〔長風何處作〕長風：遠風。

度黔中鐵鎖橋擬奘師[一]西游有舉烟招伴而過者

去國萬餘里，西行不記年。海風人面改，沙路馬蹄穿。虹影雷門過，江聲鐵鎖懸。危橋難並進，幾度望招烟。

【校記】

〔一〕「奘師」，王本作「裝師」，似刻印時因形近而誤，此徑改。

【箋注】

〔詩題〕參《盤江鐵橋》詩題注。按《盤江鐵橋》詩：「自望黄塵每慨然，故鄉卿相我無緣。眼前見畫思鶏足，夢裏尋家渡鐵蓮。苗庶尚潛諸葛洞，儒臣不去小西天。料來難得今生見，先過此橋五十年。」其所述「盤江鐵橋」者，與此題之「鐵索橋」所指當爲一處。

〔虹影雷門過〕言過橋時江水之聲轟隆巨響，如雷門巨鼓之聲。　雷門：古會稽（今浙江紹興）城門之名，因城門上懸挂有巨鼓，其聲如雷，故稱。宋施宿《會稽志》卷十三《古器物・雷鼓》：「《輿地志》云：勾踐應門之上有大鼓，名之曰『雷鼓』，以威於龍也。《會稽記》曰：雷門上有大鼓，圍二丈八尺，聲聞洛陽。」

秣陵關曉發

關門嚴未啓，車馬復匆匆。月色五更後，鷄聲殘夢中。囊空唯剩草，衣短不禁風。何事年將盡，猶然類轉蓬。

【箋注】

〔詩題〕秣陵關：在今南京市中南部。舊屬江蘇江寧縣，爲縣南要隘；元代置巡司及税務，明代置關。乾隆《江南通志》卷三十《輿地志・古迹・江寧府》：「秣陵城在江寧縣東南五十里，秦縣。《建康實録》云：『在故臺城南八里。』是也。《宋書》云：『本治去京邑六十里，今名故治村。』即今秣陵關也。」

〔何事年將盡〕何事：何故；爲何。

〔猶然類轉蓬〕猶然：仍然；依舊。轉蓬：猶「飄蓬」，指隨風飛動、飄轉的蓬草。古詩詞中常以之爲意象，喻指生活東奔西走、行止無定。

國清寺

望到國清寺，當年跨澗橋。山深人影細，徑古石痕消。破竈寒山火，空堂木佛燒。幾年村乞食，一宿樹懸瓢。

【箋注】

〔詩題〕明李賢《明一統志》卷四十七《台州府》：「國清寺，在天台縣北一十里，舊名天台，隋煬帝爲智顗禪師建，唐一行禪師嘗于此學筭。宋晏殊《類要》云：『齊州靈巖、荆州玉泉、潤州棲霞、台州國清，世稱四絕。』」又王注：「《天台山志》：『國清在天台縣北十里，舊名天台，隋開皇十八年建。先是，智顗於陳大建七年秋九月入天台，未議卜居，常宿石橋，見三人皂幘絳衣，有一老僧引而進曰：「禪師若欲造寺，山下有寺基，用以仰給。」因問曰：「當於何時能辦此寺？」老僧曰：「今非其時。寺若成，國即清，當呼爲國清寺。」大業元年，賜此額，李邕爲記，所謂應運題寺是也。唐會昌中廢，大中五年重建，散騎常侍柳公權書「大中國清之寺」。宋景德二年，改「景德國清寺」，前後珍賜甚夥，合三朝御書數百卷，有御書閣，後毁於寇，獨顗所題《蓮經》及西域貝多葉經一卷及隋栴檀佛像佛牙僅存，建炎二年重新之。明洪武甲子，大風雨，殿宇盡爲摧毁；隆慶間重建，又毁；萬曆間又重建，壬寅賜御經一藏，建藏經閣，舊有謝伋撰《重建國清寺碑銘》，今亡。寺内又有三賢堂，祀豐干、寒山、拾得，又有錫杖泉，爲普明遺迹。』」

〔望到國清寺〕望到：想到，想起。

〔一宿樹懸瓢〕樹懸瓢：化用隱士許由典故。宋祝穆《古今事文類聚》前集卷三十三《許由一瓢》（出《逸士傳》）：「許由隱箕山，以手捧水飲之。人遺一瓢，得以取飲。飲訖，挂於樹上，風吹歷歷作聲，尚以爲煩，遂去之。」宋王安石《結屋山澗曲》詩：「結屋山澗曲，挂瓢秋樹顛。」

暮春西湖四首

鶯花三月暮，風雨六橋深。湖面依然在，春歸不可尋。遠山羈客淚，落日酒人心。短棹揺揺去，眠鷗散柳陰。

【箋注】

〔鶯花三月暮〕唐李白《黄鶴樓送孟浩然之廣陵》詩：「故人西辭黄鶴樓，烟花三月下揚州。」宋曾鞏《集賢院春燕呈諸同舍》詩：「冠劍九重霄漢路，鶯花三月帝王州。」又明郭諫臣《丹陽與家兄弟舟中叙話》詩：「鶯花三月暮，燕麥萬家春。」

〔風雨六橋深〕六橋：指杭州西湖蘇堤上的六座橋，宋代蘇軾所建，分别爲映波、鎖瀾、望山、壓堤、東浦、跨虹。

〔落日酒人心〕酒人：飲酒者。《史記·刺客列傳》：「荆軻嗜酒，日與狗屠及高漸離飲於燕市，酒酣以往，高漸離擊筑，荆軻和而歌於市中，相樂也，已而相泣，旁若無人者。荆軻雖游於酒人乎，然其爲人沈深好書；其所游諸侯，盡與其賢豪長者相結。」其中「酒人」，裴駰集解引徐廣曰：「飲酒之人。」

雙湖連畫舫，十里起香塵。不耐風薰面，何關酒醉人。雁回弦上月，梅落笛中春。日費三千貫，韶光只九旬。

【箋注】

〔雙湖連畫舫〕雙湖：此似以蘇堤所分割而論，指西湖之裏湖與外湖。畫舫：裝飾華美的游船。

〔十里起香塵〕香塵：芳香之塵。

〔韶光只九旬〕韶光：「韶」意謂「美好」；韶光，指美好的時光，常代指春光。此指春光。

水烟相應接，游隊逐紛紜。繫艇高遮柳，飛歌半入雲。野花時獨樹，好鳥不成群。眼底興亡事，江流一帶分。

【箋注】

〔繫艇高遮柳〕繫艇：泊於水岸的船隻。宋舒岳祥《攬秋》詩：「蘆根繫艇誰敲火，木末開扉獨攬秋。」

越女貌如花，耶溪曾浣紗。恩讎俱不見，事業竟誰家。輦路埋荒草，宫墻宿暮鴉。何如隱君子，獨泛五湖槎？

【箋注】

〔越女貌如花，耶溪曾浣紗〕越女：古代越國常出美女，其中尤以西施爲著，故亦以「越女」專指西施。此當爲專指。　耶溪：即若耶溪。傳説若耶溪爲西施浣紗處。

〔事業竟誰家〕事業：猶「功業」，此指政權、政事。　按此句謂政權更迭，而今皆灰飛烟滅，終歸之於誰也。

〔何如隱君子〕隱君子：猶「隱士」「隱者」，指隱居不仕之人。

〔獨泛五湖槎〕五湖：古泛稱中華境内幾大湖泊爲「五湖」；泛五湖，指乘舟船、木筏等漫游各地。　槎，指木筏。晉張華《博物志》卷三：「舊説云：天河與海通，近世有人居海濱者，年年八月，有浮槎去來不失期。人有奇志，立飛閣於槎上，多齎糧乘槎而去。」

贈黄山静主

自愛山中住，逐時好景生。葉聲常誤雨，巖溜不知晴。野栗經霜飽，秋瓜老墜棚。於兹歲月久，未盡草花名。

【箋注】

〔逐時好景生〕逐時：隨時。宋徐夢莘《三朝北盟會編》卷一百五十四：「今淮迤南若守臣不得其人，則州郡逐時陷没，不知陛下沿邊州郡復有幾矣。」又宋孟元老《東京夢華録》卷六《元宵》：「綵山左右，以綵結文殊、普賢，跨獅子、白象，各於手指出水五道，其手揺動。用轆轤絞水上燈山尖高處，用木櫃貯之，逐時放下，如瀑布狀。」

〔巖溜不知晴〕溜：屋檐雨水滴下之處。《左傳・宣公二年》：「三進及溜，而後視之。」孔穎達疏：「溜，謂檐下水溜之處。」巖溜，指巖石上滴水如屋檐之雨注。

談住山幽事

麈尾一揮下，人間非所聞。杳然相向話，不盡出山雲。花草自爲命，鹿麋閒共群。亦知幽理具，妙悟領從君。

【箋注】

〔詩題〕幽事：幽微雅致之事。

〔麈尾一揮下〕麈尾：原爲古人閒談時用來驅蟲、揮塵的工具，後逐漸相沿成習，以至於清談時必執麈尾，乃成爲名流雅器。據古書記載，晋人清談時，常揮動麈尾作談助之資，後因稱談論爲「揮麈」。此指談論。

〔花草自爲命〕此句謂花草自行生長存活，不假人力。　命：生存；存活。

〔亦知幽理具〕幽理：精深隱微的義理。　具：盡；完全。

〔妙悟領從君〕悟領：猶「領悟」，「悟」與「領」同意複合。　妙悟領：謂機靈穎異、不同尋常之領悟。　從君：任憑君。

巢師雲隱講期水仙居對雨同社分韻

仙居渡板橋，梅雨響蕭蕭。竹濕秋光近，山昏樹色饒。燕飛初掠水，鷗夢不離潮。坐對渾無事，農歌慰寂寥。

【箋注】

〔詩題〕巢師：王注云：「《賢首宗乘》：師名慧浸，字巢松，長洲甪直人也。父小峰，仕至府判，母褚氏，生師於東昌府任。長準圓顱，骨聳神清，天然高僧之相也。出家，偕雪山、一雨二師同受業於雪浪大師之門，砥礪攻苦，形影相依者十餘年……師生於嘉靖丙寅，没於天啓辛酉，世寿五十七。」雲隱：即「雲隱庵」。明王鏊《姑蘇志》卷二十九：「雲隱庵，在閶門外，元延祐間僧月潭建。永樂三年，僧法湧重建。中有法雨軒、立雪堂、山水窟。」分韻：數人相約賦詩，選擇若干字爲韻，各人分拈，按拈得之韻作詩，謂之分韻。

藤溪平野堂雨師命同聯句

別業臨青野，憑欄見遠山。雲消村漸露師，日暮鳥初還。草徑幾於没，柴扉可不關。桃花溪上水徹，非復是人間。

【箋注】

〔詩題〕藤溪：水名，在江蘇省常熟市虞山上。陳乃乾《蒼雪大師行年考略》：「萬曆三十六年戊申，二十一歲……一雨以師友既喪，思欲静居立言，因卜居於海虞秋水庵。按師從一雨，不知始於何年。集有《侍二楞師初住藤溪》詩、《侍雨師藤溪休夏》詩、《藤溪平野堂雨師命同聯句》詩。藤溪在虞山，當即居秋水庵作也。」　雨師：指明代高僧通潤，字一雨，蒼雪恩師。按通潤能詩，《明詩綜》卷九十一選録其詩一首，題爲《將歸簡三如學公》，其序云：「通潤字一雨，吴人，居常熟，有《秋水庵集》。」其詩云：「曉起春寒甚，思君巖上廬。當門雪幾許，倚杖興何如？不日理歸櫂，無人傳別書。臨行重相憶，先此寄雙魚。」又明正勉等輯《古今禪藻集》選録通潤詩六首，如《焦山送別鄔子遠》詩：「送別臨匡口，千峰冷翠微。大呼江月出，狂嘯海雲飛。斷壁風驚帽，寒潮水濺衣。相逢真不易，何乃即言歸？」又《別峰庵》詩：「雲從翠微來，人在翠微住。有情與無情，誰謂不同趣？」綜上可見其詩空靈率真且多情之一斑，故通潤可謂兼有高僧與詩人之顯著特徵。由是而論，蒼雪其人其詩，當不無深深秉習其師之風格與意趣者。又王注：「乾隆《吴縣志》：通潤字一雨，西洞庭鄭氏子。八歲，聚沙爲塔。稍長，父母亡，投長壽寺祝髮，究心大乘經論，兼習外典，凡六經子史，罔不探研，工詩文。時雪浪和尚開講無錫，因渡湖與雪山、巢松同參。……迨東旋，憩雲隱庵及桃花塢北庵、胥江餘慶庵，講《楞嚴》《楞伽》，間一赴甘露之約，遂壹意韜晦。考室山中，得璦禪師鐵山故庵廢址，喜曰：『吾老於是。』辟人枯坐，執爨、拄扉、剔釜，皆躬之。隆冬，舉桑火燒芋，雪壓柴門，經旬不啓，謝却學人，改鐵山爲二楞庵，自稱二楞主人，以疏《楞伽》《楞嚴》二經故也。」又乾隆《江南通志》卷四十四《輿地志·寺觀二·蘇州府》：「中峰禪院，在支硎山寒泉上，本支公古刹也，不知廢於何年，地屬王氏。天啓中，鼇元孫永思施爲講僧一雨通潤静室。」　聯句：兩人或多人各成一句或若干句合和成篇的作詩方式。

〔別業臨青野〕别業：猶「別墅」，指尋常住宅外另建的幽僻居所。　青野：猶「緑野」，泛指植被甚佳之曠野。

〔桃花溪上水〕唐張旭《桃花溪》詩：「桃花盡日隨流水，洞在清溪何處邊？」

楞嚴庵坐雨

秋果墜鮮新，桑麻一線匀。好將快雨意，莫作苦留人。打滑石頭路，洗清苔面塵。田家喜相望，牛屋半溪鄰。

【箋注】

〔詩題〕陳乃乾《蒼雪大師行年考略》：「萬曆四十四年丙辰，二十九歲……是年，耶溪再應講於吴中如意庵；靖江縣民沈其旋倡捐，爲戒衲洪注（海門）建楞嚴庵（集有《楞嚴庵洪公故居》詩）。」按《南來堂詩集》（八卷本）《補編》卷三上《楞嚴庵洪公故居公楚人》詩題，王注云：「《靖江縣志》：『楞嚴庵在北門外，址十三畝，梵宇門廡皆備。萬曆丙辰，邑民沈其旋倡捐，爲戒衲海門建，今改倉聖廟，廟旁海門墓塔在焉。海門字洪注，楚之鍾祥人，精湛内典，嚴于戒律，交游皆寒素士。其言道明白洞達，不墮影響，聞者豁然有悟。或勸之説法，答曰：「説法者大都爲名耳，吾正欲掃斷名心，何以説爲？」』」

〔好將快雨意〕好將：好，猶「宜」，意謂應當；將，意謂領會、順從。快雨：猶「好雨」或「稱心之雨」，與「快雪」一語同出一轍。按「快雪」，猶「好雪」或「稱心如意之雪」，晋王羲之《快雪時晴帖》中有「快雪時晴，佳，想安善」之句，對後世不少文人有較深的影響，故不時以「快雪」一語入詩文。此句謂宜領會此好雨之意。

〔莫作苦留人〕承上句，言應當隨順此快雨之意，行矣，莫作苦留之人。

〔牛屋半溪鄰〕牛屋：猶「牛欄」，語出《世説新語·雅量》：「褚公（褚裒）於章安令遷太尉記室參軍，名字已顯而位微，人未多識。公東出，乘估客船，送故吏數人投錢唐亭住。爾時吴興沈充爲縣令，當送客過浙江，客出，亭吏驅公移牛屋下。潮水至，沈令起彷徨，問：『牛屋下是何物？』吏云：『昨有一傖父來寄亭中，有尊貴客，權移之。』令有酒色，因遥問：『傖父欲食餅不？姓何等？可共語。』褚因舉手答曰：『河南褚季野。』遠近久承公名，令於是大遽，不敢移公，便於牛屋下修刺詣公。更宰殺爲饌，具於公前，鞭撻亭吏，欲以謝慚。公與之酬宴，言色無異，狀如不覺。令送公至界。」

章青蓮開社西堂，集方内外二十餘人，限以詠物，得十題，即席成二一

葉　墜

深秋一夜冷，落木曉來平。風疾辭林脆，霜枯卸地輕。蟻尋封徑轉，鳥覷露巢驚。落日殘紅好，槃溪覯足行。

【箋注】

〔詩題〕章青蓮：《南來堂詩集》（八卷本）卷二《懷章青蓮》題，王注云：「《松風餘韻》：『章台鼎字吉甫，有《青蓮館集》。台鼎父名憲文，字公覲，成進士，官虞部郎。後父母見背，遂絶意仕宦，營菟裘東佘，翛然高寄，著有《陶白齋稿》《白石山房稿》。』《松風》選《白石山房》七律一首：『旋種松蘿護石欄，漫携棋局傍檀欒。春深燕子尋巢壘，月落漁郎捲釣竿。懶性恰宜東佘隱，移文休作北山看。卧遊莫笑希宗炳，早識風塵行路難。』據此知章青蓮即章台鼎，而『白石山房』爲章氏室名，故董其昌《容臺集壽章公覲虞部》詩有『斯人只合青山老，慢世蕭然白石居』之句，而蒼雪《寄懷章青蓮》亦有『床横白石猶蓮夢，社冷青山久未歸』之句。『白石』即指白石山房也。」

〔霜枯卸地輕〕謂嚴霜因疾風而失水，乃至落地而輕。　卸：降落；落。

〔蟻尋封徑轉，鳥覷露巢驚〕此二句謂螞蟻欲尋阻斷之路而徘徊打轉，鳥隻覷見結露之巢而驚疑。以外景描述，極言肅殺之狀。

〔槃溪覲足行〕槃溪：似位於今浙江省德清縣武康街道。《浙江通志》卷三《武康縣》：「西南至餘杭縣界三十五里，以盤溪爲界。」　覲足：未知何意，待考。或文字錯誤，關鍵在「覲」字。異文「覲足」，亦難解。

草病

落落愁青女，凄凄怨曉天。寒心帶露泣，弱骨靠花眠。夜影停螢火，朝晴護宿烟。秋

章青蓮開社西堂，集方内外二十餘人，限以詠物，得十題，即席成二

風吹不死，春雨看芊芊。

【箋注】

〔詩題〕草病：謂草木衰敗凋零。

〔寒心帶露泣〕北朝周庾信《擬詠懷二十七首》詩之十八：「露泣連珠下，螢飄碎火流。」

〔春雨看芊芊〕芊芊：草木碧緑貌。

壬戌山居除夕

天地滿蓬塵，吾廬一掃新。若教無此夜，那得暫閒人。瓦雪融松火，瓶梅破凍冰。自來漂泊慣，不覺寂寥身。

【箋注】

〔詩題〕壬戌：公元一六二二年，即明天啓二年。　又陳乃乾《蒼雪大師行年考略》：「萬曆三十六年戊申，二十一歲。冬，雪山慧杲卒，一雨自武林歸，賦詩哭之；十一月十五日，雪浪亦卒，一雨爲位於水田庵，附雪山祭焉。師從巢松聽講《唯識論》，茫無所解；歲除賦詩，一時傳誦。集有《巢師雲隱講期水仙居對雨同社分韻》詩。錢謙益《蒼雪大師塔銘》：『雪浪没，巢松浸開講甘露寺。師年廿餘，古貌稜然，敝衣下坐，除夕奮筆呈詩，大衆驚異。』《賢首宗乘·本傳》：『雪浪大師没，巢師開講於吴之雲隱，師乃進謁，聽演唯識，茫無頭緒。歲除，賦詩有云：「一歲若教無此夜，百年那得暫閒人。」友人巢雲拍案叫曰：「吾黨今夜盡可擱筆！」内外喧傳，師之詩名實基於此矣。』按集中有《壬戌山居除夕》詩云：『天地滿蓬塵，吾廬一掃新。若教無此夜，那得暫閒人。瓦雪融松火，瓶梅破凍冰。自來漂泊慣，不覺寂寥身。』三、四兩句與《賢首宗乘》所引合，惟一爲五字，一爲七字耳。考壬戌爲天啓二年，適當巢松圓寂之歲，師亦年三十五矣，詩之不作於是年可知。『壬戌』二字當是傳鈔相仍之誤，或早歲本有此七言二句，壬戌年復改入五律歟？又按《寶華山志》載讀體《除夕次蒼雪韻》五律一首，與此詩僅易數字，當是選詩者誤讀徹爲讀體，而傳鈔孳誤，字句遂因而小異。考其時讀體在滇，年尚童穉，不得與師酬和也。」

〔天地滿蓬塵〕蓬塵：飛揚之塵灰。宋普濟《五燈會元》卷二《徑山道欽禪師》：「僧問：『如何是道？』師曰：『山上有鯉魚，海底有蓬塵。』」

〔瓦雪融松火，瓶梅破凍冰〕此二句用倒語。「瓦雪融松火」，猶「松火融瓦雪」，謂松火使瓦上之雪融化；「瓶梅破凍冰」，猶「凍冰破瓶梅」，謂瓶水冰凍膨脹而令瓶上燒刻之梅破裂。

當門柳

家住柳溪口，溪流灣更灣。喜無多種地，自不礙看山。愛馬猶堪繫，傷秋未忍攀。幾經花落後，一夜雪封關。

【箋注】

〔喜無多種地〕種地：已開墾種植之田地。

〔愛馬猶堪繫，傷秋未忍攀〕此二句謂當門之柳尚可用來繫馬而令人喜，然每至秋時，此柳將逐漸凋零而使人憂憐，以致不忍攀折。以間接手法描述當門之柳令人愛憐之貌。

樹中月

月中常見樹，樹底月初含。望到深更後，湖澄一片南。水光交欲滴，山氣化成嵐。況是天將近，無枝鵲繞三。

【箋注】

〔山氣化成嵐〕嵐：山林中的霧氣。

〔無枝鵲繞三〕三國魏曹操《短歌行》詩：「月明星希，烏鵲南飛。繞樹三匝，何枝可依？」

空香

春來無不可，一杖隨所之。花發千峰外，鶯啼二月時。沾衣空翠冷，拂面暗香吹。日暮忘歸去，逢人或笑癡。

【箋注】

〔春來無不可〕謂春天到來，四處皆美好。

〔一杖隨所之〕謂拄一杖而隨處遊賞。

〔沾衣空翠冷〕宋于石《宿栖真院分韻得獨字》詩：「空翠冷滴衣，石蘚滑吾足。」元王沂《盤龍閣》詩：「霏烟撲馬尾，空翠冷衣袖。」

涵暉閣

小閣戀餘霽，幽人生遠心。虛臨一面水，寒起半湖陰。野曠延無際，秋光澹不禁。有懷安可見，楓冷入孤吟。

【箋注】

〔小閣戀餘霽〕餘霽：指朗朗日光或日色；餘，充裕。唐李群玉《同張明府遊樓水亭》詩：「雲天斂餘霽，水木籠微曛。」元劉因《登聖泉庵》詩：「長林泛餘霽，初節成高秋。」

〔幽人生遠心〕幽人：居住於僻靜居所之人。　遠心：幽遠深邃之思。

〔秋光澹不禁〕秋光澹：指秋景恬淡靜謐。宋鄭清之《秋色佳甚未能一到覺際像景漫賦二絶》詩之一：「秋光澹薄有無間，掠水斜風雨脚斑。」明皇甫涍《朝天宫李真人房宴集二首》詩之二：「琳館秋光澹，來看絳節朝。」　不禁：不由自主；自然而然。

〔楓冷入孤吟〕宋陸游《暮春》詩之二：「江山妨極目，天地入孤吟。」明孫傳庭《金閣嶺》詩：「正好憑虚生遠眺，何妨攬勝入孤吟？」

挂布簾有懷故山

何物挂門前，摇摇不夜眠。領風兼領月，非雨亦非烟。遠夢應難隔，歸心只共懸。幾時茅屋底，高捲看雲天？

【箋注】

〔摇摇不夜眠〕摇摇：摇曳擺動貌。

〔幾時茅屋底〕幾時：何時。

送友

出門無一語，遠送相牽衣。悵望秋色暮，寒空木葉飛。寺從京口別，帆自月中歸。夜宿知何處，千峰隔翠微。

【箋注】

〔寒空木葉飛〕木葉：樹葉。語出《楚辭·九歌·湘夫人》：「嫋嫋兮秋風，洞庭波兮木葉下。」王逸注：「言秋風疾則草木摇，湘水波而樹葉落矣。」後世文人不乏沿用「木葉」一語者，多用以表達蕭颯傷感之意，如宋徐鉉《送陳秘監歸泉州》詩：「風滿潮溝木葉飛，水邊行客駐驂騑。」元善住《奉寄山村先生》詩：「江國霜寒木葉飛，水深雲窅思依依。」

〔寺從京口別〕京口：古城名，在今江蘇省鎮江市。

〔千峰隔翠微〕翠微：喻指青翠掩映的山腰幽深之處。《爾雅·釋山》：「未及上，翠微。」晉郭璞注：「近上旁陂。」宋邢昺疏：「謂未及頂上，在旁陂陀之處，名翠微。一説山氣青縹色，故曰翠微也。」清郝懿行疏：「翠微者……蓋未及山頂孱顔之間，葱鬱葐蒀，望之硲硲青翠，氣如微也。」

歲暮雨中入華山尋聽公

不憚山中路，難忘歲暮催。一峰當面失，片雨逐人來。草閣臨江坐，園梨撥雪煨。論詩吾豈敢，漫説浪仙才。

【箋注】

〔詩題〕王注：「按姚希孟《行遠集·與范尚寶太蒙書》末云：『貴地有講師汰如及苦行聞宗駐錫吴門，皆有伽藍之寄，而檀施未集，往往香積生塵，知台翁夙因不淺，幸以神通力一振起之。弟行矣，耑以此爲託。』據此知汰如與聞宗爲友，同駐吴門，且同住於華山，惟一爲講師，一爲苦行僧，以苦行而名不彰耳；法名聞宗，字故聽元。《懷聽元》詩有『君詩數寄到江南』句，蓋此時聞宗適在江北之通州等地乞食留滯，有飄零困阨之概，故姚希孟函託范太蒙；觀此詩編列於《同姚太史中秋泛舟後靈巖探桂》前，知爲同時所作。蓋乘與姚希孟酬對時作此詩諷之，而以聽元事囑託，而姚即爲書致范耳；范爲揚州通州人，明時通州隸揚也。」按此詩外，《南來堂詩集》（八卷本）中還有《寄芥山静主聽公》（卷二）、《懷聽元聞公》（卷三上）諸詩，可見蒼雪與聞宗（聽元）之間交情不淺。

〔一峰當面失〕當面：對面；面前。宋舒岳祥《海上口占》詩：「獨步溪頭冉冉風，莫雲當面失前峰。」

〔片雨逐人來〕片雨：區域性陣雨。唐皎然《五言夏日登觀農樓和崔使君》詩：「片雨拂檐楹，煩襟四坐清。」宋梅堯臣《夏日陪提刑彭學士登周襄王故城》詩：「片雨北郊晦，殘陽西嶺明。」明袁時選《新興道中》詩：「萬山迎馬合，片雨逐人來。」

〔漫説浪仙才〕漫説：別説，不要説。浪仙：唐代詩人賈島的字。金李俊民《莊靖集·序》：「如白樂天之平易，李長吉之放逸，孟東野之酸寒，賈浪仙之窮苦，是豈不欲去其偏而就其全乎？蓋以平日所賦之性、所養之氣、所守之學迂疏局促，執之而不能變之耳。」

炊松火

松子夜聞落，殘花飯過春。飽飢還問我，寒熱豈因人？風借一噓力，烟消滿屋貧。等閒懶行乞，香盡火傳薪。

【箋注】

〔松子夜聞落，殘花飯過春〕此二句用倒語，以突出「松子」「殘花」。「松子夜聞落」，猶「夜聞松子落」，謂夜間聽聞松子墜落之聲；「殘花飯過春」，猶「飯過殘花春」，謂飯後正值晚春花殘之時。

〔飽飢還問我，寒熱豈因人〕此二句謂飽食或飢餓可由自身而定，天氣冷熱却由不得人。

〔風借一噓力〕此句謂松火勢力借風吹而旺，正可節省生火者吹火之力。

〔等閒懶行乞〕等閒：謂平白無故。明孫一元《春晚歸山中草堂》詩：「賸有一裘行帶索，等閒懶坐野狐禪。」

〔香盡火傳薪〕傳薪：傳火於薪。前薪將盡，其火又傳於後薪，火種因此延續不斷。《莊子·養生主》：「指窮於爲薪，火傳也，不知其盡也。」郭象注：「窮，盡也；爲薪，猶前薪也。前薪以指，指盡前薪之理，故火傳而不滅。」又宋程俱《北山集》卷十八《杭州於潛縣治平寺重建佛殿記》：「使横目之民惟善是念，如火傳薪，如水趨下，而善不可勝用矣。」

寄充緯應講瓜州

中流不自住，彼岸暫爲家。所得非皮骨，何容吝齒牙？月明僧問渡，浪滚鳥銜花。吾道誰擔荷，同門若算沙。

【箋注】

〔中流不自住〕中流：江河之中游。亦常用作佛教語，喻指煩惱，《維摩詰經·見阿閦佛品》：「不此岸，不彼岸，不中流，而化衆生。」　自住：停留；停下。亦常用作佛教語，指斷除欲貪、色貪、無色貪、嗔、疑五種煩惱，内心寂定而通達無礙。　按此句一語雙關，表面謂充緯應講瓜州，行船不曾停留，實則指充緯身在煩惱（即中流），内心亦能寂定通達無礙，以此喻其人佛教修行極高。

〔彼岸暫爲家〕彼岸：對岸。亦常用作佛教語，指生死（此岸）與煩惱（中流）之對岸（即涅槃）：生死爲此岸，煩惱爲中流，不生不滅之涅槃爲彼岸。按此句承上「中流不自住」一句，亦一語雙關，表面謂充緯行船抵達應講之所後，因説講而暫得駐留，實則指充緯的修行已到達不生不滅之涅槃境界，以此喻其人佛教修行之高已超越極境。

〔所得非皮骨〕皮骨：皮與骨，形容不豐滿、不圓潤，亦喻指粗淺、浮泛。此爲喻指。

〔何容吝齒牙〕齒牙：指言語、話語。按此句承上「所得非皮骨」，謂修行高深而不流於粗淺、浮泛，故説講時不必吝惜言語。

〔月明僧問渡〕唐貫休《題友人山居》詩：「月明僧渡水，木落火連山。」元岑安卿《和嵊縣梁公輔夏夜泛東湖》詩：「小橋夜静人横笛，古渡月明僧唤舟。」

〔浪滚鳥銜花〕鳥銜花：佛教典實，爲高僧大德修行極高之祥瑞。宋施宿《會稽志》卷十五：「法華從朗法師，居蕭山祇園寺，年逾百歲，門常晝掩，每誦《蓮經》，衆鳥銜花匝坐。」元念常《佛祖歷代通載》卷十二《高僧》：「金陵牛頭山法融禪師者，潤州延陵人也，姓韋氏。年十九，學通經史，尋閱大部《般若》，曉達真空。忽一日，歎曰：『儒道世典，非究竟法，般若正觀，出世舟航。』遂隱茅山，投師落髮。後入牛頭山幽栖寺北岩之石室，有百鳥銜花之異。」

〔吾道誰擔荷〕擔荷：擔，肩挑；荷，背負。擔荷，謂肩挑背負，引申指繼承、擔當（重任）。此爲引申義。

〔同門若算沙〕算沙：形容數量極多。宋陳師道《和吴子副智海齋集》詩：「法筵應供賴三車，堆案抽身輟算沙。」宋李復《潏水集》卷三《回盧教授書》：「不求其本，尋文摘句，是入海算沙也。」

聽秋軒

颯然何處起，老樹獨先知。無聽不歸寂，是聲同一吹。月斜留壁在，葉落下階遲。每向驚雙鬢，因多感去思。

【箋注】

〔每向驚雙鬢〕唐陸龜蒙《和新秋即事三首韻》詩之一：「愁尋冷落驚雙鬢，病得清涼減四支。」宋李若水《送行》詩：「歲月驚雙鬢，林泉許曲肱。」

同陳百史方密之分韻懷滇中唐大來

獻策南歸去，名山到處登。懷君天下士，老我故鄉僧。幸得一人識，不孤萬里朋。西風揮淚盡，秋色滿金陵。

【箋注】

〔詩題〕陳百史：指明末士人陳名夏。《南來堂詩集》（八卷本）卷一《病聽歌爲百史》詩題，王注云：「《溧陽縣志》：『陳名夏字百史，少有大志，能文章，好交游，爲諸生時，已名重天下。崇禎十六年癸未科進士第一，廷試第三，授編修，晋修撰，奏對稱旨，改户、兵二科都給事中。甲申三月，流賊李自成陷京師；四月，清兵破賊于山海關；五月，入京師：實順治元年也。會南都馬阮用事，將修復社舊怨，名夏避仇。北行至正定，督撫以聞，世祖召見，授修撰，尋擢吏部侍郎。丙戌秋，以憂歸里。明年，起復吏部；戊子，擢尚書；辛卯，拜大學士。後被劾，論死，時順治十一年甲午三月也。名夏負詩文大家之稱，著有《石雲居集》三十卷。』」按《南來堂詩集》（八卷本）中尚有《陳百史雁宕遊歸劇談其勝》《乙亥六月十七和陳百史卿雲》諸詩，皆與陳百史緊密相關，可知蒼雪大師與陳百史曾有密切交往。又，清吴偉業《陳百史文集序》云：「溧陽陳先生，以詩古文詞名海内者二十餘年。余也草野放廢，未嘗一及先生之門。先生顧寓書余曰：『吾集成，子爲我序之。』夫先生之文衣被四海，乃於三千里外欲得窮老疏賤者之一言，此其通懷好善，誠不可及，而余則逡巡未敢也。」陳百史交遊之廣，亦可見一斑。

方密之：即方以智。此詩外，《南來堂詩集》（八卷本）中尚有《次答桐城方密之見贈時寓虎丘二首》詩，均與方以智緊密相關，可知蒼雪與方以智之間交情不淺。又，從詩題意可知，唐大來（擔當）與方以智亦多有往來。晚明諸子，抱團同唱挽歌，此證。　　唐大來：俗姓唐，名泰，字大來，後出家爲僧，名普荷，又名通荷，號擔當，雲南晋寧人。擔當與蒼雪，可謂明季清初高僧大德雙峰，加之二人交往甚密，故堪稱佳話。此詩外，《南來堂詩集》（八卷本）中尚有《丙寅白門送唐大來明經北上應試》《王公子升如自滇至吳得唐大來書問》《暮秋懷唐大來時聞在白下》《送唐大來還滇》諸詩，均與唐大來緊密相關。又本詩題下，王注云：「《雲南通志》：『普荷，一名通荷，號擔當，晉寧唐氏子，名泰，號大來。年十三，補弟子員。天啓中，以明經入對大廷。嘗執贄於董思白之門，過會稽，參雲門湛然禪師。回滇未幾，聞中原亂，遂薙髮，從無住禪師受戒律，結茅鷄足山。工詩，有《翛園集》，儒生時作；《橛庵草》，則出世後詩也。……又其自跋《橛庵草》云：「前名普荷，從戒師無住遵戒而不嗣法；今名通荷，從先師雲門嗣法而遵正眼。」且云：「有沙門而士者，洪覺範是也，後世則湛然雲門和尚，偈頌中有風雅遺意。」其皈依如此。』」

〔獻策南歸去〕獻策：獻計。唐李端《送郭良輔下第東歸》詩：「獻策不得意，馳車東出秦。」

〔老我故鄉僧〕元張翥《謁儀則堂上方觀聽續撰釋氏通鑑》詩：「平生方外朋，今識故鄉僧。」明王紱《送祖人韶石住惠山》詩：「故鄉人到喜，况是故鄉僧。」

〔西風揮涙盡〕宋崔敦禮《龜山》詩：「病眼不堪重北望，西風揮涙下扁舟。」

過梅里訪扈芷

風雨梅花落，荒村古墓門。偶來尋我友，何處問詩魂？水宿人依岸，天寒月近村。孤舟又明發，把酒别黄昏。

【箋注】

〔詩題〕梅里：宋范成大《吴郡志》卷三十九《冢墓》：「吴太伯墓，《吴越春秋》云：『太伯卒，葬於梅里平墟。』梅里今屬常熟縣。又《史記正義》引《括地志》：『太伯冢在吴縣北五十里，無錫縣界西梅里村鴻山上，去太伯所居城十里。』《吴地記》又云：『太伯冢在吴縣北，去城十里。』未詳孰是。」又宋范成大《吴郡志》卷四十八《攷證》：「太伯舊城，《史記正義》云：『太伯居梅里，屬今常州無錫，去此東南六十里。十九世孫壽夢居之。二十一代孫光使子胥築闔閭城都之，今蘇州是也。』」　扈芷：參《眉山歸隱卷爲扈公》詩題注。

〔風雨梅花落〕宋張鎡《次韻酬張仲思高郵見寄二首》詩之一：「風雨梅花夢，谿山老子懷。」

〔荒村古墓門〕宋劉辰翁《墦間》詩：「麟卧新華表，鴉啼古墓門。」又宋文珦《山中古墓》詩：「白石蒼苔路，荒凉古墓門。」

答夏雪緇

滇水何年别，相逢話昔因。不知萬里外，猶見故鄉人。絶世同無我，逃名恨有身。憑君應莫問，相府亦生塵。

【箋注】

〔詩題〕王注：「按此題詩『雪緇』當作『雪子』，以名緇，又音近而致誤。……《嘉善縣志》：『夏緇字幼青，號雪子，諸生，善書畫，工詩，刻有《西泠集》，風光細膩，不減金荃。玉溪錢中丞士晉撫滇時，重其名，走幣聘之。緇聞其地多靈迹，將便訪袈裟華首之奇。甫至滇，而中丞逝，竟不及遊。乃取志記及圖畫髣髴其狀，各繫以詩，名《孤望集》。歸益，究心法乘，别著《維摩集》。晚年詩更蒼勁，頗得山川之助云。』按荅詩詞意，實爲夏雪子。首句『滇水何年别』，則夏曾赴滇而歸也；第四句『猶見故鄉人』，則夏自滇歸而非滇人，故曰『猶見』也；五、六句則夏亦究心法乘者，故曰『絶世』『逃名』也。」按清黄虞稷《千頃堂書目》卷二十八録夏緇《西泠集》，下小字注云：「字雪子，嘉善儒學生。」亦可證王注之確。

〔猶見故鄉人〕謂如同見到故鄉之人。　猶見：如同見到。夏雪子自滇歸而非滇人，故曰「猶見」。

〔絶世同無我〕謂自身遠離人世烟火，塵俗中如同未有我之存在。　絶世：隔絶於人世；此謂究心法乘，不問世事。下句「逃名」，意類此。

〔憑君應莫問，相府亦生塵〕此二句似即叙寫夏雪子應滇撫錢中丞之請而遠赴雲南之事。「憑君應莫問」，謂甫至滇而滇撫錢中丞已逝，致遊覽雲南諸盛景之願未果之遺憾，憑君埋藏心底而不必再問；「相府亦生塵」，謂滇撫錢中丞已逝，其生前用來集聚所交遊士人之宅亦已凝寂而生塵。

維揚送扈弟入京

欲別反成笑，與君非復情。常年在客路，終日送人行。旅況同漂泊，詩名近老成。好堪襆被去，秋色大江橫。

【箋注】

〔詩題〕扈弟：即扈芷，參《眉山歸隱卷爲扈公》詩題注。又《南來堂詩集》（八卷本）中尚有《次章青蓮韻送扈芷弟還山》《華山除夕有懷扈芷弟》《懷扈公》《扈芷五十而亡》《過梅里訪扈芷》諸詩，均與扈芷相關。

〔與君非復情〕復情，語出《莊子·天地》：「萬物復情，此之謂混冥。」郭象注：「情復而混冥無迹也。」北周庾信《蕩子賦》詩：「別後關情無復情，奩前明鏡不須明。」

〔好堪襆被去〕好堪：好，意謂應當；堪，意謂可以、能够。好堪，意謂應當可以，爲不肯定的關懷之語。　襆被：指鋪蓋卷、行李。

〔秋色大江橫〕宋朱翌《題日涉園》詩：「一葉黄時秋氣清，三山轉處大江橫。」明李攀龍《送王侍御》詩：「寒雨鍾山千水下，白雲秋色大江來。」

送德水還豫章

扁舟辭我去，三月向潯陽。别路知多少，桃花水正長。今年仍送爾，無日不懷匡。最是傷歸處，青蓮舊草堂。

【箋注】

〔詩題〕德水：似即盧世㴶，明季清初人。清田雯《古歡堂集》卷三十三《盧南村公傳》：「盧世㴶，字德水，一字紫房，晚稱南村病叟，涞水人，明初徙德州左衛。……明啓、禎之際，文士侈譚子史之學，標榜聲譽，流爲鉤黨。公爲人簡易佚蕩，高自位置，恥矜慎忮以邀名當世。讀書尚志，馳騁百家，爲文章不屑雷同，筆墨飛動，無餖飣僻怪之習。尋登進士第，除户部主事，未幾，省母歸。復强起，補禮部，改監察御史，領汎舟之役。值久旱河竭，盜賊充斥，公疏數十上犁中漕弊，皆報可，役甫竣，竟移疾去。當是時，國事日非，東、西交訌，公俛卬興懷，如抱隱憂，悲天憫人，往往發之於詩，遊於酒人，日沉飲自放而已。甲申已後，每摳衣循髮，歌泣無聊，掃除墓地，有沉淵荷鍤之意。本朝拜原官，徵詣京師，以病廢辭。癸巳，卒於家，年六十六。……公所著有《尊水園集》，又《杜詩胥鈔》《讀杜微言》，鋟版行世。」又《大清一統志》卷一百二十八《濟南府・人物・明》：「盧世㴶，字德水，德州人。九歲而孤，哀毁如成人，事母及兄妹以孝弟聞。舉天啓進士，累官御史。甲申之變，世㴶與其鄉人擒斬僞官，倡義討賊。後數年，卒於家。世淮好賦詩，即家創一亭，祀杜少陵，擁書萬卷。客至，飲酒其中，隤然自放。有文集行世。」又，本詩題下，王注云：「按德水疑即匡雲。蒼雪、匡雲、扈芷在雲間時與章青蓮游……匡雲居廬山九奇峰。廬山亦稱匡山，匡雲名性淳，或字德水，以居匡山，而又字匡雲。詩有『無日不懷匡』句，又有『青蓮舊草堂』句，故臆測之如此。……按盧世淮以官巡漕，寓南京鎮江久。明代巡漕之巡視地頗廣，上游則湖廣、江西，下游則蘇、松、常、嘉、湖五府，每年巡行一次，故盧世淮往還蘇、贛間爲必然之事也。盧世淮《尊水園集略》有與錢牧齋、徐元歎、毛子晋等往還詩文，而與方外往還亦多有之，則與蒼雪爲友可以例知。蒼雪送德水詩作於金陵，『還豫章』者，或其時須還豫章之漕使公署耳。」

〔豫章〕古郡名，在今江西南昌境内。

〔三月向潯陽〕唐令狐楚《郢城秋懷寄江州錢徽侍郎》詩：「相思如漢水，日夜向潯陽。」

〔桃花水正長〕元趙孟頫《次韻左轄相公》詩：「上林柳色春猶淺，西塞桃花水正深。」

〔無日不懷匡〕參本詩題注。句中所謂「匡」者，當即匡雲，匡雲名性淳，或字德水。

〔青蓮舊草堂〕參本詩題注。

朱雲子明詩平論選及拙作

著作觀前代，無能勝我明。大音歸正始，元氣自和平。手筆操斤斧，人文託死生。怪來删定後，三百有僧名。

【箋注】

〔詩題〕乾隆《江南通志》卷一百六十五《人物志·江寧府》：「朱隗，字雲子，長洲人，治博士業，雅尚風藻。天啓中，吴中復社，聚四方績學之士分主五經，隗驅馳江表，爲一時厨顧。詩宗中晚唐。」又王注：「按《明詩平論二集》，二十卷，朱隗自序末署『崇禎甲申長洲朱隗書於支硎山之紫宙齋』，則是書刊行，適當易代之際也。又自撰發凡第一條『盛明詩選，初意合爲一編，三百年來，作者如林，未易卒業，今先以二集問世，自天啓辛酉至崇禎甲申春爲斷也；統前後補亡拾遺及海内各稿搜羅未竟并予卅年所藏、同人郵寄之稿，山城遷轉，多致散佚，須更收輯者，統入三集；至一集則自洪武起，至萬曆末年』云云。據此，則一集及三集均未刊行也。」

〔大音歸正始，元氣自和平〕此二句總論朱隗《明詩平論》以合乎禮儀法則爲擇詩標準，故其選詩能够中正平和而無偏私。　大音：原指美妙的音樂，此謂詩歌中的精華。　正始：合乎禮儀、法則之始。　元氣：精神力量、面貌。

〔手筆操斤斧〕此句承上二句，謂擇詩標準總體確定之後，嚴格遵照篩選。

〔怪來删定後〕怪來：驚異、奇怪。「來」附於「怪」後，表示「怪」的程度。　删定：經修改而後確定。

〔三百有僧名〕三百：即「三百篇」，《詩經》的代稱。此借指《明詩平論》。

寄王奉常烟客

東門種瓜地，蒔菊到西田。人老筆椽下，雲生硯瓦邊。此生餘世外，一往悟身前。笑指空庭樹，誰來問畫禪。

【箋注】

〔詩題〕王奉常烟客：即王時敏，明季清初人。《大清一統志》卷七十一《太倉州·人物》：「王時敏，字遜之，太倉人，衡子，明崇禎初，以蔭歷官太常卿，奉使楚、閩，餽遺一無所受。入本朝，杜門稽古，益工詩文，兼精隸書、畫法，並爲海内所珍。」又王注云：「《吴郡名賢圖像贊》：『王時敏字遜之，號烟客，晚號西廬老人，文肅公賜爵孫編修衡子，未弱冠，祖、父相繼即世，以恩蔭授尚寶丞，奉使齊、豫、楚、閩、兩江及藩封者四。……公性通達，築樂郊園及西田别墅，以延賓客，詩文、書畫師黄公望，八分師魏受禪，碑參用夏承碑法，寸縑丈幅，海内珍之。卒年八十有九。』《太倉州志》：『西田，亦曰歸村，在西城外十餘里，吴梅村有記。』」按吴偉業《梅村集》卷十一載有《丁亥之秋王烟客招予西田賞菊逾月蒼雪師亦至今年予既卧病同遊者多以事阻追叙舊約爲之慨然因賦此詩》，據詩題可知，蒼雪《寄王奉常烟客》一詩，乃與吴偉業、王時敏此間唱和所作也。

〔蒔菊到西田〕西田：地名，參本詩題下王注。按吴偉業《梅村集》有《王烟客招往西田同黄二攝六王大子彦及家舅氏朱昭芑李爾公賓侯兄弟賞菊》《和王太常西田雜興韻》《丁亥之秋王烟客招予西田賞菊逾月蒼雪師亦至今年予既卧病同遊者多以事阻追叙舊約爲之慨然因賦此詩》諸詩，各詩題中「王烟客」即王時敏，「西田」即「蒔菊到西田」之西田。又吴偉業《梅村集》卷二十八《歸村躬耕記》：「吾友王烟客太常治西田於歸涇之上。歸涇者，去城西十有二里，或曰先有歸姓者居焉，或曰以其沿吴塘而北可歸也，故名之。烟客自號『歸村老農』，築農慶堂以居，而以告其友人曰：『吾年六十，蓋已老矣，將躬耕乎此。』」

〔笑指空庭樹〕明程本立《宿大柳樹驛》詩：「柳驛夜寥闃，空庭樹扶疏。」

〔誰來問畫禪〕畫禪：參本詩題注。

次答王惠叔世兄喜逢半塘四首

偶逢萬里客，傾倒半山塘。樹老午陰寂，寺門空緑香。一官如敝屣，百口去柴桑。送別俄三世，愁看折柳黄。

【箋注】

〔詩題〕王注：「趙士冕《半塘倡和同社姓氏》：『王肇順，字惠叔，雲南人。』又《稼庵近草·和王惠叔半塘喜遇蒼雪詩》：『聞住西山錫，慈航過半塘。禪衣侵水潤，法履帶雲香。未悟三生石，先看二月桑。真如今已是，何事再章黄？』按王昊《碩園詩選·偕張子孝緒閒步秦淮遇家惠叔拉飲酒樓七律》第五句『弟兄萬里張雷劍』，自注：『惠叔原籍滇中。』據此，知王惠叔以滇人而寓居江寧，與蒼雪爲同鄉而或兼有世誼者。」

〔偶逢萬里客〕王惠叔原籍滇中，寓居江寧，與蒼雪同鄉，故云「萬里客」。詳參本詩題注。

〔樹老午陰寂〕宋李復《首夏端居》詩：「空庭午陰寂，黄鳥轉新吭。」

〔寺門空綠香〕宋楊億《元净上人之新安謁李學士兼遊廬阜》詩：「舊房京寺門空閉，坐榻凝塵砌長苔。」又明徐熥《嵩山寺贈净上人》詩：「古寺門空閉，青林紫衲僧。」

〔一官如敝屣〕敝屣：破爛的鞋子。亦作「敝蹝」，《孟子·盡心上》：「舜視棄天下，猶棄敝蹝也。竊負而逃，遵海濱而處，終身訢然，樂而忘天下。」

〔百口去柴桑〕百口：全家。　去：離開。　柴桑：「故鄉」的代稱。晋陶潛故鄉在柴桑，其人晚年隱居於此，後遂以「柴桑」代指故里。

〔送別俄三世〕俄：謂須臾之間，形容時間短暫。　三世：祖孫三代。　按此句謂彼時送別汝尚青春年少，而今送別却已兒孫滿堂，彼時送別與今時送別，只在須臾之間而已；感歎時光流逝之快。

〔愁看折柳黄〕柳黄：指春柳嫩條，因其初生而呈嫩黄之色，故稱；折柳黄，贈別之語。

乍逢勞見贈，好句夢池塘。問我歸何晚，還家道不香。青春誤游子，白日蔽扶桑。莫負西山約，園蔬摘嫩黄。

【箋注】

〔乍逢勞見贈〕乍逢：突然相逢。　勞見贈：意謂承蒙贈送。清薛素《謝王徵君百穀叙》詩：「一篇勞見贈，字字挾烟雲。」

〔好句夢池塘〕夢池塘：典故，謂賦得佳句。梁鍾嶸《詩品》卷中《宋法曹參軍謝惠連》：「小謝才思富捷，恨其蘭玉夙凋，故長轡未騁。《秋懷》《擣衣》之作，雖復靈運鋭思，亦何以加焉？又工爲綺麗歌謡，風人第一。《謝氏家録》云：康樂每對惠連，輒得佳語。後在永嘉西堂，思詩竟日不就，寤寐間忽見惠連，即成『池塘生春草』，故常云『此語有神助，非吾語也』。」宋汪藻《次韻鄭固通侍郎見寄長句二首》詩之一：「一作班荆別，秋風幾度凉。論文隔尊俎，得句夢池塘。」

〔還家道不香〕謂歸鄉而修道之事（即一心皈依佛門）難成。此句道出蒼雪常年寓居他鄉的根本原因：爲「道」而甘願飽受思鄉之苦，可敬可歎。

〔青春誤游子〕青春：春天，亦指美好時光。　誤游子：謂使游子迷恋、耽誤。宋袁説友《題信相寺黄筌畫花竹》詩：「可惜春來誤游子，攀花不落有還無。」又宋晁補之《及第東歸將赴調寄李成季》詩：「歸來澣濯親甘旨，却歎京塵誤游子。」　按此句一語雙關，表面謂時、景雙美，致使遊子留戀徘徊而不知折返，實則謂己身因執念於修佛而不能回鄉。

〔白日蔽扶桑〕白日：白晝、白天。　蔽扶桑：指太陽被遮蔽；扶桑，代指太陽。宋李綱《次韻李似之秋居雜詠十首》詩之十：「浮雲不成雨，晶晶行晴晝。朝蔽扶桑暾，夜掩長河宿。」明柳應芳《和陳伯孺西湖十詠二首》詩之二：「夜半高峰望，微茫海日光。下方未覺曉，應是蔽扶桑。」

〔莫負西山約〕西山：在蘇州市吴中區西南，又有「洞庭西山」「包山」「夫椒山」等名。乾隆《江南通志》卷十二《輿地志・山川二・蘇州府》：「洞庭西山，在太湖中，一名包山，又名夫椒山。《漢書》云：『下有洞穴，潛行水底，無所不通，號爲地脉，故謂洞庭山。』道書以爲第九洞天，周迴百三十餘里，重岡複嶺，縈洲曲溆，諸峰無不奇挺，而縹緲峰爲最高。緣山擇勝，名刹凡十有八，而林屋洞、毛公壇、桃花塢、消夏灣、崦裏諸迹尤著，中涵緑野，自成村聚。居人以桑梔橘柚爲常産，每秋高霜餘，丹實與茂林相差於巖壑間，望之若金翠圖繪云。」

〔園蔬摘嫩黄〕宋陸游《自適》詩：「遠遊思里巷，久困念耕桑。家釀傾醇碧，園蔬摘矮黄。」

古寺過橋寓，扁舟繫柳塘。何來隔水笛，吹送落梅香？旅食家多口，田園業廢桑。南天歸不得，遠路入蒼黄。

【箋注】

〔古寺過橋寓〕意謂過橋便是所寄居之古寺。　寓：寄居。

〔扁舟繫柳塘〕此句承上句，謂行舟繫於柳塘。更顯四處寓居、漂泊無定之意。

〔旅食家多口〕旅食：客居、寄食。

〔田園業廢桑〕明張彝《晋州述懷》詩：「微官何事久殊方，回首田園業漸荒。」清查慎行《連雨不止獨居小樓和陶雜詩十一首但借其韻不擬其體也》詩之八：「老夫不任耕，病婦兼廢桑。」

〔南天歸不得〕南天：南方，此似特指滇南。　歸不得：謂欲歸而不能歸，當是客觀因素所致，蓋彼時已是甲申之變之後也。

〔遠路入蒼黄〕遠路：遥遠的路途。唐周賀《出關後寄賈島》詩：「故國知何處，西風已度關。歸人值落葉，遠路入寒山。」　蒼黄：喻指事物變化不定、反復無常。

酒壚當灞上[一]，試馬擬雷塘。誰解千金贈，難酬一飯香？迹猶同泛梗，身豈出空桑？獨抱終天恨，浮名署紫黄。

【校記】

[一]「灞上」，王本作「壩上」，無校記。此徑改。

【箋注】

〔酒壚當灞上〕酒壚：古時酒店中安放酒甕的爐形土臺，亦借指酒店；此爲借指。　當：如同、類似。　灞上：地名，在陝西省西安市東、灞水之西高原上，故名。《史記·白起王翦列傳》：「於是王翦將兵六十萬人，始皇自送至灞上。」因此亦以「灞上」指代送别之處。　按此句謂送君至酒肆而止，亦如古人灞上傷别也。

〔試馬擬雷塘〕試馬：典出晋王湛事迹。《晋書·王湛傳》：「濟有從馬絶難乘，濟問湛曰：『叔頗好騎不？』湛曰：『亦好之。』因騎此馬，姿容既妙，迴策如縈，善騎者無以過之。又濟所乘馬，甚愛之，湛曰：『此馬雖快，然力薄不堪苦行。近見督郵馬當勝，但芻秣不至耳。』濟試養之，當與己馬等。湛又曰：『此馬任重方知之，平路無以别也。』於是當蟻封内試之，濟馬果躓，而督郵馬如常。」又《世説新語·賞譽》「王汝南（王湛）既除所生服」句，劉孝標注引晋鄧粲《晋紀》云：「湛曰：『今直行車路，何以别馬勝不？唯當就蟻封耳！』於是就蟻封盤馬，果倒踣。」因本於王湛試馬於蟻封（即蟻穴外隆起的小土堆）之典，故此處以「試馬」借指狹小之地。　擬：如同、類似，與上句「當」對文同義。　雷塘：地名，在江蘇揚州城北，隋唐時爲風景秀麗、繁華佳勝之所。　按此句承「酒壚當灞上」句，謂權且將此形如蟻封的狹小之地視爲秀麗繁華如雷塘之所。

〔誰解千金贈，難酬一飯香〕此二句謂危難或貧賤之中受恩相交，遠勝富貴無憂時因受千金之贈而相交者，正所謂「錦上添花不若雪中送炭」是也。《史記·淮陰侯列傳》：「淮陰侯韓信者，淮陰人也。始爲布衣時，貧無行，不得推擇爲吏，又不能治生商賈，常從人寄食飲，人多厭之者。常數從其下鄉南昌亭長寄食，數月，亭長妻患之，乃晨炊蓐食。食時信往，不爲具食。信亦知其意，怒，竟絶去。信釣於城下，諸母漂，有一母見信飢，飯信，竟漂數十日。信喜，謂漂母曰：『吾必有以重報母。』母怒曰：『大丈夫不能自食，吾哀王孫而進食，豈望報乎！』」

〔迹猶同泛梗〕泛梗：指草木的枝、莖在水上漂浮，比喻人生漂泊無定。唐錢起《苦雨憶皇甫冉》

詩：「如何遊宦客，江海隨泛梗。」又唐賈島《岐下送友人歸襄陽》詩：「蹉跎隨泛梗，羈旅到西州。」

〔身豈出空桑〕空桑：指非父母所生。典出《吕氏春秋・本味》：「有侁氏女子採桑，得嬰兒于空桑之中，獻之其君。其君令烰人養之。察其所以然，曰：『其母居伊水之上，孕，夢有神告之曰：「臼出水而東走，毋顧。」明日，視臼出水，告其鄰，東走十里而顧，其邑盡爲水，身因化爲空桑』，故命之曰伊尹。此伊尹生空桑之故也。」後因以「空桑」指非父母所生、來歷不明者。《舊唐書・傅奕傳》：「蕭瑀非出於空桑，乃遵無父之教。臣聞非孝者無親，其瑀之謂矣。」

〔獨抱終天恨〕終天恨：謂終身遺憾。元李士瞻《懷吕伯益》詩：「登舟但抱終天恨，到海方知未了身。」明孫緒《哭同年孟汝珍》詩：「妻兒共抱終天恨，灑淚新阡草正榮。」按「終天」猶「終身」，多用於永別或死喪之時。晉陶潛《祭程氏妹文》：「如何一往，終天不返！」唐白居易《病中哭金鑾子》詩：「莫言三里地，此別是終天！」

〔浮名署紫黄〕浮名：虚名。紫黄：舊時三品及以上官員的官服多爲紫、黄二色，後乃以「紫黄」或「黄紫」喻指仕途。

中峰休夏七首

不識中峰路，烟蘿數里通。忘言無客到，入耳有松風。梅子枝頭重，藤花澗上空。今朝天氣好，放鶴喚開籠。

【箋注】

〔烟蘿數里通〕烟蘿：草木茂密、幽僻静謐之處。

〔放鶴喚開籠〕放鶴：《南來堂詩集》（八卷本）卷二《中峰八詠》詩，王注云：「按此題……《放鶴亭》下自注云：『在東、南兩峰間，支公好鶴，翅長欲飛，乃鎩其翮，鶴若有懊喪意。公曰：「既有凌霄之姿，豈肯爲人作耳目近玩？」養令翮長，置使飛去。此其處也。』」

匡徒[二]非吾事，獨坐想孤峰。宿火山厨斷，餘糧水碓舂。勝情思少壯，多病覺龍鍾。未遂南天目，寒關拚死封。

【校記】

〔二〕「匡徒」，王本旁小字校云：「徒，疑牀字。」按即「徒」字無疑，不必出校。「匡徒」，謂匡正教導弟子、門徒。

【箋注】

〔未遂南天目〕南天目：即天目山，位於浙江杭州臨安區北境，其山勢呈東北—西南走向，主峰有東天目山與西天目山；南天目，似即指南天目山。

〔寒關拚死封〕寒關：寒冷之地的關隘。拚死封：謂（關隘）封閉嚴密，無任何開啓的可能。

寺門剛一水，直接到胥江。放却竿平地，拈將草竪幢。石頑頭易點，松傲性難降。彷佛鹿門近，時來問老龐。

【箋注】

〔寺門剛一水〕剛：恰好，正好。

〔直接到胥江〕胥江：水源出太湖，由西往東，經胥口、木瀆，匯入京杭大運河，再過横塘，進入蘇州城之胥門。胥江在舊時爲蘇州水路要衝，名氣很大。明吴之鯨《武林梵志》卷三《城外南山分脉·最上庵》：「在高峰頂畔，吴之鯨題，僧圓松建，平湖千頃，胥江三折，俱在几席間。」又乾隆《江南通志》卷一百五十三《人物志·蘇州府》：「許琰字玉重，長洲諸生。甲申，聞闖賊變，大慟，哀詔至，躍入胥江，家人馳救之，遂絶粒。」

〔石頑頭易點〕相傳東晋僧竺道生曾於虎丘山聚石爲徒，講《涅槃經》，群石皆爲之點頭，後世遂有「生公説法，頑石點頭」之語。元念常《佛祖歷代通載》卷七：「道生法師，天縱妙悟。初，《涅槃·後品》未至，生熟讀久之曰：『阿闡提人自當成佛，此經來未盡耳。』於是文字之師交攻之，誣以爲邪説，於律當擯。生白衆，誓曰：『若我所説不合經義，願於此身即見惡報；若實契佛心，願舍壽時據獅子座。』於是袖手南來，入虎丘山，竪石爲聽徒，講《涅槃經》，至『闡提有佛性』處，曰：『如我所説義，契佛心不？』群石皆首肯之。」

〔彷佛鹿門近〕鹿門：「鹿門山」的省稱，此借指隱居之處。鹿門山在湖北省襄陽市境内。史載後漢時有名龐德公者，携其妻登鹿門山采藥而不返，後乃借指隱居之所。《後漢書·龐公傳》：「龐公者，南郡襄陽人也。居峴山之南，未嘗入城府。夫妻相敬如賓。荆州刺史劉表數延請，不能屈，乃就候之，曰：『夫保全一身，孰若保全天下乎？』龐公笑曰：『鴻鵠巢於高林之上，暮而得所栖；黿鼉穴於深淵之下，夕而得所宿。夫趣舍行止，亦人之巢穴也。且各得其栖宿而已，天下非所保也。』因釋耕於壟上，而妻子耘於前。表指而問曰：『先生苦居畎畝而不肯官禄，後世何以遺子孫乎？』龐公曰：『世人皆遺之以危，今獨遺之以安，雖所遺不同，未爲無所遺也。』表歎息而去。後遂携其妻子登鹿門山，因采藥不反。」

〔時來問老龐〕老龐：指龐德公。

結束期休夏，規箴任自恣。未知香盡後，幾個坐忘時。竹密涼生早，庭深月到遲。雪峰天際望，何處是峨眉？

【箋注】

〔結束期休夏〕結束：約束（自己）。　期：準備。　休夏：亦名「坐夏」，即在夏季的三個月間，僧徒們安居於某處而不得隨便外出，以便致力於坐禪、修習佛法。

〔規箴任自恣〕規箴：勸勉告誡。　自恣：僧團儀式之一。坐夏結束之日，僧衆邀請他人舉發自己所犯過錯。

〔幾個坐忘時〕坐忘：物我兩忘、與道合一的精神境界。語出《莊子·大宗師》：「墮肢體，黜聰明，離形去知，同於大通，此謂坐忘。」

采采盈筐蕨，登登陟嶺西。誰能甘餓死，自喜比夷齊？月曉空山寂，霜清一鳥啼。市喧那得到，往往隔幽溪。

【箋注】

〔采采盈筐蕨〕《詩·周南·卷耳》：「采采卷耳，不盈頃筐。」唐孔穎達疏：「言有人事采此卷耳之菜，不能滿此頃筐。頃筐，易盈之器，而不能滿者，由此人志有所念，憂思不在於此故也。此采菜之人憂念之深矣。」

〔登登陟嶺西〕登登：象聲詞，指脚步聲。　陟：由低處往高處走。《詩·周南·卷耳》：「陟彼高岡，我馬玄黃。」

〔自喜比夷齊〕夷齊：伯夷、叔齊之並稱。《史記·伯夷列傳》：「伯夷、叔齊，孤竹君之二子也。父欲立叔齊，及父卒，叔齊讓伯夷。伯夷曰：『父命也。』遂逃去。叔齊亦不肯立而逃之。國人立其中子。於是伯夷、叔齊聞西伯昌善養老，盍往歸焉。及至，西伯卒，武王載木主，號爲文王，東伐紂。伯夷、叔齊叩馬而諫曰：『父死不葬，爰及干戈，可謂孝乎？以臣弑君，可謂仁乎？』左右欲兵之。太公曰：『此義人也。』扶而去之。武王已平殷亂，天下宗周，而伯夷、叔齊恥之，義不食周粟，隱於首陽山，采薇而食之。及餓且死，作歌，其辭曰：『登彼西山兮，采其薇矣。以暴易暴兮，不知其非矣。神農、虞、夏忽焉没兮，我安適歸矣？于嗟徂兮，命之衰矣！』遂餓死於首陽山。」

寒泉依嶺上，絶頂結茅孤。山瘦住人硬，土肥種豆粗。憑高雙屐懶，眺遠一筇扶。安得匡廬社，常思舜老夫。

【箋注】

〔土肥種豆粗〕粗：讀若「粗」，粗疏、隨意。

〔憑高雙屐懶〕憑高：登高。唐李白《天台曉望》詩：「憑高遠登覽，直下見溟渤。」屐：木制的鞋，底大而常有兩齒，多用以行泥地。唐陸龜蒙《春雨即事寄襲美》詩：「雙屐着頻看齒折，敗裘披苦見毛稀。」宋劉摯《贈黄少卿二首》詩之一：「一樽未厭塵中客，雙屐同躋雨後山。」

〔安得匡廬社〕匡廬社：喻指與高雅且志同道合之士集結於遠離世俗紛争之處。匡廬，指廬山。相傳殷周之際，有匡俗者，其兄弟七人結廬於此而學仙得道。後遂稱此山爲廬山、匡廬或匡山，亦常用以喻指遠離世俗，宜於修身養性、談詩論道之所。社，指團體。

〔常思舜老夫〕舜老夫：即雲居曉舜禪師。宋普濟《五燈會元》卷十五《雲居曉舜禪師》：「南康軍雲居曉舜禪師，瑞州人也。少年麤猛，忽悟浮幻，投師出家，乃修細行。參洞山。一日如武昌行乞，首謁劉公居士家。士高行，爲時所敬，意所與奪，莫不從之。師時年少，不知其飽參，頗易之。士曰：

『老漢有一問，若相契即開疏，如不契即請還山。』遂問：『古鏡未磨時如何？』師曰：『黑似漆。』士曰：『磨後如何？』師曰：『照天照地。』士長揖曰：『且請上人還山。』拂袖入宅。師懡㦬即還洞山，山問其故，師具言其事。山曰：『你問我，我與你道。』師理前問，山曰：『此去漢陽不遠。』師進後語，山曰：『黃鶴樓前鸚鵡洲。』師於言下大悟，機鋒不可觸。」

花事隨春盡，涼陰入夏初。深公發笑處，支遁買山居。把卷聊遮眼，看雲當讀書。此身亦何有，困病得閒餘。

【箋注】

〔深公發笑處，支遁買山居〕《世説新語·排調》：「支道林因人就深公買印山，深公答曰：『未聞巢由買山而隱』。」南朝梁劉孝標注云：「《逸士傳》曰：巢父者，堯時隱人，山居不營世利，年老以樹爲巢，而寢其上，故號巢父。《高逸沙門傳》曰：遁得深公之言，慚恧而已。」

送朗癯入匡山投禮憨大師〔一〕

獨向匡廬去，安禪第幾重？九江黃葉寺，五老白雲峰。落日眠〔二〕蒼兕，飛泉挂玉龍。

到時應爲我[三]，致意[四]虎溪松。

【校記】

[一] 詩題《送朗癯入匡山投禮憨大師》，《明詩綜》、雲南叢書本均作《送朗癯入匡山》。

[二]「眠」，《明詩綜》作「啼」。

[三]「到時應爲我」，《明詩綜》作「憑將歲寒意」。

[四]「致意」，《明詩綜》作「先報」。

【箋注】

〔詩題〕朗癯：即沈顥，明末清初書畫家。乾隆《江南通志》卷一百七十《人物志・蘇州府》：「沈顥，字朗倩，吳縣人。畫清遠可愛，亦能書，善詩。」又王注云：「按憨山大師《夢遊全集》有《聞沈朗癯掩關姑蘇城中》七古一章，即在廬山時作。又按余友吳江陳去病熟知其鄉掌故，前人著述，寸縑片紙，博覽勤搜，玆檢所輯《松陵文集》三編之卷五十一：『沈顥字朗倩，一字朗癯，有《枕瓢集》《念佛六偈》，今未見。』……《黄山志》卷首《詞翰姓氏》：『沈顥字朗倩，吳縣人。』《無聲詩史》：『沈顥字朗倩，號石天，長洲諸生，秀骨天發，論畫源流，頗得其旨，山水近石田，詩歌、文辭、書法、真行、篆籀，無所不能；好奇，有《枕瓢》《焚硯》《浣花閒話》《蟭阿雜俎》《河洛六峕》諸書。』」　憨大師：即憨山大師，明末高僧，安徽全椒人，俗姓蔡，名德清，字澄印，號憨山。因遊五臺山，見憨山奇秀，乃以之爲號，世稱憨山大師；與袾宏、真可（紫柏）、智旭並稱明末四大高僧。

〔獨向匡廬去〕匡廬：指廬山，在江西省。相傳殷、周之際，有匡俗兄弟七人結廬於此而學仙得道，後稱此山爲廬山、匡廬或匡山。

〔安禪第幾重〕安禪：佛教修行用語，即「打坐」，指閉目盤腿静坐而定心於一處。

〔五老白雲峰〕五老：位於廬山東南部，因其峰形如五老人並肩聳立，故名。唐李端《寄廬山真上人》詩：「青草湖中看五老，白雲山上宿雙林。」

〔致意虎溪松〕虎溪：《明一統志》卷五十二《九江府》：「虎溪，在府城南，晋僧慧遠送客過此，虎輒號鳴，因名。道書以虎溪山爲七十二福地之一。」《大清一統志》卷二百四十四《九江府》：「虎溪，在德化縣南，廬山東林寺前，相傳晋慧遠送客過此，虎輒號吼。」

題十名山

海内名山，但曰十者，或予所親游與夫卧游，亦或有寄想送别，蓋因人以存其山，因山以存其人，僅得十而已，非專詠其山，他則猶有所未逮也。癸酉夏日，久旱得雨，喜而不勝，遂洗硯書此，紀一時之所到。書罷，只覺溪水潺流，盡作墨花香耳。

黄山

予僅一宿文殊院，然雨雪陰晴變換之態，無不一覽而盡，信有宿緣[一]。

秋山釀雨氣如蒸，曉起開門見未曾。三十六峰齊下拜，幾千萬仞有誰登？雪翻海浪漫天去，雲駛江流出峽奔。欲問軒轅支鼎處，丹臺煮石久無僧。

【校記】

[一] 詩序「予僅一宿文殊院，然雨雪陰晴變換之態，無不一覽而盡，信有宿緣」，雲南叢書本作「予游黄山，僅作一宿于文殊院，然雨雪陰晴變幻之態，無不一覽而盡，信於兹山有宿緣也。」

【箋注】

〔秋山釀雨氣如蒸〕宋李彌遜《春陰遣興》詩：「釀雨山雲昏敗屋，唤晴風竹響寒廳。」

〔三十六峰齊下拜〕三十六峰：在安徽黄山上。安徽黄山諸峰列峙，尤以三十六峰最爲著名。宋魯宗道《登黄山》詩：「三十六峰凝翠靄，數千餘仞鎖嵐烟。」

〔欲問軒轅支鼎處〕軒轅：黄帝之名。相傳黄帝軒轅曾與容成子、浮丘公煉丹於黄山，「黄山」之名，由此而得。

〔丹臺煮石久無僧〕丹臺：泛指神仙所在之處，此指傳説中軒轅黄帝於黄山煉丹之所。唐白居易

《酬趙秀才贈新登科諸先輩》詩：「君看名在丹臺者，盡是人間修道人。」宋陸游《道室雜詠》詩：「藥園夜嘯丹臺月，酒市秋聽紫閣鍾。」　煮石：舊傳神仙、方士煮白石而爲糧，後因借指道家修煉。《太平廣記》卷七《白石先生》（出《神仙傳》）：「白石先生者，中黄文人弟子也。至彭祖時，已二千歲餘矣。不肯修昇天之道，但取不死而已。不失人間之樂，其所據行者，正以交接之道爲主，而金液之藥爲上也。初以居貧，不能得藥，乃養羊牧豬，十數年間，約衣節用，置貨萬金，乃大買藥服之。常煮白石爲糧，因就白石山居，時人故號曰『白石先生』。」

天台山

曇雲亭上望迢迢，得得游來不憚勞。瀑布笑聲吹作雨，石梁打滑踏翻橋。臨行未忍頻回顧，應愧浮生到幾遭。華頂縱觀期更宿，海天夜半日初高。

【箋注】

〔得得游來不憚勞〕得得：率性而爲、恬然自適貌。語出《莊子・駢拇》：「吾所謂臧者，非所謂仁義之謂也，任其性命之情而已矣。吾所謂聰者，非謂其聞彼也，自聞而已矣。吾所謂明者，非謂其見彼也，自見而已矣。夫不自見而見彼，不自得而得彼者，是得人之得而不自得其得者也，適人之適而不自適其適者也。」

雁宕山

山頂有蕩，雁來浴其内，故名。山有芙蓉村，山前有捲旂峰，卓立萬丈。

秀甲峨眉奪九州，奇觀非獨讓龍湫。峰高遮日來晴瀑，露落無聲喝斷流。山鳥呼名飛不去，村花問姓冷于秋。老僧巖畔長年住，閱盡人間今古游。

【箋注】

〔峰高遮日來晴瀑〕晴瀑：晴天亦不斷流的瀑布。明鄭真《題廬山瀑布圖》詩：「香爐峰上夢曾遊，晴瀑聲喧萬壑秋。」又明羅玘《萱壽承恩詩爲劉博之題》詩：「如泉穴山中，萬丈瀉晴瀑。」

普陀山

鬼斧神工巧斫開，嶙峋絶[一]壁倚天限。浪聲似欲推山[二]去，潮勢真堪挾海來。嶺半晴空飛雨霧，洞中白日走風雷。擬尋大士知何處，獨立槃陀最上臺。

【校記】

[一]「絶」，雲南叢書本作「石」。

[二]「山」，雲南叢書本作「天」。

【箋注】

〔嶙峋絶壁倚天限〕嶙峋：幽深而高聳貌。

〔擬尋大士知何處〕大士：指觀世音菩薩。

武夷峨眉游願未了[一]

落落晴飛白玉烟，幔亭高揭水簾懸。生平濟勝非無具，亦信名山自有緣。逸少未游汶嶺恨，向平多被[二]世情牽。不知何事爲僧累，説到峨眉似上天。

【校記】

[一] 詩題「武夷峨眉游願未了」，雲南叢書本作「峨眉山久懷游願未了」。

[二] 「被」，雲南叢書本作「爲」。按若作「爲」，與下句「不知何事爲僧累」之「爲」重出。

【箋注】

〔落落晴飛白玉烟〕落落：多而連續不斷貌。

〔幔亭高揭水簾懸〕幔亭：福建武夷山的代稱。因山上有幔亭峰之勝境，故云。　高揭：聳立、突出。　水簾：瀑布。

〔逸少未游汶嶺恨〕逸少：指青春年少時。　汶嶺：即岷山，在四川省北部，横跨四川、甘肅兩省邊境，爲長江、黄河之分水嶺。

〔向平多被世情牽〕向平：指老邁之時。按「向平」原指東漢高士向長，據史書（見《後漢書·逸民傳·向長》）記載，向長字子平，隱居不仕，待子女婚嫁完畢，乃漫游五嶽名山，後不知所終，遂以「向平」爲兒女婚嫁完畢之典，進一步亦可指人生老邁之時。

南嶽送歸

山中舊業荒凉盡，江上當年説去遲。破竈隳來惟剩土，老松偃後久無枝。緣崖覓路僧歸夜，踏凍[二]横流橋斷時。此際無爲相送爾，好峰無數忽攢眉。

【校記】

〔二〕「踏凍横流橋斷時」，雲南叢書本作「踏斷横流橋接時」。

【箋注】

〔江上當年説去遲〕宋王之望《饒守陳粹中有詩見留次韻爲謝》詩：「相逢一笑又相離，腸斷登臨送别時。久占都亭慚重客，秋風回首片帆遲。」

〔此際無爲相送爾〕無爲：不必；何必。

〔好峰無數忽攢眉〕攢眉：因傷感、不快皺眉。按此句承上「此際無爲相送爾」句，謂此際離别何必相送，無數好峰已以攢眉之態代爲相送矣。

廬山送義公歸隱兼致山中故舊

高天抱去只孤筇，曾記匡廬半面逢。秋水牽情吴子國，故人歸老漢王峰。同門好友誰猶在，招隱來書得幾封？到日爲予先致語，把茅結傍石門松。

【箋注】

〔詩題〕王注：「《金壇縣志》：『義公字湛懷，金壇王氏子。十歲披薙于金陵報恩寺，二十遠遊名山，參訪耆宿，建黄曲社于堯山。後返長干新安，汪仲嘉募金建閣，以攝禪净，遂不復出。游戲筆墨，作倪迂小景，賢士大夫多從之遊。天啓末年元日，命僧徒具湯沐，跏趺端坐而逝。周暉選其詩三十首，附憨山、雪浪二老之後，曰《三僧詩》。』按詩是借廬山爲題而送義公，所謂寄想者是也，非在廬山送義公，亦未必有義公往廬山之事實。義公没于天啓末年，以時代計，即義公年長，亦可與蒼雪有一番因緣，且義公能詩者，更當相契也。」

〔高天抱去只孤筇〕高天：秋時高朗之天空。唐杜甫《送韋諷上閬州録事參軍》詩：「揮淚臨大江，高天意凄惻。」仇兆鼇注：「高天，指秋時。《楚辭》：天高而氣清。」　抱去：猶「拋去」，「抱」通「拋」，謂拋棄、棄擲。

〔秋水牽情吴子國〕吴子國：代指蘇州。宋曾幾《遊虎丘寺》詩：「重遊吴子國，又入虎丘山。」明鄭善夫《寄顧九和侍講》詩：「昔在吴子國，對君啓心懷。朝遊太湖水，暮宿姑胥臺。」

〔故人歸老漢王峰〕漢王峰：未知何指，似泛指巴蜀。漢王，項羽入關後給劉邦的封號。

〔把茅結傍石門松〕把茅：言有一把茅蓋在頭上當作草庵，以蔽風雨，喻指居所簡約至極。宋普濟《五燈會元》卷十三《雲居道膺禪師》：「師問：『如何是祖師意？』山曰：『闍黎，他後有把茅蓋頭，忽有人問，如何祇對？』」又宋陳師道《規禪停雲齋》詩：「何年一把茅，據坐孤峯律。」　石門：古道名，隋唐時爲四川通往雲貴的重要通道，因途經四川高縣境内石門山而得名。

青原山送游

祖庭獨去禮青原，南嶽須知共發源。派列九州相伯仲，流來一脉自崑崙。潯陽出没江光細，雲夢浮沉水氣昏。草長法堂應丈許，好從絶頂看朝暾。

【箋注】

〔詩題〕青原山：位於江西吉安東南，又名青原安隱山，山中有駱駝峰、鷓鴣嶺、雷泉、錫泉、虎咆泉等名勝，禪宗七祖行思禪師曾於此山開創净居寺。《江西通志》卷九《山川·吉安府》：「青原山在府城東南十五里，山勢鬱盤，外望如蔽。旁有徑，縈磵而入，度待月橋，石壁峭倚，其中曠衍，净居寺在焉。山半蹊，稍平，有卓錫泉在七祖行思塔左，虎跑泉在右，其後爲雷震泉。三泉之外，又有名龍井、碧乳者。獅、象二山左右拱立，駝峰、鷓鴣嶺巑岏絡繹，蓋天然勝區也。」

〔祖庭獨去禮青原〕祖庭：佛教用語，指與某宗派的創建或發展有重大關係且被此宗派後世信徒所認可的寺院。

〔南嶽須知共發源〕南嶽：指唐代懷讓禪師，因其人住在衡嶽般若寺，故稱南嶽。　按六祖慧能下出二大禪宗派系，一曰南嶽，一曰青原，故云「南嶽須知共發源」。

〔潯陽出没江光細〕唐杜甫《通泉驛南去通泉縣十五里山水作》詩：「山色遠寂寞，江光夕滋漫。」

〔雲夢浮沉水氣昏〕唐杜甫《愁坐》詩：「十月山寒重，孤城水氣昏。」

〔好從絶頂看朝暾〕好：適宜，適合。　朝暾：初升的太陽。

五臺山送游

北訪南詢擬善財，文殊文喜漫相猜。百城烟水磨雙足，片石清涼拜五臺。亂葉穿燈通夜放，雜花散雪四時開。竹林錯過休當面，遮莫臨行首重回。

【箋注】

〔北訪南詢擬善財〕此句化用佛教典故。據《華嚴經·入法界品》記載，善財童子最初從文殊菩薩處發菩提心，又次第南行，先後向菩薩、佛母、比丘、比丘尼、優婆塞、天神、地神、主夜神、王者、城主、長者、居士、童子、天女、童女、外道、婆羅門等五十三位善知識參訪請教，並依教奉行，終獲善果。

〔文殊文喜漫相猜〕此句亦化用佛教典故。宋普濟《五燈會元》卷九《無著文喜禪師》：「杭州無著文喜禪師，嘉禾語溪人也，姓朱氏。七歲，依本邑常樂寺國清出家剃染，後習律聽教。屬會昌澄汰，反服韜晦。大中初，例重懺度於鹽官齊峰寺，後謁大慈山性空禪師。空曰：『子何不遍參乎？』師直往五臺山華嚴寺，至金剛窟禮謁，遇一老翁牽牛而行，邀師入寺。翁呼均提，有童子應聲出迎。翁縱牛，引師陞堂，堂宇皆耀金色，翁踞床指繡墩命坐。翁曰：『近自何來？』師曰：『南方。』翁曰：『南方佛法如何住持？』師曰：『末法比丘，少奉戒律。』翁曰：『多少衆？』師曰：『或三百，或五百。』師却問：『此間佛法如何住持？』翁曰：『龍蛇混雜，凡聖同居。』師曰：『多少衆？』翁曰：『前三三，後三三。』翁呼童子致茶，并進酥酪，師納其味，心意豁然。……師辭退，翁令童子相送。師問童子：『前三三，後三三，是多少？』童召：『大德！』師應諾。童曰：『是多少？』師復問曰：『此爲何處？』童曰：『此金剛窟般若寺也。』師凄然，悟彼翁者即文殊也。不可再見，即稽首童子，願乞一言爲別。童説偈曰：『面上無嗔供養具，口裏無嗔吐妙香。心裏無嗔是珍寶，無垢無染是真常。』言訖，均提與寺俱隱，但見五色雲中，文殊乘金毛師子往來，忽有白雲自東方來，覆之不見。時有滄州菩提寺僧修政等至，尚聞山石震吼之聲。師因駐錫五臺。咸通三年，至洪州觀音參仰山，頓了心契，令充典座。文殊嘗現於粥鑊上，師以攪粥篦便打，曰：『文殊自文殊，文喜自文喜。』殊乃説偈曰：『苦瓠連根苦，甜瓜徹蔕甜。修行三大劫，却被老僧嫌。』」

〔遮莫臨行首重回〕遮莫：莫要，不必。

峨眉山寄友

一條竹杖緊相隨，問到因緣總不知。垂老未能歸舊隱，逢人常是説峨眉。大風捲去愁茅屋，積雪封來覆木皮。幾負溪山深處話，懸燈寒照石琉璃。

【箋注】

〔問到因緣總不知〕因緣：佛教語，「因」指主要原因，「緣」指次要條件。佛教認爲，世間一切事物，皆由因、緣和合而生。

〔大風捲去愁茅屋〕唐杜甫《茅屋爲秋風所破歌》詩：「八月秋高風怒號，卷我屋上三重茅。」

〔積雪封來覆木皮〕木皮：樹皮。

〔懸燈寒照石琉璃〕唐韋應物《宿永陽寄璨律師》詩：「遥知郡齋夜，凍雪封松竹。時有山僧來，懸燈獨自宿。」

開　徑[一]

蔓草荒蕪芟更芟，高低老我荷長鑱。褒斜直上連雲氣，絶壁中分破石函。一轉未能窮衆岫，百盤曲盡到重巖。故鄉竹下休相擬，流水潺潺自隔凡。

【校記】

〔一〕詩題「開徑」，雲南叢書本作「開途」。

【箋注】

〔蔓草荒蕪芟更芟〕芟：除草。

〔高低老我荷長鑱〕荷：肩負，扛。　鑱：舊時用來掘土的工具，有彎曲的長柄。

〔褒斜直上連雲氣〕此句喻指開徑過程艱辛如褒斜道，開成之徑險峻亦如褒斜道。　褒斜：「褒斜道」之省稱，古道路名，因取道褒水、斜水兩河谷而得名。此道山勢險峻，經歷代鑿山架木於絶壁間修棧道而成，舊時爲貫通川、陝的交通要道。《後漢書·順帝紀》：「乙亥，詔益州刺史罷子午道，通褒斜路。」李賢注引《三秦記》云：「褒斜，漢中谷名。南谷名褒，北谷名斜，首尾七百里。」

〔絶壁中分破石函〕此句亦用比喻，喻指於懸崖絶壁中開徑，形如破開石函。　石函：石製的匣子。

〔一轉未能窮衆岫〕一轉：一次。　岫：峰巒。

〔故鄉竹下休相擬〕此句化用西漢蔣詡辭官歸故里，於舍中竹下開三徑之典故。唐李瀚《蒙求》卷上《蔣詡三逕許由一瓢》：「前漢蔣詡字元卿，杜陵人，爲兖州刺史，以廉直爲名。王莽居攝，以病免，歸鄉里。《三輔決録》曰：『詡舍中竹下開三逕，唯故人求仲、羊仲從之遊。』」

秋柳二首

一片秋聲何處尋，陌頭楊柳忽蕭森。紅亭倚馬枝猶在，白露聞蟬感易侵。葉老幾時生細浪，風疏漸覺減濃陰。最憐楚驛隋堤上，衰颯無條不繫心。

【箋注】

〔陌頭楊柳忽蕭森〕陌頭：路旁，路邊。唐王昌齡《閨怨》詩：「忽見陌頭楊柳色，悔教夫壻覓封侯。」　蕭森：草木凋零衰敗貌。

〔紅亭倚馬枝猶在〕倚馬：據《世説新語・文學》記載，晉袁宏爲桓温起草公文，只見其倚馬揮筆，頃刻寫就，後遂用作才思敏捷之典。此處「倚馬」則進一步喻指撰寫離别詩文時才思如泉湧。　枝：楊柳枝。折楊柳枝以贈别。

〔葉老幾時生細浪〕細浪：喻指秋時柳葉葉面因衰老而出現的細小波紋。

〔最憐楚驛隋堤上〕唐姚合《送劉詹事赴壽州》詩：「隋堤傍楊柳，楚驛在波濤。别後書頻寄，無辭費筆毫。」

江潭柳色水粼粼，纔着秋霜便不勻。强使細腰能學舞，難將青眼更窺人。蕭疏風雨堤邊影，寂寞關山笛裏聲。携手送君南浦去，無由折贈一枝春。

【箋注】

〔寂寞關山笛裏聲〕唐韋莊《清平樂・野花芳草》詞：「野花芳草，寂寞關山道。柳吐金絲鶯語早，惆悵香閨暗老。」

〔無由折贈一枝春〕宋李昉《太平御覽》卷十九《時序部四》：「《荆州記》曰：陸凱與范曄爲友，在江南寄梅花一枝詣長安與曄，並贈詩云：『折梅逢驛使，寄與隴頭人。江南無所有，聊贈一枝春。』」

和廖傅生梅花詩四首禁香影雪月字

支離老骨瘦稜稜，面目于君覺可憎。標格自來難耐俗，清寒到底不輸僧。半晴日氣初沉水，一片花光欲凍冰。盡道緑紗窗裏好，石欄土砌也堪憑。

【箋注】

〔詩題〕王注：「何棟如《何太僕集·廖傅生墓誌銘》：『廖君諱孔悦，字傅生，别號定庵。先世籍豫之泰山，徙楚涵江。王父明河公以《春秋》魁南國，歷官南司空，生夢衡公，登隆慶辛未進士，歷官南司寇，終觀察副使。既父子官南都，樂其山水土俗之勝，因徙家焉。公初艱嗣，年五十餘，一夕，夢老僧入室，寤而君生，眉目秀朗，穎異獨絶。弱冠，補博士弟子，業成，均不樂以舉子義見長，獨嗜釋老之學，尤喜作詩。又往往自逃于酒，掩關却掃，不喜數見客，獨與高僧勝流携錢酒覓山水佳處，盤桓嘯詠則竟日忘返。飲至數斗不醉，座無可共飲者，則舉大白自酌。每有所酬對，意思簡穆而言語温醇，令人如飲醇醪，不覺自醉。入常良山，訪陶貞白遺迹，睹石壁秀絶而洞户湮塞，君疑有異，爲展轉搜剔，得石穴豁然如數間屋，蓋古柏枝洞也。作《復柏枝洞記》，千餘言，奇偉特甚，因就修玄祕之業。居久之，念母春秋高而良常險遠，不時得覲左右，謀得近地可栖託者，過祈澤寺，悦之，因構小亭亂石叢木中，日宴坐其下，夜則就僧家小樓卧，數日一歸覲母。晚更以母病不復暫離，乃創小庵宅前，延寺僧共住，朝夕作佛事其中，蓋老僧之夢當自有本末，非偶然也。生于萬曆甲申，卒于崇禎丙子，得年五十有三。』」

〔標格自來難耐俗〕標格：風度，風範。

〔一片花光欲凍冰〕宋韓淲《紫巖》詩：「年年醉倒春風前，一片花光雜管弦。」

〔盡道緑紗窗裏好〕元薩都拉《江南樂》詩：「門前花船如畫閣，緑紗窗虚鎖春霧。」

凍勢何爲獨忍欺，春光探取向南枝。誰家玉笛吹殘後，正是羅浮夢覺時。客子不歸攀欲盡，遠人應望寄來遲。何由霜露能經變，怪底風塵絶染姿。

【箋注】

〔正是羅浮夢覺時〕羅浮夢：舊題唐柳宗元《龍城録》卷上《趙師雄醉憩梅花下》：「隋開皇中，趙師雄遷羅浮。一日，天寒日暮，在醉醒間，因憩僕車於松林間酒肆傍舍，見一女子，淡粧素服，出迓師雄。時已昏黑，殘雪對月色微明，師雄喜之，與之語，但覺芳香襲人，語言極清麗，因與之扣酒家門，得數杯，相與飲。少頃，有一緑衣童來，笑歌戲舞，亦自可觀。頃醉寢，師雄亦懵然，但覺風寒相襲。久之，時東方已白，師雄起視，乃在大梅花樹下，上有翠羽啾嘈相顧，月落參横，但惆悵而爾。」後乃以之爲詠梅典故，如唐殷堯藩《送劉禹錫侍御出刺連州》詩：「梅花清入羅浮夢，茘子紅分廣海程。」又元謝宗可《緑萼梅》詩：「多因誤入羅浮夢，愁絶黄昏鬢已蒼。」

〔客子不歸攀欲盡〕宋朱松《戲代作送住郎》詩：「同攀梅蕊便分携，回雁峰前試綵衣。學就浯溪厓上字，雁回莫遣信音稀。」

〔遠人應望寄來遲〕此句化用「寄梅」之典，暗指對親朋好友的思念與問候。宋李昉《太平御覽》卷十九《時序部四》：「《荊州記》曰：陸凱與范曄爲友，在江南寄梅花一枝詣長安與曄，並贈詩云：『折梅逢驛使，寄與隴頭人。江南無所有，聊贈一枝春。』」

〔何由霜露能經變〕何由：因何，何以。

〔怪底風塵絶染姿〕怪底：難怪。風塵：高風清塵，喻指梅花清高之品格。染姿：染，謂污染；姿，指（梅花）雅潔清高之姿。

一回寒極領孤芳，衆卉無顔漫比量。臘盡忽開春寂歷，風來小舞勢疏狂。神情自足偏宜澹，丰韻天成不費粧。何似孤山高隱處，層層烟浪接湖光。

【箋注】

〔衆卉無顔漫比量〕漫比量：隨意或輕易比照。

〔臘盡忽開春寂歷〕寂歷：寂静、冷清。

〔風來小舞勢疏狂〕疏狂：豪放不拘貌。

冰爲肌骨玉爲顔，姑射神居莫辨山。幾度幽探深谷裏，何人不折一枝還？迷離殘夢孤燈下，摇蕩春愁落照間。每爲飛花增歎息，争如流水自閒閒？

【箋注】

〔姑射神居莫辨山〕姑射：典出《莊子·逍遥遊》：「藐姑射之山，有神人居焉，肌膚若冰雪，淖約若處子。」後以「姑射」爲神仙或美人之代稱。

〔争如流水自閒閒〕閒閒：閒静自得貌。

代魯秀才孟尼客中感懷

孤劍隨身欲試難，不堪漂泊此長干。空懷漂母追千古，始信王孫感一餐。蕭寺春歸花影瘦，楚江書斷雁聲殘。人情漫比秋雲薄，薄到秋雲尚可看。

【箋注】

〔不堪漂泊此長干〕長干：古建康（今南京市）里巷名，借指南京。

〔空懷漂母追千古，始信王孫感一餐〕典出《史記·淮陰侯列傳》：「淮陰侯韓信者，淮陰人也。始爲布衣時，貧無行，不得推擇爲吏，又不能治生商賈，常從人寄食飲，人多厭之者。常數從其下鄉南昌亭長寄食，數月，亭長妻患之，乃晨炊蓐食。食時信往，不爲具食。信亦知其意，怒，竟絶去。信釣於城下，諸母漂，有一母見信飢，飯信，竟漂數十日。信喜，謂漂母曰：『吾必有以重報母。』母怒曰：『大丈夫不能自食，吾哀王孫而進食，豈望報乎！』淮陰屠中少年有侮信者，曰：『若雖長大，好帶刀劍，中情怯耳。』衆辱之曰：『信能死，刺我；不能死，出我袴下。』於是信孰視之，俛出胯下，蒲伏。一市人皆笑信，以爲怯。」

〔蕭寺春歸花影瘦〕蕭寺：佛寺之泛稱。唐李肇《唐國史補》卷中：「梁武帝造寺，令蕭子雲飛白大書『蕭』字，至今一『蕭』字存焉。」後以「蕭寺」泛指佛寺，蓋源於此。

〔楚江書斷雁聲殘〕楚江：楚地的江河，此指楚地（即客居者故鄉）。　書：書信。宋王銍《幽居》詩：「望鄉書斷雁，問路客回船。」又清吴偉業《八風詩》之四：「萬里扶摇過白登，少卿書斷雁難憑。」

〔人情漫比秋雲薄〕漫比：漫，隨意、輕易；比，等同、齊同。宋胡寅《冬至前半月赴季父梅花之集與韓蒲向憲唐幹諸人唱和十首》詩之七：「漫比玉容歌璧月，空將鷺羽鬥瓊枝。」

賦得游魚啖花影

錦鱗一串引波光，春色依微在野塘。觸着流紅如戀餌，啖殘浮翠不聞香。擬如無味剛拋去，猶似含情未肯忘。即水即花何處是，非空非有兩茫茫。

【箋注】

〔春色依微在野塘〕依微：微細、隱約貌。唐韋應物《長安道》詩：「春雨依微春尚早，長安貴遊愛芳草。」又元吴鎮《王晋卿畫》詩：「碧樹依微春水闊，蒼山縹緲暮雲籠。」

〔觸着流紅如戀餌〕流紅：漂流在水中的落花。

寓吴師利庵羅樹園

漫比孤山處士家，忘言應共老毗耶。飯香金粟分來後，月冷蒲團坐到斜。四壁芭蕉風露夜，一簾蟋蟀海棠花。草庵止宿人難近，不許門前駐鹿車。

【箋注】

〔詩題〕《南來堂詩集》（八卷本）卷二《渡江訪師利居士阻風》題，王注云：「范鳳翼《范璽卿詩集·吴氏園作四首》有引云『冬日遇廣陵吴師利道兄，爲予下榻文園，而蒼雪禪師已駐錫於此，因出所和李本寧先生詩見示，不揣依韻酬之，終愧不如碧雲秀句更翛遠耳，時爲甲子十月』云云。按甲子爲天啓四年，正蒼雪居白門時也；詩題爲《吴氏園作》，而引云『下榻文園』，則文園當即吴氏園。……可知張、汪皆後來之園主人，而園在明代之主人，或即吴師利也。范鳳翼下榻文園，而蒼雪所寓者庵羅樹園，則文園似别有主人，每爲當時名流所居，而庵羅樹園則屬吴師利。吴師利學佛之徒，故寓蒼雪於庵羅樹園，而爲范鳳翼下榻文園，二園地當接近。或文園中别有一區名庵羅樹園，爲吴師利所居。吴師利招待來賓，各從其所適宜也。《新安二布衣集》，吴非熊有《送吴師利遊栖霞》五律一首、《法梅寺吴振之師利同遊》五排一首，又《過吴師利文園》五律一首，首二句云：『園館花已發，主人仍未歸。』據此則文園主人即吴師利矣。按吴師利與振之，同爲休甯商山巨族，富擬王侯。」

〔漫比孤山處士家〕漫比：參《代魯秀才孟尼客中感懷》詩「人情漫比秋雲薄」句注。孤山處士：指北宋著名詩人兼隱士林逋。孤山，山名，在杭州西湖之中，孤峰聳立，清幽秀麗，北宋林逋曾於此中種梅養鶴而隱居，世乃稱其爲「孤山處士」。孤山北麓有放鶴亭及梅林，皆勝景。

〔忘言應共老毗耶〕此句化用佛教典故，謂如維摩詰居士杜口不言而深得妙諦。據《維摩經》所言，維摩詰居士住毗耶城，釋迦牟尼於此地説法時，維摩詰稱病不去，於是釋迦牟尼派文殊師利前往問疾。文殊師利問維摩詰曰：「何等是菩薩入不二法門？」維摩詰默然不對，文殊師利歎曰：「乃至無有文字語言，是真入不二法門。」毗耶：佛教語，梵語音譯，亦作「毗邪」等，古印度城名。據佛教傳説，此爲維摩詰居士居處，以故亦常用以喻指精通佛法、善於解説佛理之人。

〔飯香金粟分來後〕此句亦化用佛教典故。據佛教傳説，維摩詰居士乃金粟如來之化身，其人自妙喜國化生於世，以居士身份輔佐釋迦牟尼教化衆生。

〔月冷蒲團坐到斜〕蒲團：蒲草編織而成的圓形墊子，常用作僧人坐禪或跪拜之具。

〔不許門前駐鹿車〕此句亦化用佛教典故，謂修行已超越獨覺乘而入於菩薩乘（成佛之道）。鹿車：《法華經》所謂三車之一，「三車」者，即羊車、鹿車、牛車。羊車喻聲聞乘，鹿車喻獨覺乘（中乘），牛車喻菩薩乘（成佛之道）；至菩薩乘，乃可成佛。

次答淳之自荆溪見寄四首

露下秋高天氣清，清宵孤寂偶關情。寒深淮水人何在，信斷衡陽夢未成。向月花陰虛自轉，落苔松子冷無聲。秋歸只覺床頭近，促織連綿到五更。

【箋注】

〔詩題〕荆溪：明李賢《明一統志》卷十《常州府・山川》：「荆溪，在荆南山北，《漢・地理志》云：『中江出蕪湖之西南，東至陽羨入海。』即此溪也。蓋荆溪上通蕪湖，下注震澤、達松江，而入于海。溪流既遠，澄澈可鑑，溪南峰巒相映如畫，名賢多取此爲隱處之勝。」

〔露下秋高天氣清〕元謝應芳《玉山席上分韻得對字》詩：「秋高天氣清，喜此良宴會。」又明張吉《閒居雜興》詩：「秋高天氣肅，庭院遊氛少。」

〔信斷衡陽夢未成〕明羅泰《題宿雁》詩：「魂歸紫塞三更月，夢斷衡陽萬里秋。」

獨在荆溪溪復東，可無詩句滿詩筒？涼侵塵夢回蕉鹿，怨入秋聲化草蟲。老病摧殘霜氣後，故交冷落雁聲中。隨風爲寄滄浪曲，自與時人調不同。

【箋注】

〔涼侵塵夢回蕉鹿〕蕉鹿：謂夢幻。典出《列子·周穆王》：「鄭人有薪於野者，遇駭鹿，御而擊之，斃之。恐人見之也，遽而藏諸隍中，覆之以蕉，不勝其喜。俄而遺其所藏之處，遂以爲夢焉。」「蕉」通「樵」，指柴薪。

〔隨風爲寄滄浪曲〕滄浪曲：古曲名。典出《孟子·離婁上》：「有孺子歌曰：『滄浪之水清兮，可以濯我纓；滄浪之水濁兮，可以濯我足。』孔子曰：『小子聽之：清斯濯纓，濁斯濯足矣。自取之也。』」

花草如何自合歡，倦游記得訪鹽官。乍逢忽別無言處，遠水孤帆對面寒。耐性髮毛隨自長，妨閒人事恐多端。舉頭只有荆溪月，夜夜推窗不厭看。

【箋注】

〔花草如何自合歡〕此句觸景生情，謂所見花草皆合和歡樂，唯離别之人各自孤愁。　如何：爲何，何故。　合歡：猶「聯歡」，謂合和歡樂。

〔倦游記得訪鹽官〕此句似爲勸説之語，謂待倦游時，不妨設法謀求鹽官一職。　訪：探問；探詢。　鹽官：主管鹽務的官員，此指「鹽官」之職。

〔妨閒人事恐多端〕妨閒：妨礙悠閒恬適（的生活）。　人事：人間世事，譬如仕宦及交際應酬之類。

接書如接宇眉歡，見説銅官勝瓦官。罨畫溪深殘暑盡，芙蓉湖近早秋寒。烟霞隨分笻三尺，江漢交情綺一端。獨有松關人寂寞，黄花無語坐相看。

【箋注】

〔接書如接宇眉歡〕宇眉：猶「眉宇」，謂眉額之間，亦泛指容貌，此爲泛指。

〔見説銅官勝瓦官〕見説：聽説。　銅官：主管開採銅礦之官。　瓦官：主管燒製土陶器物之官。

〔罨畫溪深殘暑盡〕罨畫溪：溪名，在今浙江湖州境内，爲勝景，享盛譽；罨畫，謂色彩鮮明如畫。宋樂史《太平寰宇記》卷九十二《常州・宜興縣》：「圻溪，今俗呼爲『罨畫溪』，在縣南三十六里，源出懸脚嶺，東流入太湖。」又明李賢《明一統志》卷四十《湖州府・山川》：「罨畫溪，在長興縣西八里，古木夾岸，叢篠翳其下，朱藤蔽其上，如是者十里。花時，遊人競集，有罨畫亭，唐鄭谷詩：『顧渚山邊郡，溪將罨畫通。』」

〔芙蓉湖近早秋寒〕芙蓉湖：湖名，在今江蘇無錫境内，亦爲勝景，享有盛譽。明無名氏《無錫縣志》卷二《山川》：「芙蓉湖，在州東北興道鄉，《寰宇記》云：上湖一名芙蓉湖，亦謂之無錫湖，占晋陵、江陰、無錫三縣界，西去常州五十九里，東西四十五里，南北四十里，深五尺，東流爲五瀉水。……《徐州記》云：横山北曰上湖，南曰芙蓉湖。陸羽《惠山記》云：惠山東北九里有上湖，一名射貴湖，一名芙蓉湖。其湖南控長洲，東洞江陰，北掩晋陵，蒼蒼渺渺，迫於軒户，故惠山有望湖閣，蓋自山下百餘里，目極荷花不斷，以爲江南烟水之盛。」

〔烟霞隨分笻三尺〕烟霞：自然山川之景。　隨分：隨意；隨處。　笻：竹杖。

〔江漢交情綺一端〕此句爲想象兼稱頌之語，謂淳之游歷遍及江漢一帶的自然山川，凡所到之處則廣交朋友，其交情遍及江漢一帶，似綺上的花紋。　綺：有花紋的絲織品。　一端：一頭；一邊。

〔獨有松關人寂寞〕松關：松樹枝條所製之門閂，借指柴門。

北固山送歸

一帶江流古潤州，每因送客憶曾游。米家山寺半黄葉，雲裏老僧多白頭。漁艇去來京口渡，潮聲出入郡西樓。了元向後無消息，蘇子誰將玉帶留？

【箋注】

〔詩題〕北固山：山名，在今江蘇鎮江東北，有南、中、北三峰，其北峰三面臨江，形勢險要，故稱「北固」。

〔一帶江流古潤州〕潤州：地名，隋時始置，以州東有潤浦得名，位於今江蘇鎮江市。

〔米家山寺半黄葉〕米家山寺：米家山，即北宋書畫家米芾。鎮江米芾墓靠近鶴林寺，故所謂「米家山寺」，似即指鶴林寺。

〔了元向後無消息，蘇子誰將玉帶留〕此二句化用蘇軾與佛印典故。宋蔡正孫《詩林廣記後集》卷三《蘇東坡·次元長老韻》：「題云『以玉帶施元長老元以衲裙相報遂次其韻』，師民瞻詩注云：佛印禪師法名了元，饒州人。公久與之游，時住持潤州金山寺，公赴杭過潤，爲留數月。一日，值師挂牌，與弟子入室，公便服入，方丈見之。師云：『内翰何來？此間無坐處！』公戲云：『暫借和尚四大用作禪床。』師曰：『山僧有一轉語，内翰言下即答，當從所請；如稍涉擬議，所係玉帶，願留以鎮山門。』公許之。便解玉帶置几上。師云：『山僧四大本無，五蘊非有，内翰欲於何處坐？』公擬議，未即答。師急呼侍者云：『收此玉帶，永鎮山門！』公笑而與之，師遂取衲裙相報，因有二絶，公次韻答之。」

訪靖江令

偶從閒裏訪忙官，折葦横江欲渡難。愛客半傾天下士，等閒莫作衲衣看。潮聲應候秋來遠，地勢無憑日漲寬。小縣花封留不住，傳聞初報豸加冠。

【箋注】

〔詩題〕靖江：地名，在今江蘇泰州境内。

〔折葦横江欲渡難〕折葦：折取蘆葦並纏束作舟筏，以渡江河。語本《詩·衛風·河廣》：「誰謂河廣，一葦杭之。」毛傳：「杭，渡也。」鄭箋：「誰謂河水廣與？一葦加之則可以渡之。」孔穎達疏：「言一葦者，謂一束也，可以浮之水上而渡，若浮栰然，非一根葦也。」　横江：即横江浦，在今安徽和縣境内，與采石磯隔江相對。唐李白《横江詞六首》詩之二：「海潮南去過尋陽，牛渚由來險馬當。横江欲渡風波惡，一水牽愁萬里長。」王琦注云：「《方輿勝覽》：『牛渚山在太平州當塗縣北三十里，山下有磯，古津渡也，與和州横江渡相對。』……然微風輒浪作不可行，劉賓客云：『蘆葦晚風起，秋江鱗甲生。』王文公云：『一風微吹萬舟阻。』皆謂此磯也。《太平府志》：『牛渚磯屹然立江流之衝，水勢湍急，大爲舟楫之害。』《元和郡縣志》：『馬當山在江州彭澤縣東北一百里，横入大江，甚爲險絶，往來多覆溺之懼。』《太平御覽·九江記》曰：『馬當山高八十丈，周迴四里，在古彭澤縣北一百二十里，其山横枕大江，山象馬形，回風急擊，波浪湧沸，舟船上下多懷憂恐，山際立馬當山廟以祀之。』」

〔等閒莫作衲衣看〕此句承上句「愛客半傾天下士」，以告誡語氣，言莫輕易視吾輩作尋常僧人也。

等閒：輕易。　衲衣：僧衣，代指僧人。

〔小縣花封留不住〕花封：明清時賜給貴婦人的封誥，此喻指虚銜或低等官爵。

〔傳聞初報豸加冠〕報：書面告知。豸加冠：豸冠，謂獬豸冠，古代御史等執法官吏所戴之冠，此指加封爲執法官。

奉和二楞師辛酉元旦

四海歡呼舜日昇，莫憂米價[一]問廬陵。新頒丹詔逢元旦[二]，穩坐青山到老僧。寒氣已分昨夜火，靈光猶續舊年燈。不知春色來多少，細看崖前萬歲藤。

【校記】

[一]「米價」，王本作「酒價」，旁校記云：「酒一作米。」雲南叢書本亦作「酒價」。按當作「米價」，此徑改。「廬陵米價」，禪宗公案名，又作「青原米價」，是禪門中用來表示佛法不離實際生活的慣用語，如宋普濟《五燈會元》卷六《黄山月輪禪師》：「一日，夾山抗聲問曰：『子是甚麽處人？』師曰：『閩中人。』山曰：『還識老僧麽？』師曰：『和尚還識學人麽？』山曰：『不然。子且還老僧草鞋錢，然後老僧還子廬陵米價。』師曰：『恁麽則不識和尚也。未委廬陵米作麽價？』山曰：『真師子兒，善能哮吼。』乃入室受印，依附七年。」又宋普濟《五燈會元》卷十七《太平安禪師》：「上堂：『有利無利，莫離行市。鎮州蘿蔔極貴，廬陵米價甚賤。争似太平這裏，時豐道泰，商賈駢闐。白米四文一升，蘿蔔一文一束。不用北頭買賤，西頭賣貴。自然物及四生，自然利資王化。又怎生説個佛法道理？』」

〔三〕「元旦」，雲南叢書本作「元日」。

【箋注】

〔詩題〕二楞師：即二雨禪師通潤。蒼雪詩中，雨師、二楞師、鐵山師等均指一雨禪師。詳參《雨後鐵山送陸仲安歸洞庭西山》詩題注。辛酉：公元一六二一年，即明天啓元年。

〔四海歡呼舜日昇〕舜日：喻指太平盛世。

〔莫憂米價問廬陵〕參本詩校記〔二〕。

〔穩坐青山到老僧〕穩坐青山：謂一心專注於佛法，而不問世事變遷。

〔細看崖前萬歲藤〕唐李商隱《幽人》詩：「丹竈三年火，蒼崖萬歲藤。」

次章青蓮韻送扈芷弟還山

一瓢歸去卧青山，盡日看雲袖手閒。眼底怪來輕世界，詩名贏得滿人間。谷風不繫東西影，江月平分上下環。黃葉漸凋峰骨露，到門依舊石斕斑。

【箋注】

〔詩題〕章青蓮：參《葉墜》詩題注。扈芷：參《眉山歸隱卷爲扈公》詩題注。

〔一瓢歸去卧青山〕一瓢：喻指極簡的生活。語出《論語・雍也》：「子曰：『賢哉回也！一簞食，一瓢飲，在陋巷，人不堪其憂，回也不改其樂。賢哉回也！』」

〔谷風不繫東西影〕谷風：山谷中的風。

〔江月平分上下環〕此句暗指月圓而別。天空中圓月之影映於江心，乃有上下兩月皆如玉環之感，此時分離，雖真幻交替，亦信當能兩相圓滿，故曰「平分上下環」。

送映公還山

雨花社裏逢君日，秋水溪頭送別時。兩岸柳風蟬噪急，一天花露雁歸遲。青山有夢憐同調，白髮無家共老師。自笑寒關無約束，白雲深處不相隨。

【箋注】

〔詩題〕映公：未詳何人。

〔雨花社裏逢君日〕雨花社：泛指佛教組織或團體。據佛教傳説，佛祖説法時，花從天而降，密集似雨，故常以「雨花」代指與佛教活動密切相關之事物。

〔白髮無家共老師〕老師：對僧侶的尊稱。

〔自笑寒關無約束〕寒關：清冷寒涼、人烟稀少的關口（或關卡）。

孤松

秦關五樹剩單丁，秀入天台上畫屏。遠信似傳歸異域，一枝斜偃到空庭。枯將化石封苔蘚，老不空心抱茯苓。撫罷折來聊當麈，捲簾突出半峰青。

【箋注】

〔秦關五樹剩單丁〕此句化用典故，謂此「孤松」乃當年秦始皇所封「五松」之一，歷經風雨而獨存。秦始皇封五松事，始見《史記·秦始皇本紀》，宋王楙《野客叢書》卷二十六《五松事》則論之甚詳：「《緗素雜記》云：『《史記》：秦始皇上泰山，立石封祠祀下，風雨暴至，休於樹下，遂封其樹爲五大夫。』唐陸贄松詩『不羡五株封』，李商隱有《五松驛》詩，李白序謂『風雨暴作，五松受職』，皆言五松事，惟荆公詩『老松先得大夫封』，此爲得之。僕謂黄朝英稽考未至耳，非李白之徒謬也。按應劭云：『秦皇逢暴雨，得五松，因封爲五大夫。』蓋當時大夫係封五株松，非一松也，是以庾信《終南山》詩曰：『水奠三川後，山封五樹松。』五樹松，在唐人前已如此言，豈謂李白等謬誤？朝英但見唐人有此數處用五松事與《史記》之文不合，故有是説，不知此事見於應劭所載，而唐前人已用之矣。」又清胡鳴玉《訂譌雜録》卷三《五松事》：「玉案：勉夫（即王楙）此辨洞悉源流，而後世辨證家猶紛紛謂五大夫是秦第九等爵，所封並非五株松，自詡獨得，何見事之晚耶？又檢《史·始皇紀》，止言『休於樹下，因封其樹爲五大夫』，並不言松，則『五松』之説亦出自後人臆度，未知是否也。」

〔秀入天台上畫屏〕天台：指浙江天台縣之天台山。明李賢《明一統志》卷四十七《臨海縣・山川》：「天台山，在天台縣西一百一十里。道書：是山上應台星，超然秀出，有八重，視之如一帆，高一萬八千丈，周迴八百里。山去天不遠，路由福溪，水險而清。前有石橋，廣不盈尺，長數十丈，下臨絶澗，惟忘其身，然後能濟濟者。梯岩壁，援藤葛，始得平路。」　畫屏：有畫飾的屏風。　按此句謂孤松挺立於天台山，此景如屏中畫飾，妙不可言。

〔遠信似傳歸異域〕此句承上「秦關五樹剩單丁」句，謂此孤松原生於秦地，曾爲秦始皇所封，而今遠信傳來，擬召其回遠鄉矣。　遠信：遠方的消息，此指秦地之訊息。　異域：指秦地。

〔一枝斜偃到空庭〕偃：低垂、覆蓋。

〔老不空心抱茯苓〕茯苓：寄生於松樹根幹的菌類植物，外皮呈黑褐色，内中呈白色或粉紅色，可入藥，有利尿、鎮静之用。　抱：猶「孵」，謂孵化、孕育。

〔撫罷折來聊當麈〕麈：「麈尾」之省稱。原爲古人閒談時用以驅蟲、撣塵的工具，因清談時必執麈尾，遂相沿成習，成爲名流雅器，不閒談時，亦常執在手。

掃花

風前可復耐紛紜，敝帚閒持向水濆。着手亂翻深徑雨，傷春碎攬一溪雲。蟻埋紅濕行猶惜，泥裹殘香掃不分。燕子無言又飛去，蒼苔冷落自成文。

【箋注】

〔風前可復耐紛紜〕紛紜：多盛貌。

〔緻帚閒持向水漬〕漬：水邊；水岸。

〔着手亂翻深徑雨〕着手：觸手；隨手。

〔蟻埋紅濕行猶惜〕蟻埋紅濕：落花爲螞蟻所埋。紅濕，喻指落花。

鐵山師閉關

路頭忘却到于今，此事知師亦素心。不逐秋聲過別院，已分人影隔深林。肯將耳目通聞見，自有湖山和法音。莫遣行藏無覓處，江南弟子正相尋。

【箋注】

〔詩題〕鐵山師：見《雨後鐵山送陸仲安歸洞庭西山》詩題注。

〔路頭忘却到于今〕路頭：出路，此指閉關結束後出關之路。

〔此事知師亦素心〕素心：本願、本心。

〔肯將耳目通聞見〕肯：樂意；願意。聞見：所聞所見。

〔自有湖山和法音〕此句承上「肯將耳目通聞見」句，謂目所見者湖山，耳所聞者法音。

〔莫遣行藏無覓處〕遣：使；讓。行藏：行迹。

別九玉徐公訂鐵山看梅

我欲求閒不得閒，君詩删過又重删。燈前預訂看梅約，歲暮遥憐破凍還。一夜花開湖上路，半春家在雪中山。停舟記取溪橋外，望見茅庵直叩關。

【箋注】

〔詩題〕徐九玉：《南來堂詩集》（八卷本）卷一《移畫壁》詩題，王注云：「《松江府志》：『徐爾鉉字九玉，華亭人。少孤，母王教育之，年十六補諸生。父炎墓在湖州，至是展謁，攀枝痛哭，賦《種松》《別墓》諸詩，讀者比之《蓼莪》篇云。所居西塔街宜園，水木清華，鍵户著述，不樂仕進。子溶承，崇禎己卯舉人，汲承，諸生，皆以詩文名幾社中。』《松風餘韻》：『徐爾鉉字九玉，少司寇達齋陟之孫，太僕丞琰之子，著有《核庵詩集》三卷，詞一卷，又《核庵集選》四卷，更輯《詩韻考裁》五卷。素與董宗伯、莫秋水友善，往來筆墨，刻爲《組墨齋法帖》二卷。郡西竹西草堂，當年與客觴詠處也。』」按《御選明詩》卷八十九録徐九玉七言律詩一首，即《訪法相西上人有作見示次韻酬贈》：「卜築孤憑絶壁間，静中詩思幾曾删。臺前歸鳥如相識，窗外浮雲即等閒。一徑野花常到眼，十年清夢不離山。我來共對飛泉下，日落松鳴去復還。」卷一百十四録其七言絶句一首，即《春園雜興》：「徑擬孤山雪合圍，石床留客每依依。穿林小鳥銜花落，帶得香來繞座飛。」徐九玉詩作風格，由此可見一斑。　鐵山：即蘇州西磧山。《大清一統志》卷五十四《蘇州府·山川》：「西磧山，在鄧尉山西，最高大，少景，然在湖濱潭西、聚塢差勝潭西一隅，色如鐵，名鐵山。」

〔君詩删過又重删〕删：删定，删選。

〔停舟記取溪橋外〕記取：叮囑之語，意謂記得、記住。

雨後鐵山送陸仲安歸洞庭西山

一片晴湖直射窗，看君行色未能降。溪聲隔樹還疑雨，山勢隨人欲渡江。久客不開囚鶴籠，歸裝便趁打魚艭。重過記得臨歧處，流水桃花白石幢。

【箋注】

〔詩題〕鐵山：指蘇州西磧山。詳參《别九玉徐公訂鐵山看梅》詩題注。　陸仲安：不詳何人，其事迹亦難考。王注云：「《七十二峰足徵集·西山陸氏合編》：『陸一寧字仲安。』據此，陸仲安爲西山人，惟事迹無考。《足徵集》選詩四首。」按王注「西山」即詩題所謂「洞庭西山」，位於蘇州市吴中區西南，古稱「包山」，是太湖中最大的島嶼。

〔看君行色未能降〕降：減退，停止。

〔歸裝便趁打魚艭〕趁：趕赴，奔赴。宋程公許《元日即事四首》詩之四：「歸裝趁得椒花頌，洗盞連呼柏葉浮。」　艭：讀如「雙」，小船。明孫繼臯《正月十一夜同陳明府諸君集王鴻臚彥貽宅分得江字即席作》詩：「何年五株柳，共繫釣魚艭？」

〔重過記得臨歧處〕臨歧處：送別之處。

送汰公之宣城訪湯太史霍林

蕭蕭杖影別長干，宛水孤游好自寬。豈似人間多窄路，不從忙裏訪閒官。芒鞋亂踏春雲薄，石榻虛留夜雨寒。玄度何妨頻遠送，辨才早已共師安。

【箋注】

〔詩題〕汰公：即汰如（明河）。《南來堂詩集》（八卷本）卷二《吳門送別汰公》詩題，王注云：「崇禎《吳縣志》引讀徹所撰《明河傳略》：『明字汰如，揚州通州人。生數歲，體孱善病，父母慮其不育，送入寺習瑜伽教，河不願。誦大乘諸經，暇耽詞翰，足不出關，力窮內外典。至十九，奮發長往，孤筇絕侶，遍閱大方，凡南北禪講之宗、古今名德之迹，烟山瘴水，無不遍歷。……手不停披、口不輟講者二十年餘。最後應白門長干寺講法，道愈振人，謂雪浪以後，惟河踵其盛；嘗於講期，群鶴翔空而下。已還中峰，示寂。所著有《楞嚴解》《華嚴十門眼》《法華斯要》《圓覺蚊飲甘露門》《月明鐘》《高僧傳》。』按蒼雪與汰如同學齊名，集中倡和詩最多，詩題或稱『高松』。」按上引汰如（明河）著作《高僧傳》，即後來所謂的《補續高僧傳》。汰如（明河）原著《高僧傳》未完而離世，由其弟子道開（自扃）補全，後得刊刻（大約刊刻於明崇禎年間），名爲《補續高僧傳》。書前蒼雪（讀徹）有序，其序云：「吾氏高僧之列十科，猶孔門弟子之推四哲。四哲載記後，既更有弟子，十科立傳後，豈竟無高僧？非無高僧，是無傳高僧之人也，亦弟子中非得馬遷之筆而不能傳。曰傳者傳也，貴傳其神如見故人，一披圖，不待問，即知爲某某，此無他，蓋以神遇，不以言得也。噫！一大部僧史，非一大部高僧之面目也哉？古秀高寒之色，凜凜逼人，皆在阿堵中，非具僧繇畫龍點睛之手、虎穴鷹巢參討之遍、司馬董狐良史之才，無乃捃拾人唾，入籃是艸，或以乙代甲，或遺大取小，使古人門庭施設、垂手殺活之機，皆莫能辯。宋寧贊傳成後，張無盡、吕夏卿君子輩與寂音尊者從而議之，固不無遺憾焉。吾友高松河公，慨嘗向予：昭代僧史之缺典，今捨吾黨其誰！於是鍵關東海上三年，以利其器，顧不惜踏破鐵鞋，走齊、魯、燕、趙間，始斷烟殘碣，搜刮迨遍，東南名山，所未果緣，約與吾分任之。憶甲寅春，於湖上送公，爲八閩遊。吾亦將振策兩粤，取道臧□，以還故山鷄足熊耳間。常見有肉身大士，如盤龍古亭勝國，至今猶自定中，爪生髮長，他則如念庵再光定堂，譬彼幽蘭多生空谷，雖芳香絶倫，賞識無人，未能悉舉，誓與畢命蒐羅，了此公案。於時也，殘雪載塗，饑鳥無色，引領征人，孤思悵結，公其行矣。無何歸來，相見，鐵山先楞師喜，有『屐齒嚙殘閩地雪，衲頭觸盡浙江雲』之句，已不知多少祖師盡被一囊收拾，天下多少老和尚盡被掂觔簸兩，一一秤過來。惜乎此後兩人皆墮講肆窠臼，無暇及此。若夫人之今古，采之得失，列之詮次，尚俟商確，可稱未全之書。嗚呼！公今死矣，其如人亡則難何？吾亦老之將至，裹糧抱杖，能無望路之歎？此書擬度之高閣，公一生苦心，竟成烏有；將質之海内，則又多所未逮；三復不已，與其無也寧存，遂與毛居士子晋相商而付諸梓。倘見罪於諸方，則吾亦實不得辭其責也矣。幽冥之下，負我良友不少，更復何言！所幸易簀之際，囑累道開，曲盡艱苦，今竟成書，將致告公於常寂光中。能讀父書、能成父志者，諸弟子中，又其唯道開乎？」　宣城：古稱宛陵、宣州，在今安徽省東南部。

湯太史霍林：即湯賓尹。乾隆《江南通志》卷一百六十七《人物志·寧國府》：「湯賓尹，字嘉賓，宣城人，萬曆乙未冠南宫，廷對第二，授翰林編修，仕至南祭酒，以制舉業名天下。」又王注云：「《徑山志》：『湯賓尹，號霍林，宣城人。』《宣城縣志》：『湯賓尹，字嘉賓，萬曆甲午舉于鄉，乙未冠南宫，廷對第二，授翰林編修，内外制書、詔令多出其手，號稱得體，神宗每加獎賞。……好刺譏人，由是與人不合，又以闈中争韓敬舉首，忤執政，罷歸。……初以制舉業名天下，至今無不稱湯宣城云。所著有《睡庵詩文集》，其條議防邊備倭諸策，詳文集中。』」

〔蕭蕭杖影别長干〕蕭蕭：孤独凄清貌。　長干：見《代魯秀才孟尼客中感懷》詩「不堪漂泊此長干」句注。

〔宛水孤游好自寬〕謂此去雖孤身而游，途程與境遇當如宛水流淌，漸去漸寬。　好：宜、當。

〔豈似人間多窄路〕此句承上「宛水孤游好自寬」，謂汝此去拜謁湯太史，絶非爲逐求功利，不似世俗人間攀附權貴而求取利益者。　多窄路：隱指一心嚮往功利。

〔不從忙裏訪閒官〕閒官：泛指職務清閒的官員；此指無實權或大權的官員。

〔芒鞋亂踏春雲薄〕芒鞋：以芒莖外皮編織而成的鞋，亦泛指草鞋。　春雲薄：春天的雲，其厚度小而數量少，故常用以形容世情、人情淡薄。宋蘇軾《和歐陽少師寄趙少師次韻》詩：「世事如今臘酒濃，交情自古春雲薄。」又宋郭祥正《林夫訪及書室夜話又用原韻》詩：「宦情已比春雲薄，交義猶期老柏青。」

〔玄度何妨頻遠送〕玄度：猶「妙法」，謂玄妙的佛法。

〔辨才早已共師安〕辨才：佛教語，謂善於宣講佛法之才。

甘露庵解制送恒生還山

滿堂瓢笠各天涯，雲水茫茫去路賒。同坐那知君是客，送行翻覺我無家。九秋露冷芙蓉色，一夜風殘蘆荻花。最是不堪回首處，夕陽江影片帆斜。

【箋注】

〔詩題〕王注：「《百城烟水》：『甘露庵在半塘普福寺東，崇禎初，僧徹如募建，静起禪師繼之，三昧律師開戒于此。』按覺浪禪師《嘉禾語録》有《題恒生上座血書法華經》一則，中有句云『更請衍門老代我拶你』，衍門蘇人，則恒生當亦居蘇者，即此題之恒生矣。又按《夜集恒生齋鬬句劇談》，又《補編》卷三《次答恒生因公》有『鐵限法門書智永，金剛慧眼讀昭明』句，知恒生是一文人；《甘露解制》，又《血書法華》，知恒生是一苦修僧；《次答恒生詩爲人清後作》末句云『珍藏亂後多私記，正史何年待采聲』，又知恒生雖方外人，而非絶世逃名者。惜乎遍搜志乘，無所考見也。又按《采風類記》『三昧律師于崇禎十七年在齊門内北禪講寺開戒』，則甘露庵之開戒，當亦崇禎時事，《甘露庵解制送恒生》，或即三昧律師開戒時也。」

解制：即「解夏」，佛教語，謂解除夏日九十天安居之制，亦作「夏竟」「夏滿」「夏解」。解制的時間，依舊律在七月十五日，依新律則在八月十五日。南朝梁宗懍《荆楚歲時記》：「夏乃長養之節，在外行則恐傷草木蟲類，故九十日安居。……至七月十五日，應禪寺挂搭，僧尼盡皆散去，謂之解夏。」

〔滿堂瓢笠各天涯〕瓢笠：僧、道出家人或世外之人雲遊四方時隨身携帶的瓢勺與斗笠。明妙聲《東皋録》卷中《溪雲山居記》：「有爲全真之學者，曰陳仲孚氏，仿其衣冠瓢笠之制，若自放於方之外者。」又明汪砢玉《珊瑚網》卷十七《張元汴書岣嶁山房記》：「山人姓李，名元昭，少喜任俠，有提戈取功名之志。稍長，更讀古書，工詩詞，已而棄去，習舉子業，爲諸生。尋以祖爵襲千户侯，亡何又棄去。始一意養生之術，躬負瓢笠，與其徒雲游湖海上，凡名勝之區，足迹殆遍。」

〔雲水茫茫去路賒〕賒：遥遠。宋陳棣《疊韻春日雜興五首》詩之一：「南陌遊人少，東城去路賒。」

〔送行翻覺我無家〕翻：反而。

〔九秋露冷芙蓉色〕九秋：舊曆九月之秋。

〔一夜風殘蘆荻花〕唐白居易《浦中夜泊》詩：「回看深浦停舟處，蘆荻花中一點燈。」又唐許渾《送客江行》詩：「蕭蕭蘆荻花，郢客獨辭家。」

〔最是不堪回首處〕唐戴叔倫《哭朱放》詩：「最是不堪回首處，九泉烟冷樹蒼蒼。」宋歐陽澈《和子賢途中九絶》詩之九：「腸斷不堪回首處，寒雲影裏雁聲孤。」

同大司馬吴公達本月夜泛舟入山訪趙隱君兼探梅光福

艤舟何處問林逋，梅信探來興不孤。山在月中時出没，花臨水際半虚無。寒香一路添玄墓，雪影連空壓太湖。料得明朝天氣好，盤螭西去未全枯。

【箋注】

〔詩題〕吴達本、趙隱君，王注云：「按《賢首宗乘·讀徹傳》：『天啓四年甲子，師隱居白門廿四松山居，即大司馬吴本如供高僧處。』《龍眠風雅》：『吴用先字體中，號本如，萬曆壬辰進士。初爲臨川令七年，守正不阿，隨牒除户部主政。……璫禍起，致政歸，卒于家。崇禎初，特賜贈蔭祭葬。所著有《周易筏語》《寒玉山房集》行世。』……按大司馬爲兵部尚書之稱，查《明史》，兵部尚書萬曆後無他姓吴者，蒼雪居白門，既與吴本如有因緣，又證以《賢首宗乘》亦稱『大司馬吴本如』，則月夜泛舟所同之大司馬吴公即吴本如無疑，『達本』當『本如』之誤。按《龍眠風雅》所選吴詩，有《吴興舟中泛月》詩，有《登虎丘》詩，有《玄墓閣上望太湖》詩，可知吴公曾至吴門，蒼雪與有因緣者，同遊固當然事……可知吴公之多方外交也。……至所訪之趙隱君當屬趙宧光或宧光子趙均。婁東詩派趙宧光字凡夫，有《寒山雜著》。程迓亭云：『凡夫幼穎，工書，晚築丙舍于吴郡華山，與妻陸卿子偕隱，詩筆清雋無塵土氣，布衣聲華文采如凡夫者，近古未有也。』《百城烟水》：『寒山別業在支硎山南，萬曆間，雲間高士趙凡夫葬其父含玄公于此，遂偕元配陸卿子家焉。自闢丘壑，鑿山琢石，如洞天仙源，前爲小宛堂，茗椀几榻超然塵表，盤陀、空空、化城、法螺諸庵，皆其別墅也。』《蘇州府志》：『趙宧光字凡夫，太倉人。……宧光少入貲爲國子生，豪華自喜。中歲折節讀書，不肯蹈常襲故。廬居寒山親墓旁，手闢荒穢，疏泉架壑，儼如圖畫，一時勝流争造焉。所著書幾數十種，尤專精字學，《説文長箋》，其所獨解也，篆書亦精絶。妻陸氏尚寶卿師道女，博學能詩文，嫻婦德，或比之鹿門偕隱，而詞章翰墨遠出夫子上。子均，字靈均，有志節，從父傳六書之學，又從燕山僧見林授大梵字并諸字母，移日分夜，父子自相講習，遂得其精。均没，無後，其宅改爲僧廬，人猶稱趙墳，亦曰報恩寺，有老梅二株，頗奇古。』」　光福：地名，在蘇州，爲歷代勝景。

〔艤舟何處問林逋〕艤：動詞，意謂劃船靠岸。　林逋：見《寓吴師利庵羅樹園》詩「漫比孤山處士家」句注。

〔寒香一路添玄墓〕玄墓：即玄墓山，在蘇州光福西南。明王鏊《姑蘇志》卷八：「玄墓山，相傳郁泰玄葬此，故名，在鄧尉西南，一名萬峰山。山之半南面太湖，遠見法華山如屏，浮於波面；東有米囤山，與石牌、至理諸山相連，直抵吕山。」又明李賢《明一統志》卷八《山川・蘇州府》：「玄墓山，在府城西南七十里，一名鄧尉山。山峰四直，林木葱蒨，前一石屹立太湖中，若畫屏然。山上有萬峰寺，樓閣翬飛，湖光掩映，亦吴中佳處。」

〔盤螭西去未全枯〕盤螭：盤卷的無角龍，此喻指盤曲如無角龍的梅樹。

再到庵羅樹園

踏遍隋堤迹印沙，凋殘猶是半烟花。許多世路無容足，暫到園林可當家。壓樹青梅剛豆大，折梢新笋向風斜。相逢時事休相問，且掩衡門自煮茶。

【箋注】

〔詩題〕按觀詩中「許多世路無容足」「相逢時事休相問」二句，作此詩時，當是國變之後。庵羅樹園：參《寓吴師利庵羅樹園》詩題注。

〔且掩衡門自煮茶〕衡門：横木爲門，指簡陋的房屋，常借指隱者居所。此爲借指。

白門逢超宇師弟

與爾分携二十年，白門偶見淚如泉。幾同陌路不相識，聽到鄉音但可憐。行脚漫無新意緒，話頭難盡舊因緣。殷勤且置還山事，還到山中事未然。

【箋注】

〔詩題〕白門：南京市的别稱。六朝皆以建康（南京）爲都，而建康正南爲宣陽門，俗稱白門。超宇：未詳何人。觀詩意，超宇當是蒼雪在鷄足山寂光寺做水月禪師侍者期間同時修習佛法之僧人。

〔與爾分携二十年〕分携：離别。

〔話頭難盡舊因緣〕話頭：話語；話題。舊因緣：舊日的情分、緣分。

〔殷勤且置還山事〕殷勤：懇切叮囑之辭，猶「千萬」「一定」。置：擱置、放下。

〔還到山中事未然〕此句承上「殷勤且置還山事」句，謂還山之事且放下，千萬莫再提起，乃因即便還山，所著急之事亦未必如爾所預想。

雪後登雨花臺

彤雲散後雨初晴，獨倚荒臺四望清。暮色欲從孤磬起，高寒盡向衲衣生。夕陽泠澹不知樹，遠水虛無半入城。穢惡人間何處净，丘陵眼底一時平。

【箋注】

〔詩題〕雨花臺：江蘇名勝，在今南京市中華門外。宋周應合《景定建康志》卷二十二《臺觀》：「雨花臺在城南三里，據岡阜最高處，俯瞰城闉。考證舊傳梁武帝時有雲光法師講經於此，感天雨賜花，故名。」

〔暮色欲從孤磬起〕孤磬：清泠的磬聲。磬，指寺院中召集僧衆用的雲形鳴器或誦經用的鉢形擊打樂器。唐姚合《過無可上人院》詩：「寥寥聽不盡，孤磬與疏鐘。」

〔高寒盡向衲衣生〕衲衣：僧衣。

次答曇容歸梁溪

鄉曲難忘老更親，秋凉歸棹語頻頻。青山舊社憐同調，白首相知剩幾人？臨别許還來度歲，送歸恨不解分身。到山爲問峰多少，每個峰頭住幾春？

【箋注】

〔詩題〕曇容：未詳何人，據此詩首句「鄉曲難忘老更親」，則曇容與蒼雪當爲同鄉，且爲舊時相識，二人相交已久。　梁溪：指江蘇無錫。按「梁溪」本河流名，因流經無錫，故亦爲無錫之别稱。

〔鄉曲難忘老更親〕鄉曲：同鄉；鄉親。

〔青山舊社憐同調〕青山：喻指遠離世俗紛争之所。　舊社：志趣相同者往日所集結之團體。同調：志趣相投之人。

〔送歸恨不解分身〕解分身：謂一身化作數身。「解」「分」同意複合。

問病詩爲鄒嘯白

相思撩亂杏花烟，隨意孤筇帶酒錢。只説勝情猶似舊，不因同病若爲憐。夜深犬吠橋頭月，春老鶯聲郭外天。最是愁來消不得，卧聽風雨藥爐邊。

【箋注】

〔詩題〕鄒嘯白：未詳何人。王注云：「鄒嘯白，遍查志乘，無考。此《問病》詩前有《次答曇容歸梁溪》詩，疑二詩同時作，因曇容歸而寄詩于鄒嘯白，則鄒嘯白或無錫人。　無錫鄒姓爲當時巨族，《縣志》：『鄒兑金，字子介，庚午舉人，生平以濟人利物爲事。　慈雲寺在縣北塘，鄒兑金廣池四匝爲放生池，環蒔花竹，中爲石臺，構殿其上，貯《大藏》焉。』按蒼雪在無錫寓蓬萊閣，閣與慈雲寺均在無錫郭外，蒼雪或與鄒兑金有因緣。　鄒兑金字子介，或亦一字嘯白，以名兑金，可曰嘯白，此無確證，姑備一說。」

〔隨意孤笻帶酒錢〕孤笻：單柄手杖，喻指獨行。

〔不因同病若爲憐〕若爲：怎能；怎堪。

丙寅白門送唐大來明經北上應試

如君才思自風流，山色江南已盡游。痛飲幾回當白月，好詩多半在紅樓。不禁桃葉頻催渡，暫借蘆花一繫舟。走馬長安春雪遍，到時應換敝貂裘。

【箋注】

〔詩題〕丙寅：公元一六二六年，即明天啓六年。　白門：見《白門逢超宇師弟》題注。　明經：明清時對貢生的尊稱，指經科舉考試選拔爲府、州、縣生員（秀才）而送至國子監肄業者。　唐大來：俗姓唐，名泰，字大來，後出家爲僧，名普荷，又名通荷，號擔當，雲南晋寧人。擔當與蒼雪，可謂明季清初高僧大德雙峰，加之二人交往甚密，故堪稱佳話。詳參《同陳百史方密之分韻懷滇中唐大來》題注。

〔痛飲幾回當白月〕當：對；向。　白月：皎潔的月光。

〔好詩多半在紅樓〕此句承上「痛飲幾回當白月」句，謂唐大來狂放不羈，其詩歌創作多與其人風流倜儻、天性多情相關。　紅樓：喻指大家閨秀之居所。

〔不禁桃葉頻催渡〕明李賢《明一統志》卷六《南京》：「桃葉渡，在秦淮口。晉王獻之愛妾名桃葉，其妹曰桃根，獻之嘗臨此，作詩歌以送之，其詩曰：『桃葉復桃葉，渡江不用楫。但渡無所苦，我自來迎接。』後人因以名渡。楊修詩：『桃葉桃根柳岸頭，獻之才調頗風流。相看不語横波急，艇子翻成送客愁。』」乾隆《江南通志》卷三十《輿地志・江寧府》：「桃葉渡，在江寧縣秦淮青溪合流處。王獻之愛妾名桃葉，渡名因此。今爲利涉橋。」

〔暫借蘆花一繫舟〕明邊貢《和蔣儒士韻題便面》詩：「故人遠赴關西去，明月蘆花繫釣舟。」

〔走馬長安春雪遍〕走馬長安：指仕途順利、飛黄騰達。典出《漢書・張湯傳》：「（張）放爲侍中中郎將，監平樂屯兵，置莫府，儀比將軍。與上卧起，寵愛殊絶，常從爲微行出游，北至甘泉，南至長楊、五莋，鬥鷄走馬長安中，積數年。」後亦泛指行事順利、春風得意。此爲泛指，謂北上應試定能馬到功成；亦有鼓勵與祝福之意。

〔到時應换敝貂裘〕此句承上「走馬長安春雪遍」句，謂此次北上應試，定能馬到功成，則彼時寒窗之苦，當得百倍酬報矣。　敝貂裘：化用戰國縱横家蘇秦故實，典出《戰國策・秦策一》：「説秦王書十上而説不行。黑貂之裘敝，黄金百斤盡，資用乏絶，去秦而歸。贏縢履蹻，負書擔橐，形容枯槁，面目犂黑，狀有歸色。歸至家，妻不下紝，嫂不爲炊，父母不與言。」

丙寅金陵千華庵唯識論解制

世親造論本依經，參透禪宗性始靈。我自無心聊爲説，人誰有耳不能聽？鐘殘放杵雲過牖，香盡開簾月滿庭。最是明朝分手處，天涯諸子各飄零。

【箋注】

〔詩題〕金陵：古邑名，即南京。　千華庵，王注云：「千華庵，查府、縣志及《金陵梵剎志》均未見，惟按《句容縣志》、温葆深《寶華山志》序，稱寶華山爲金陵舊剎，山舊有寶誌公庵，明萬曆間賜額曰『護國聖化隆昌寺』，寺有銅殿，焦竑爲之記。釋寂光三昧崇禎間來寺住持，鼎新殿宇，開千華之社……遂爲寶華第一代祖，迄今住持山寺者均稱千華法嗣云。又按縣志載有寂光自撰《千華社序》，又明胡宗俊《贈千華和尚》詩『我愛千華寺』，清鮑鱗宗《登銅殿》詩『獨上千華寺』，均直指隆昌寺爲千華寺，蓋因有千華社而寺遂以『千華』名，蒼雪《寶華山應見月和尚楞嚴講期》詩亦有『無端講社應千華』句，詩刻山志中，據此則『千華庵』之『庵』當作『寺』，或當時別有一庵而不久即廢，均未可知。」　解制：參《甘露庵解制送恒生還山》詩題注。

〔世親造論本依經〕世親：梵語 Vasubandhu 之意譯，菩薩名，又意譯作「天親」，音譯則爲「婆藪槃豆」，中印度佛教哲學家，大乘佛教瑜伽行派理論體系建立者之一，無著菩薩之弟。　造論：據佛經記載，世親曾作《俱舍論》《唯識論》等大小乘論各五百部，被號爲「千部論主」，故云。　本依經：指世親聽聞無著菩薩誦《十地經》而決心改信大乘並弘揚《唯識論》的佛教故實。據《大唐西域記》卷五記載，世親初習小乘，作《俱舍論》，批評大乘教義；後世親自北印度至中印度阿陀國時，無著菩薩乃命弟子迎候，並使之止於户牖外。夜分時，無著菩薩誦《十地經》，世親聽聞此誦，深感其法玄妙，故決心追隨無著菩薩改信大乘，弘揚《唯識論》。

〔我自無心聊爲説〕無心：佛教語，指解脱妄念後的真心；此真心遠離凡聖、粗妙、善惡、美醜、大小等識見，而處於不執著、不滯礙的自由境界。

〔人誰有耳不能聽〕人誰：猶「誰人」，意謂何人、哪一個人。

〔鐘殘放杵雲過牖〕牖：窗户。唐陳子昂《臨邛縣令封君遺愛碑》：「枯魚銜索，疾風過牖。匪降自天，誰執其咎？」

〔最是明朝分手處〕最是：恰是，正是。唐王建《洛中張籍新居》詩：「最是城中閒静處，更回門向寺前開。」又明梅江《都門送弟還鄉作》詩：「最是明朝傷獨處，寒山古木對嵯峨。」

華山除夕有懷扈芷弟

極目黄雲凍未消，扁舟隔斷楚江潮。　一身雪裏逢除夜，兩處燈前話歲朝。　久客不歸天際寺，送人常過澗邊橋。笑看往事何如夢，依舊東風到柳條。

【箋注】

〔詩題〕華山：位於蘇州西北郊，其頂曰蓮華峰，上有華山寺。蒼雪恩師一雨常卓錫講經於此，後一雨法嗣汰如、蒼雪相繼在此興建殿宇。可見華山與蒼雪的淵源關係。乾隆《江南通志》卷四十四《寺觀二·蘇州府》：「清遠寺，在府蓮華峰東南，本名華山寺，明僧鹿亭結茅於此，後講僧一雨卓錫，法嗣汰如、蒼雪二僧相繼興建殿宇，檗庵、正志繼之。長松夾徑，寺門幽絶。」 扈芷：參《眉山歸隱卷爲扈公》詩題注。

〔久客不歸天際寺〕謂扈芷久客他鄉而難歸。扈芷本成都人，蒼雪自滇遊峨眉時，遇扈芷，乃偕來吴中，此後扈芷屢次欲回鄉，皆未果。 按此句明悲扈芷，暗悲己身。蒼雪自十九歲離滇後，終身未能回返。

宿朱寰宇江上居

破屋臨川寒氣生，人烟兩岸水光横。聽鐘不度金山寺，望月遥分鐵甕城。潮滿客船江上〔一〕發，夜深漁火樹頭明。小窗旅夢初回處，無奈霜天畫角鳴。

【校記】

〔一〕「江上」，明正勉等輯《古今禪藻集》卷二十五所録蒼雪《宿朱寰宇江上居》詩作「江口」。

【箋注】

〔人烟兩岸水光横〕宋吴龍翰《曉發黄池過寧國》詩：「簇簇人烟兩岸分，暫時挂搭此行程。」明王恭《賦得沙堤送别造士王克剛赴召入翰林》詩：「新寧海邊沙作堤，人烟兩岸草萋萋。」

〔聽鐘不度金山寺〕謂尋常具有嚴格規範的鐘聲已然改變。　不度：不遵禮度。

〔望月遥分鐵甕城〕鐵甕城：古城名，在江蘇鎮江北固山前，爲三國時孫權所築。

〔夜深漁火樹頭明〕唐張繼《楓橋夜泊》詩：「月落烏啼霜滿天，江楓漁火對愁眠。」明張寧《東江漁火》詩：「落日漁舟趁晚潮，夜深漁火亂相交。」

〔無奈霜天畫角鳴〕此句承上，暗指因時局動蕩而歸途受阻，飽含悲凉之意，故曰「無奈」。　霜天：深秋天氣。　此兼隱喻人生與王朝之暮。人生已至暮年，故當速速歸鄉，而王朝暮氣沉沉，加之時局動蕩，致使回程無期。　畫角：古時行軍或帝王出巡所用的管樂器，形如竹筒，以竹木或皮革製成，發聲凄厲高亢，因其表面有彩繪，故稱。此隱喻戰事、亂局。

次答現聞姚太史見送還滇

萬里孤游只等閒，天涯歷盡路間關。鄉書屢到隨抛擲，歸夢無因自往還。竹塢雲深秋色冷，楓橋月落櫓聲慳。一瓢莫道輕身去，難别吴中不獨山。

【箋注】

〔詩題〕現聞姚太史：即姚希孟。《大清一統志》卷五十六《蘇州府三・人物》：「姚希孟，字孟長，吴縣人，萬曆進士，授檢討。行誼修謹，立朝矯矯持風節。天啓中，從鄒元標、馮從吾講學首善書院。都給事中楊所修劾其爲繆昌期黨，削籍。崇禎中，赴召，以庶子充講官，預定逆案，温體仁忌之，出爲南京少詹事，後贈禮部侍郎。謚文毅。」又王注云：「《長洲縣志》：『姚希孟，字孟長，數月而孤，事母以孝稱，讀書修行負時名。萬曆四十七年成進士，改庶吉士，天啓改元，授簡討，纂修《神宗實録》。五年分校禮闈，得士爲盛。丁母艱，南還。先在官時，魏璫亂政，以千金幣欲爲母壽，希孟詈而出之，及是，遂以繆昌期黨削籍。時鉤黨之禍相尋未已，希孟憂傷念亂，探林屋，泛具區，思栖土室以自免，遂于墓左構室三楹爲泣血之地，精求禮經，貞難自守。會璫敗，起左贊善，遷諭德。不五年，至少詹事兼翰林侍讀學士。希孟在講幄四年，多所啓沃，于用人行政，必三致意焉。文震孟，希孟舅氏也。希孟入翰林，震孟猶未第。後震孟大魁，甥舅同直史館。熹宗末，又以璫禍俱歸林下，至是又同起廢入朝。每值講筵，因事激發，後先侃侃，人謂酷似其舅。尋出爲南都掌院，未幾遘病，予告，卒，謚文毅。』」

〔萬里孤游只等閒〕等閒：輕易；尋常。

〔天涯歷盡路間關〕間關：輾轉；曲折。

〔竹塢雲深秋色冷〕竹塢：有茂盛竹林的山間平地或村落。

〔楓橋月落櫓聲慳〕楓橋：橋名，在江蘇蘇州閶門外寒山寺附近，本稱「封橋」，因唐張繼《楓橋夜泊》詩而相沿作楓橋。　慳：稀少。

〔一瓢莫道輕身去〕一瓢：謂極簡樸的生活。詳參《次章青蓮韻送扈芷弟還山》詩「一瓢歸去卧青山」句注。　去：拋棄；捨棄。

〔難別吴中不獨山〕吴中：今蘇州吴中一帶，泛指吴地。　不獨：不僅；不止。

次答徐巢友十嶽遊歸

梅花枝上隔年春，自顧青山反累身。痛哭幾回當絶頂，縱心孤往又何人？游非到處終爲債，詩獨秋來不慮貧。爾我相逢應莫問，茫茫前後事無因。

【箋注】

〔詩題〕徐巢友：《南來堂詩集》（八卷本）卷三《次答徐渭友渭友曾爲僧》詩題，王注云：「《列朝詩集》：『徐潁字渭友，改字巢友，海鹽人。爲諸生，以詿誤逃于僧。自楚歸，入茅山爲道士，久之，復出遊江南燕雒間。好談兵，以徐鴻客、姚榮靖自許。兵後入閩粵，不知所終。洞庭葛震甫稱其詩曰：「不多作，不苟作，不爲應酬之作。」』《炙硯瑣談》：『海鹽徐巢友潁，康熙初結廬茅峰，往來句曲道上，雙髻道服，騎紫牛，導以孔雀，道路以神仙目之。嘗作《梅花詩》三十首，行吟不輟，旁若無人。猶記其數聯，如「空山相對静如夜，澹到溪雲亦是塵」「流水在門行處冷，斜陽銜樹望來空」「蠟屐此生能幾輛，蹇驢明日又孤村」……真不食烟火人語也。』按《列朝詩集》及《明詩平論》各選録徐巢友詩三首，又按《七十二峰足徵集》：『徐頴嘗遊東洞庭，與顧子超、吴不官爲友，居靈順宫載餘，後同子超投軀嶺海，不知所終。』《足徵集》選詩八首。」　十嶽：指黄山、天台山、雁宕山、普陀山、武夷山、峨眉山、衡山、廬山、青原山、五臺山。

〔痛哭幾回當絶頂〕《晉書·阮籍傳》：「（阮籍）時率意獨駕，不由徑路，車迹所窮，輒慟哭而反。」唐杜甫《望嶽》詩：「會當凌絶頂，一覽衆山小。」

〔游非到處終爲債〕此句謂未曾遊歷之處，如債務纏於身，終難安心平息。　非：未曾、没有。

〔詩獨秋來不慮貧〕謂秋寒將至，轉眼入冬，即便貧無資財、缺乏禦寒之物，亦不憂慮，而依舊沉浸於詩文之中。　獨：還、依然。　不慮：不憂慮。

〔爾我相逢應莫問〕爾我：彼此親昵之稱謂，表示不拘形迹、親密無間。

〔茫茫前後事無因〕承上句，謂前事與後事之間，渺茫而無因緣，故此番相逢並非因緣際會所致。無因：無因緣、無依憑。南朝宋謝惠連《雪賦》：「怨年歲之易暮，傷後會之無因。」

中峰喜逢白公夜集汰公方丈

久别已拚消息斷，重逢猶記道途間。十年不見秋同老，一夜剛隨雨到山。故舊幾人堪共話，林巒有主暫投閒。亂流落葉聲兼下，聽徹寒扉不上關。

【箋注】

〔詩題〕白公：未知何人。王注云：「按此題各選本作《中峰遇夷白綏公》。《國朝畫識》引《雲山酬倡》：『釋楚琛字青璧，從超果寺珂雪瑩公薙髮，隨天童密老人受具，同師住吳興之棲雲山。癸未歲，歸隱超果寺西來堂，杜門養道，兼遊情翰墨，善畫工詩。徑山雪老人與夷白、珂雪兩兄弟往還三十餘年，青公時于座下領其謦欬。』據此，雖夷白事迹無考，而與雪嶠往還三十餘年，亦當時方外人中有道風雅者。」　汰公：即汰如，詳見《吳門送別汰公》詩題注。

〔久別已拚消息斷〕謂因彼此久別而無消息，乃斷定此生再無緣際會也。　拚：捨棄不顧。

〔林巒有主暫投閒〕暫投閒：暫時置身於清净閒雅之地。

〔亂流落葉聲兼下〕謂四處水流聲與落葉墜地之聲一併入耳。

〔聽徹寒扉不上關〕聽徹：謂聽盡四處水流與落葉墜地之聲。　上關：插上門閂，即「關門」。關，指門閂。

二楞大師久寂戊辰冬塔基始定志感次汰兄韻四首

履迹縱横半雪坡，擁棺人送奈情何。卜成一穴天非偶，占得名山地幾多？寺廢始歸僧是主，名存不與石俱磨。可憐無盡酬恩淚，漫向風前灑薜蘿。

【箋注】

〔詩題〕二楞：即一雨禪師通潤，與巢松同爲雪浪大師弟子。蒼雪一生侍奉一雨禪師時日最久，故得益於一雨禪師之處亦最多。蒼雪詩中，雨師、二楞師、鐵山師等稱謂，均指一雨禪師。《南來堂詩集》（八卷本）卷二《藤溪平野堂雨師命同聯句》詩題，王注云：「乾隆《吴縣志》：通潤字一雨，西洞庭鄭氏子。八歲，聚沙爲塔。稍長，父母亡，投長壽寺祝髮，究心大乘經論，兼習外典，凡六經子史，罔不探研，工詩文。時雪浪和尚開講無錫，因渡湖與雪山、巢松同參。……迨東旋，憩雲隱庵及桃花塢北庵、胥江餘慶庵，講《楞嚴》《楞伽》，間一赴甘露之約，遂壹意韜晦。考室山中，得璦禪師鐵山故庵廢址，喜曰：『吾老于是。』辟人枯坐，執爨、拄扉、劚釜，皆躬之。隆冬，舉桑火燒芋，雪壓柴門，經旬不啓，謝却學人，改鐵山爲二楞庵，自稱二楞主人，以疏《楞伽》《楞嚴》二經故也。」　戊辰：公元一六二八年，即明崇禎元年。　汰兄：即汰如，詳見《送汰公之宣城訪湯太史霍林》詩題注。

〔履迹縱横半雪坡〕履迹：足迹。　雪坡：被雪覆蓋的山坡。

〔擁棺人送奈情何〕擁棺：簇擁環繞於棺材周圍。

〔卜成一穴天非偶〕卜穴：選擇葬地。　天非偶：天生而獨一無二。

〔名存不與石俱磨〕磨：磨滅。

〔可憐無盡酬恩淚〕宋戴栩《朱尚書夫人洪氏挽詞》詩：「所親多少酬恩淚，待看重封燎詔麻。」

〔漫向風前灑薜蘿〕漫：聊；姑且。　薜蘿：即薜荔與女蘿，兩者均爲野生植物，常攀緣於山野林木或屋壁之上。語出《楚辭・九歌・山鬼》：「若有人兮山之阿，被薜荔兮帶女蘿。」喻指隱者或高士之衣。

巖根鑿斷欲埋金，吞吐喉乾不下鍼。臨去渾忘辭世說，到頭終負住山心。講隨花散一時盡，身化雲歸何處尋？片石獨留終古恨，孤燈寒照夜泉深。

【箋注】

〔巖根鑿斷欲埋金〕金：喻指二楞大師遺骨。

〔吞吐喉乾不下鍼〕此句謂言談話語之間，喉嚨乾燥疼痛不亞於鍼扎；喻因傷心至極、不斷痛哭而失聲。　吞吐：言談；説話。　不下：不亞於。

〔臨去渾忘辭世説〕渾忘：全然忘記。　辭世説：高僧大德示寂時敘述當時心境的偈頌、詩文或話語。

〔到頭終負住山心〕到頭：最終、最後。　住山：原指杜絶塵緣而隱居於山林，後亦指住持某山之寺院；此指住持寺院。　按一雨禪師（即二楞）所住之山及住持之寺院，參《藤溪平野堂雨師命同聯句》詩題注。

〔講隨花散一時盡〕講：講演、講説，謂聚集僧衆講演論議經、律、論等。

〔孤燈寒照夜泉深〕唐司空曙《雲陽館與韓紳宿别》詩：「孤燈寒照雨，濕竹暗浮烟。」元尹廷高《客中思歸》詩：「孤燈寒照影，清夜自沈吟。」

石光開處色如金，聊借陰陽定一緘。今日吾師埋骨處，昔年居士捨山心。胡僧訪問〔一〕應知在，侍者歸來不費尋。彈指一聲齊拜下，青山無語白雲深。

【校記】

〔一〕「訪問」，原作「訪間」，此徑改。王本《補編》卷三《見塔》詩「胡僧訪問應知處」句，與此重出，可證。

【箋注】

〔石光開處色如金〕承本詩題下第二首第一句「巖根鑿斷欲埋金」，謂所開鑿之石穴，其光熠熠如金。

〔聊借陰陽定一緘〕此句謂聊借廣大天地，爲吾師立定此塔，此塔於無涯天地之間，宛如一緘而已。

〔胡僧訪問應知在，侍者歸來不費尋〕南朝梁慧皎《高僧傳・竺法蘭》：「又昔漢武穿昆明池底得黑灰，問東方朔，朔云：『不知，可問西域胡人。』後法蘭既至，衆人追以問之，蘭云：『世界終盡，劫火洞燒，此灰是也。』」又《太平廣記》卷八十七《竺法蘭》（出《高僧傳》）：「竺法蘭，中天竺人也，自言誦經論數萬章，爲天竺學者之師。時蔡愔既至彼國，蘭與摩騰共契遊化，遂相隨而來。會彼學徒留礙，蘭乃間行而至之。既達雒陽，與騰同止，時便善漢言。愔於西域獲經，即爲翻譯，所謂《十地斷結》《佛本生》《法海藏》《佛本行》《四十二章》等五部。會移都寇亂，四部失本，不傳江左，唯《四十二章經》今見在，可二千餘言，漢地見存諸經，唯此爲始也。愔又於西域得畫釋迦倚像，是優田王旃檀像師第四作。既至雒陽，明帝即令畫工圖寫置清涼臺中及顯節陵上，舊像今不復存焉。又昔漢武穿昆明池底得黑灰，問東方朔，朔云：『可問西域梵人。』後法蘭既至，衆人追問之，蘭云：『世界終盡，劫火洞燒，此灰是也。』朔言有徵，信者甚衆。蘭後卒於雒陽，春秋六十餘矣。」

〔彈指一聲齊拜下〕彈指：以拇指與食指指頭强力摩擦而彈出聲音，原爲印度風俗，有虔敬、歡喜、警告、許諾等涵義。此謂虔敬歡喜。

〔青山無語白雲深〕宋陳著《出門寄弟睹子得》詩：「青山無語自知我，黄葉是愁還可人。」又明石珤《草色》詩：「惆悵夕陽千古地，青山無語鳥空啼。」

未有奇肝可鑄金，虚名浪竊芥投鍼。安知百煉非師意，故向三年驗我心。此志不移還自許，他山無事暫相尋。塔前久立難回首，想像空冥到至深。

【箋注】

〔未有奇肝可鑄金〕此句乃自評之語，謂己身不具備超凡之心識，自知難以鑄煉爲大才。奇肝：非同尋常之心識。肝，喻指内心。鑄金：謂熔煉金屬以澆製成器，喻指苦其心志以成大才。

〔虚名浪竊芥投鍼〕此句亦自評之語，謂己身入佛門虔誠修行至今，雖有聲名，亦浪竊而已，成佛之道，譬如欲以芥子投中鍼尖，極難。芥投鍼：芥子與鍼尖均爲甚微小之物，欲以芥子投中鍼尖，極其難得，故佛教以此譬喻佛出世之難得。

〔安知百煉非師意〕謂己身雖無妙識，而吾師仍千錘百煉於我，欲使我成佛門佳才，安知此番苦心非吾師之本意也。乃感念二楞師栽培之語。

〔此志不移還自許〕還：仍舊；依舊。自許：自勵；自我認可。

〔他山無事暫相尋〕此句爲告慰二楞師之語，謂己身閒暇之時，亦不負大好光陰，乃四處行遊拜訪或講道交流，以期反復磨礪而不斷提高修養。他山：典出《詩·小雅·鶴鳴》：「它山之石，可以攻玉。」後乃以之比喻可以幫助自己經磨礪而有所成就的外力。

〔想像空冥到至深〕空冥：空，謂因緣所生之法究竟而無實體；冥，謂無法見聞者。

清凉寺法眼禪師開山

賜額清凉前代寺，我來登覽在雲霄。曉風入夢吹人醒，春雪無聲到地消。山有五臺惟北向，江分二水自東朝。眼中色相知誰是，坐對曇花詠寂寥。

【箋注】

〔詩題〕清凉寺：古寺名，在山西五臺山。明李賢《明一統志》卷十九《太原府·寺觀》：「清凉寺，在五臺山，相傳即佛書所謂文殊現相之地。」　法眼禪師：未詳何人。據此詩「山有五臺惟北向，江分二水自東朝」二句，法眼禪師乃當時五臺山清涼寺剛上任的住持。由此亦可見蒼雪交遊之廣。　開山：首任住持。

〔賜額清涼前代寺〕賜額：賜予匾額或題額。

〔山有五臺惟北向〕五臺：指五臺山，在山西省五臺縣東北，因其上五峰聳峙，峰頂則如壘土之台，故稱「五臺」。　北向：猶「向北」。

〔江分二水自東朝〕二水：指歷史上位於山西省東部的濁漳河與清漳河，兩河向東南流至今河北、河南兩省邊境，合流而爲漳河。　東朝：猶「朝東」，濁漳河與清漳河自山西東部向東南而流，故曰「東朝」。

〔眼中色相知誰是〕色相：佛教語，指一切物質顯現於外可以眼見的形貌。

〔坐對曇花詠寂寥〕曇花：「優曇鉢花」之簡稱，多在夜間開放，開花時間很短，即開即謝，故常用以喻指偶見即逝之物。

雨中望崑山不得上時同諸子赴雲間講席

玉峰百里望來懸，恰欲同登值雨天。風曳篷聲飛忽過，雲移塔勢走相連。真山城裏看如假，巧石盆中類一拳。游興正須留未盡，歸途偏討好行船。

【箋注】

〔詩題〕崑山：山名，在江蘇省昆山市（古稱「崑山」，隸屬蘇州）境内。宋樂史《太平寰宇記》卷九十一《江南東道三·蘇州》：「崑山縣，東十八里，十八鄉，本漢婁縣地，屬會稽郡；梁天監六年，分婁縣，置信義縣；大同初，又分信義縣，置崑山縣，屬吴郡，因縣有崑山，故立名也。」又明李賢《明一統志》卷八《蘇州府·山川》：「崑山，在崑山縣西北境上。晋時，陸機、陸雲生於此，時人比之崑山出玉，因名。」　雲間：松江（今屬上海市）的古稱。　講席：高僧或碩儒講經、講學之所。

〔玉峰百里望來懸〕玉峰：山峰之美稱，謂山峰峻美如玉也。此喻指崑山。

〔恰欲同登值雨天〕恰欲：正想、正準備。

〔真山城裏看如假〕謂自城中遠望雨中崑山，其山雲霧繚繞，俊美如斯，給人以夢幻、失真之感。以反寫之筆凸顯雨中崑山之峻美。

〔巧石盆中類一拳〕謂遠望崑山上奇巧之石，類如拳頭置於盆中之狀。

〔歸途偏討好行船〕此句承上「游興正須留未盡」句，謂游興方濃，有必須停留繼續觀賞之想，怎奈歸途促促，宜整舟待發，不得再遲疑矣。　討：催討，催促。　好：適宜，應當。

己巳春，雲間董宗伯諸紳以書見招，于郡西白龍潭開演《楞伽》，期中陳徵君以佘山茶笋見餉，諸學者以詩報謝。及解制，余入山作別，徵君以詩贈行，有「執香聊代去思碑」之句，且云：「師瀕行，執香前道者數千餘人，有追尾至白石山房不及一見者，從來講師之盛所未有也。」記此以誌余愧

漫笑人非天目師，手書文敏得相貽。化人龍出隨聽法，應講潮來不失時。玉版遠從陽羨寄，碧雲難和子瞻詞。執香前道千餘送，聊代碑云去後思。

【箋注】

〔詩題〕己巳：公元一六二九年，即明崇禎二年。　董宗伯：即董其昌（一五五五—一六三六），字元宰，號思白，明代書畫家。《明史·董其昌傳》：「董其昌，字元宰，松江華亭人。舉萬曆十七年進士，改庶吉士。禮部侍郎田一儁以教習卒官，其昌請假，走數千里，護其喪歸葬。還授編修。皇長子出閣，充講官，因事啓沃，皇長子每目屬之。坐失執政意，出爲湖廣副使，移疾歸。起故官，督湖廣學政，不狥請囑，爲勢家所怨，嗾生儒數百人鼓譟，毁其公署。其昌即拜疏求去，帝不許，而令所司按治，其昌卒謝事歸。起山東副使、登萊兵備、河南參政，並不赴。光宗立，問：『舊講官董先生安在？』乃召爲太

常少卿，掌國子司業事。天啓二年擢本寺卿，兼侍讀學士。時修《神宗實録》，命往南方採輯先朝章疏及遺事，其昌廣搜博徵，録成三百本。……時政在奄豎，黨禍酷烈。其昌深自引遠，逾年請告歸。崇禎四年，起故官，掌詹事府事。居三年，屢疏乞休，詔加太子太保致仕。又二年卒，年八十有三。贈太子太傅。福王時，謚文敏。其昌天才俊逸，少負重名。……其昌後出，超越諸家，始以宋米芾爲宗。後自成一家，名聞外國。其畫集宋、元諸家之長，行以己意，瀟灑生動，非人力所及也。四方金石之刻，得其制作手書，以爲二絶。造請無虚日，尺素短札，流布人間，争購寶之。精於品題，收藏家得片語隻字以爲重。性和易，通禪理，蕭閒吐納，終日無俗語，人擬之米芾、趙孟頫云。」陳徵君：即陳繼儒，字仲醇，號眉公，明代文學家兼書畫家。《明史·陳繼儒傳》：「陳繼儒，字仲醇，松江華亭人。幼穎異，能文章，同郡徐階特器重之。長爲諸生，與董其昌齊名。太倉王錫爵招與子衡讀書支硎山。王世貞亦雅重繼儒，三吴名下士争欲得爲師友。繼儒通明高邁，年甫二十九，取儒衣冠焚棄之。隱居崑山之陽，構廟祀二陸，草堂數椽，焚香晏坐，意豁如也。時錫山顧憲成講學東林，招之，謝弗往。親亡，葬神山麓，遂築室東佘山，杜門著述，有終焉之志。工詩善文，短翰小詞，皆極風致，兼能繪事。又博文强識，經史諸子、術伎稗官與二氏家言，靡不較覈。或刺取瑣言僻事，詮次成書，遠近競相購寫。徵請詩文者無虚日。性善奬掖士類，屨常滿户外，片言酬應，莫不當意去。暇則與黄冠老衲窮峰泖之勝，吟嘯忘返，足迹罕入城市。其昌爲築來仲樓招之至。黄道周疏稱『志尚高雅，博學多通，不如繼儒』，其推重如此。侍郎沈演及御史、給事中諸朝貴，先後論薦，謂繼儒道高齒茂，宜如聘吴與弼故事。屢奉詔徵用，皆以

己巳春，雲間董宗伯諸紳以書見招……

疾辭。卒年八十二，自爲遺令，纖悉畢具。」又明朱謀垔《書史會要》卷四：「陳繼儒，字仲醇，一字眉公，華亭徵士。董太史云：『仲醇悠悠忽忽，土木形骸，絶似嵇叔夜，求之近代，惟懶瓚得其半耳。觀仲醇山水，用筆疏簡，氣韻空遠，未可以當家律之，而品自貴已。』」　佘山：山名，位於今上海市松江區。明李賢《明一統志》卷九《松江府·山川》：「佘山，在府城北二十五里，舊傳有姓佘者養道於此，因名。山之東有昭慶寺。」按清吴偉業《〈九峰草堂歌〉詩序》云：「佘山爲陳徵君眉公隱處。」可知佘山爲陳繼儒隱居處，故其時繼儒以佘山茶筍見贈也。　白石山房：指章青蓮住宅「白石山房」。詳參《葉墜》詩題注。

〔漫笑人非天目師〕謂己身修爲較之前代高僧中峰明本禪師相差甚遠。　「漫笑」，自愧之語。人：蒼雪自謂。　天目師：指元代高僧中峰明本禪師。

〔手書文敏得相貽〕文敏：指南宋末至元初著名書畫家趙孟頫。趙孟頫謚「文敏」，故稱趙文敏。按明孫鑛《書畫跋跋》卷二上《淳化閣帖十跋·第八卷》云：「俱趙文敏書。文敏素工尺牘，此與中峰和尚諸札圓熟多媚姿，然骨力恨少，未爲上乘；小楷亦只是文敏本色，去黄庭洛神尚遠。」其中所記「與中峰和尚諸札」，似即指趙孟頫與元代高僧中峰明本禪師書札往來之事。如是，則此句正承上「漫笑人非天目師」句而來，謂董其昌以書札見招，其書札佳妙如當年趙孟頫所與元代高僧中峰明本禪師之書札，惜己身相差明本禪師（即天目師）遠甚。

〔化人龍出隨聽法〕謂龍出而化作人，適時以聆聽佛法之宣講。　化人龍出：倒語，猶「龍出化人」。

〔應講潮來不失時〕謂潮水亦適時而來，以回應佛法之宣講。　應講潮來：亦倒語，猶「潮來應講」。

〔玉版遠從陽羨寄〕此句乃答謝隱居佘山的陳繼儒遠寄茶筍之語。　玉版：筍的別稱。宋釋惠洪《冷齋夜話》卷七《東坡戲作偈語》：「（東坡）又嘗要劉器之同參玉版和尚，器之每倦山行，聞見玉版，欣然從之。至廉泉寺，燒筍而食。器之覺筍味勝，問此筍何名，東坡曰：『即玉版也。此老師善説法，要能令人得禪悦之味。』於是器之乃悟其戲，爲大笑。東坡亦悦，作偈曰：『叢林真百丈，嗣法有横枝。不怕石頭路，來參玉版師。聊憑柏樹子，與問籜龍兒。瓦礫猶能説，此君那不知？』」　陽羨：古地名，今屬江蘇宜興。此非實指，乃喻指陳繼儒隱居之佘山。因蘇軾《登州謝上表二首》中有「買田陽羨，誓畢此生」之語，後世遂常以「陽羨」喻指歸隱之所。

〔碧雲難和子瞻詞〕此句乃答謝董其昌之語，謂承蒙董其昌親筆書札見問，再動人的離愁別緒之語，亦難酬其深情厚誼也。　碧雲：謂離愁別緒。　子瞻：即蘇軾，此喻指董其昌。

周斗文[一]自甬上來陸敬身以詩見寄次答

勝情見説還如舊，往事于心多自違。好句吟殘千里月，梅花香透一身衣。逢人白眼閒相對，許我青山老共依。客到不愁烟火冷，摘茶天氣笋初肥。

【校記】

〔一〕「周斗文」，原作「周文斗」，此依王培孫先生校注徑改。詳參本詩題注。

【箋注】

〔詩題〕周斗文：指明末士人周應辰，《明詩綜》卷六十九選録其詩一首，其序云：「應辰字斗文，鄞縣學生，有《緑莊詩采》。《詩話》：『緑莊游鄒南皋之門，南皋問曰：「使周生爲仲尼弟子，將誰學？」對曰：「某小人，願學樊須。」聞者以爲善於説辭。閩人林古度序其詩，稱其色古而骨堅。』」又王注云：「《甬上耆舊集》：『周應辰字斗文，號緑莊，性疏散，不事修飾。初爲諸生，工詩，家在西村，去郡中十里，時入城輒館雙湖上，與諸詞客唱酬。壯歲游京師，再客白下，有《兩京集》行世。慕豫章山川，過吉水，游于鄒南皋先生之門。晚年合删其詩六百首，名曰《緑莊詩采》。閩人林茂之叙之，謂詩家色不古則近媚，骨不堅則近柔，徒事一時，不足千載，惟緑莊詩色古而骨堅。』」　陸敬身：指明末士人陸寶，《明詩綜》卷七十二選録其詩十五首，其序云：「寶字敬身，鄞縣人，官内閣中書，有《霜鏡集》。曹能始云：『中翰詩逍遥容與，蟬蛻塵埃之外。』王伯穀云：『敬身詩篇麗逸，讀之唯恐其盡。』屠田叔云：『敬身古詩敦厚，得江謝門風，近體深沉，具高岑家法。』《詩話》：『敬身近體好用助語辭，不無狃於公安、景陵之習，然其才氣奔逸，勝葛震甫、陳仲醇且十倍。近李處士杲堂輯《甬上耆舊詩》凡四百三十人、三千餘首，自詡搜隱獲奇，而敬身曾與余太常君房、屠儀部緯真、楊處士伯翼識面卜鄰者，乃獨遺之何與？』」又王注云：「《續甬上耆舊集》：『陸寶字敬身，一字青霞，學者稱爲『中條先生』。少喜爲詩，屠儀部、余太常、沈尚寶諸公引爲小友，京洛詩人如葛震甫、汪遺民、林茂之唱和最多。己巳，以邊事請纓自效，論者壯之。思宗優詔報答，已而母老乞養。先生家素封，然其風流藴藉，絶不以家事關懷。乙酉、丙戌之間，輸餉助軍而不受官。國亡，遯入碧溪之上，憔悴行吟以卒，年過八秩，詩逾萬首……』按《明詩綜》録有陸寶《周斗文自易水歸縱談燕太子及荆高遺事》詩，可證周斗文與陸寶友，此題『斗文』誤作『文斗』。」

〔勝情見説還如舊〕見説：聽説。

〔逢人白眼閒相對〕宋程公許《送憲使江寺簿赴召》詩：「有客青衫陋，逢人白眼瞠。」明李蓘《戲題》詩：「逢人白眼唱歌去，笑入西坡秋水長。」

對梅偶成禁用香影雪月字

草屋梅花報歲寒，多年手種近年看。霜深老衲蒙頭坐，夜入枯禪透骨寒。弦上聽回思澹遠，笛邊吹落怨孤單。非貪結子調羹手，細嚼新詩到齒酸。

【箋注】

〔夜入枯禪透骨寒〕枯禪：凝神静慮、默坐參禪。

〔非貪結子調羹手，細嚼新詩到齒酸〕二句謂以梅賦詩，非爲梅實所調和之梅羹，若因梅實梅羹而賦詩，當不禁齒牙之酸也。　調羹手：指將梅子調和成羹之巧手。宋劉宰《謝紀倅惠梅》詩：「主人合試調羹手，病叟難忘止渴恩。」又明王翰《鹽池曉望》詩：「想應須待調羹手，擬共江梅入八珍。」

題轍凡結茅圖卷尾

茫茫踏遍鐵鞋穿，覓個團瓢小結緣。大地縮來無寸土，把茅占得幾多天。兩三片石堪支竈，四五株梅便作椽。住到虛空如粉碎，一爐松火白雲邊。

【箋注】

〔轍凡〕未詳何人。

〔覓個團瓢小結緣〕團瓢：指面積小且形制極簡易之居所，多爲隱居或出家修行者之臨時所居。明方以智《通雅》卷三十八：「團焦，團標也。……今人曰『團瓢』，謂爲一瓢之地也。」又明吴之鯨《武林梵志》卷五《護國仁王講寺》：「遁至北高峰絶頂，假一席之地，縛草爲團瓢，止觀其中。主僧見其不出營食，時時閔而給焉。」又明王世貞《弇州續稿卷》六十四《游牛首諸山記》：「且故鄉一團瓢地，不減維摩丈室，能容阿閦世界，而又何戀戀兹勝耶？余且歸矣。」

〔把茅占得幾多天〕把茅：言有一把茅蓋在頭上當作草庵，以蔽風雨，形容居所簡約至極。

〔住到虛空如粉碎〕謂在極簡約的條件下一意修行，直至心無挂礙。虛空：「無」的别稱；虛無形質，空無障礙，是名「虛空」。虛空如粉碎：即「無」亦趨無，而至無無之至高境界。

〔一爐松火白雲邊〕宋陸游《南堂雜興》詩之八：「數篩藥苗留客話，一爐松火約僧棋。」

徑山語風老人過訪集南來堂分韻得花字

笑倒雙峰白鼻騧，死猫頭賣與人家。曾無足迹半天下，那有聲名四海涯？煉句補天能泣鬼，揮毫入草疾驚蛇。一條血棒渾閒事，聽我虛空講墜花。

【箋注】

〔詩題〕徑山語風老人：即明代高僧雪嶠圓信禪師。王注云：「按《徑山志》卷二十二《静室類·千指庵》下注云：『雪嶠大師建塔在語風居。』則知語風居亦爲静室之一。《静室類》下跋云：『是山静室盛于唐，衰于五季，大慧中興于宋之紹興、隆興間，衆不下萬指，窮參力究者滿山谷。至元稍替。入明嘉、隆間，僅存古殿，僧寮求所謂静居别室、勵志精修者寥寥罕遘矣。萬曆初，有古道、儀丰、化儀諸禪德誅茅築室，至皇上賜藏時，已成三十余處，司李爲繪圖以進，從是漸增，迄今不能盡載云。』又《法侶類·古道禪師笑巖》：『弟子爲刻《笑巖集》行世，創静室于文殊臺，力參大事，徑山静室之盛自師始云。』《鄞縣志》：『圓信號雪嶠，一曰語風，鄞朱氏之子，與圓悟同師。嘗行秦望山間，瞥見「古雲門」三字，一旦開悟，遂結庵于武康之雙髻峰，立萬山中，遇虎不爲害。凡四坐道場，終身不付一弟子。手携藤杖甚古，或見之，以爲難得，信笑曰：「小大魔王動以主杖拂子傳人，十年之後，此物不中打狗。」謂密雲及通容也。順治四年，結跏而逝。將示寂，見擔糞者過，呼之前，授以拂子曰：「拏去趕蒼蠅！」其特立如此。十七年，詔賜金五百兩修藏塔。』李鄴嗣《甬上高僧詩》：『吾鄉雪嶠老人高風絶塵，離離在雲氣之表，人與詩俱極似中峰，時稱其《山居》《題畫》諸詩空青遥碧、澹不可收，如氣之秋，如月之曙，即在詩人口中，亦是王維、常建極佳處。宋人論詩，謂能從妙悟入乃爲上乘，然余讀一時宗門諸公詩，翻多黏滯，近小乘人，語意中未嘗一滿，至讀老人詩，始可謂妙悟，始可謂得第一義者也。詩家每言方外詩不宜逗出本色，若老人，全以清净妙心轉作文句，正其天然本色獨妙古今矣。』所録雪嶠詩有《語風居七律》一首：『不把精神逐塊忙，深居巖畔好商量。垂垂穿屋青藤細，忽忽倦思緑樹凉。雨氣闇消蒼术火，人情漸覺葛衣香。案山儘興談風月，使得成群野鹿狂。』」又《明詩綜》卷九十一選圓信詩一首，其序云：「圓信字雪庭，更字雪嶠，寧波人。初住武康雙髻峰，後居徑山。有《語風稾》。《詩話》：『雪公造詣淵微，與天童悟禪師同爲禹門法嗣。天童以巾拂付弟子一十二人，再傳登獅座者多至六百七十八人，居士不與焉。雪公終身不付一弟子，手携藤杖，甚奇古，或見之，以爲難得，雪公笑曰：『小大魔王動以拄杖拂子付人，十年之後，此物不中打狗。』謂悟公暨通容也。將示寂，坐高齋，俛見擔糞者過其下，呼至，授以拂子曰：『拏去趕蒼蠅！』可謂獨立不懼者已。其居徑山，書亭柱云：『孤雲游此中，萬山拜其下。』臨終偈云：『三間茅屋傍溪住，兩扇竹窗闕月眠。』均瀟灑有致。《早秋對雨之作》，尤覺出塵。』」其詩云：「方花礎潤晚凉歸，隔浦蓮舟望漸稀。林下自聞秋葉雨，燈前亦有草蟲飛。巡檐半濕黄藤杖，倚檻重添白苧衣。明發霅溪新水下，前郇應没舊魚磯。」

〔笑倒雙峰白鼻騧〕騧：讀若「瓜」，黑嘴黄毛之馬。

〔死猫頭賣與人家〕死猫頭：禪宗公案。宋釋普濟《五燈會元》卷十三《曹山本寂禪師》：「問：『世間甚麼物最貴？』師曰：『死猫兒頭最貴。』曰：『爲甚麼死猫兒頭最貴？』師曰：『無人著價。』」又《五燈會元》卷二十《國清行機禪師》：「登座説法云：『圓通不開生藥鋪，單單只賣死猫頭。不知那個無思算，喫著通身冷汗流。』」

〔煉句補天能泣鬼，揮毫入草疾驚蛇〕此二句爲誇張之語，謂語風老人遣詞造句可補天漏泣鬼神，其作草書時則疾迅如游龍奔走。　煉句補天：化用女媧煉石補天之語。

〔一條血棒渾閒事〕言棒上沾滿血迹，全是爲棒打提問無關緊要之事的學人所致。統言語風老人尋常授徒之風格。　血棒：禪師授徒時，常用棒打初入禪門之人而促其人覺悟，以致棒上沾滿血迹。按禪師對於初入禪門者的提問，有時不用言語答覆，而以棒打的形式促其人覺悟，另亦有用口喝的形式促人覺悟者，合稱「棒喝」。　渾：全，都。　閒事：無關緊要之事。

〔聽我虚空講墜花〕虚空講：禪宗典故。宋普濟《五燈會元》卷三《西山亮座主》：「亮座主，蜀人也，頗講經論，因參馬祖。祖問：『見説座主大講得經論，是否？』師曰：『不敢。』祖曰：『將甚麼講？』師曰：『將心講。』祖曰：『心如工伎兒，意如和伎者，争解講得！』師抗聲曰：『心既講不得，虚空莫講得麽？』祖曰：『却是虚空講得。』師不肯，便出。將下階，祖召曰：『座主！』師回首。祖曰：『是甚麽？』師豁然大悟。」　墜花：傳説佛祖説法，滿天墜花，如雨而下。喻指佛法之妙。

山居即事

梵志還家不可行，蹉跎老病付餘生。穩支石臼舂殘夢，高揭衣竿曬晚晴。滿院無聲飛白蝶，空山何處叫黄鶯？由來野外堪幽賞，豈復勞勞世上情？

【箋注】

〔梵志還家不可行〕梵志：指佛教以外的一切出家之人。

〔豈復勞勞世上情〕勞勞：勞碌憂愁貌。唐元稹《送東川馬逢侍御史回》詩：「流年等閑過，人世各勞勞。」明黄佐《别倫彦周侍御》詩：「勞勞世路關蓬鬢，黯黯離懷付酒杯。」

和元歎黄薔薇

眼花入寺午相尋，誤認黄昏滿院陰。鸚鵡有情憐葉緑，倉庚無語夢春深。香盛蜜蠟杯中露，色勝臺盤架上金。最是秋葵堪並蒂，誰言向日不同心？

【箋注】

〔詩題〕元歎：指明末清初文人兼隱士徐波。王注云：「《吴郡名賢圖像贊》：『徐波字元歎，吴縣人，諸生。工詩、古文，竟陵鍾惺見而驚賞，以爲古人復生，締交甚厚。甲申冬，馬士英擅政，將以清職羅致，公拂衣竟去，歸隱竹塢，築落木庵以居，中有洗句池，年七十四卒，即其居葬焉。著述多淹没，僅有《謚簫堂集》數卷行世。公遺照今藏葑溪海會庵。』《池北偶談》：『吴中詩老徐元歎，康熙初，年七十餘，尚在，居天池落木庵，與中峰、靈巖二高僧善。』……按《續編》卷三《柬落木庵主元歎》題，陸汾原注云：『元歎無子，弘光朝曾三辟不就，鼎革後，隱于天池山蓮花峰下落木庵。』」又吴偉業《梅村集》卷十《宿徐元歎落木庵》詩，其序云：「元歎棄家住故鄣山中，亂後歸天池丙舍，『落木庵』，竟陵譚友夏所題也。」又清王士禎《漁洋詩話》卷中云：「徐波元歎晚居天池落木庵，自云：『喜登陟而筋力遽衰，未廢吟詩而發言莫賞。』又作《落木庵記》云：『崇禎癸酉，與竟陵譚友夏在其弟服膺署中，曉起盥漱，見余白髮盈梳，曰：『子從此別，計必住山，請擇嘉名，以名其居。』服膺出幅紙，請作擘窠大字，友夏爲書『落木庵』。今三字揭諸庵門，松栝數株，撑風蔽日，元冬霜月，蕭蕭而下，雙童縛帚，掃除不給，齋厨爨烟，皆從此出，事之前定如此。』後寄楚僧寒碧云：『楚鬼微吟上峽謡，中元法食可相招。憑師爲譬興亡恨，雨打秋墳骨亦銷。』此詩爲鍾譚作也。」按蒼雪詩中，有關徐元歎者頗多，可見其人與徐元歎交往之密切。

〔倉庚無語夢春深〕倉庚：亦稱「倉鶊」或「黄鶯」，即黄鸝鳥。身體呈黄色，眼至頭後呈黑色，嘴淡紅色，鳴聲曼妙，常被飼養作籠禽。

〔香盛蜜蠟杯中露〕蜜蠟杯：蜜蠟所制之杯。蜜蠟，礦物名，與琥珀同類而色稍淡。

〔色勝臺盤架上金〕臺盤架：高大而上平的架子。

〔最是秋葵堪並蒂〕最是：最像是；正如。

〔誰言向日不同心〕此句一語雙關，既指黄薔薇如秋葵並蒂而向日同心，亦有作者寄託願與徐元歎向日同心之意。

寄友之浙江天竺

花外床琴坐不休，滿懷風露思遲留。淒涼蟋蟀聲中月，斷送梧桐葉上秋。去夢每隨青草入，尺書還寄暮鴉愁。思君桂子新凉夜，正是天香第幾樓？

【箋注】

〔花外床琴坐不休〕床琴：以支架或几案置放琴具。床，名詞活用爲動詞，謂以支架安設、置放。坐不休：久坐彈琴而不中斷。

〔滿懷風露思遲留〕宋陸游《忠州醉歸舟中作》詩：「垂首道塗悲驥老，滿懷風露覺蟬清。」

〔凄凉蟋蟀聲中月，斷送梧桐葉上秋〕宋楊萬里《醉吟》詩：「梧桐葉上秋無價，蟋蟀聲中月亦愁。」

〔去夢每隨青草入〕明張寧《思親》詩：「夢隨青草極，目斷白雲飛。」

〔尺書遠寄暮鴉愁〕尺書：書信。

〔正是天香第幾樓〕天香：特指桂、梅等天然花香。

送玄閟法友歸蜀三首

濯錦春江早入年，峨眉月照影臨川。天涯無計留同調，桑梓終歸有别緣。遠水夜寒誰共被，一帆風便起開船。行人最怕吴宫别，不盡離愁挂柳邊。

【箋注】

〔詩題〕玄閟：蜀籍僧人，具體未詳。王注云：「按此詩之第三首選入《明詩平論》，爲《菩提庵留别若鏡净目二友》。三首中之第一二兩首均爲十二侵韻，第三首則一先韻，前二首叙留别，後一首送二人中之一人歸蜀也。此刻本即題『送玄閟法友』，『玄閟』當即净目，蓋若鏡、净目均蜀人而來吴者。若鏡，詳卷四『文照還蜀』題。」按《南來堂詩集》（八卷本）卷四《文照還蜀》詩題，王注云：「按《補編》卷三《白椎庵文照法友掩關三年新殿落成》題，陸汾原注云：『庵在半塘鴨脚浜内，旁多茂林丘隴，虎邱海湧峰在望。』《百城烟水》：『白椎庵在鴨脚浜，初名清照，明萬曆間湛明法師建，文湛持太史爲書『晋生公放生處』，更今名。湛之徒聞照傳衣，蒼雪繼住。順治末，聞之徒雪鄰傳衣，玄道住持。』按《補編》卷三《若鏡六十》詩有『黄葉前朝開講寺，白椎千衆首傳衣』之句，可知傳衣之聞照即爲若鏡，蓋『聞照』其名，『若鏡』其字也。又按《賢首宗乘》：『文照名寂覺，長洲縣人，俗姓朱，就廣慧禮湛公爲師，發志參方，後歸吴門，謁汰如，師授《華嚴懸談》。汰如去世，竟入南來之室。癸未，法叔信賢公以白椎院相招，師應之。後值甲申之變，兵丁横行，至白椎庵，師委曲勸誘，兵丁遂多革心，施資爲建大殿。順治丁酉，化去，建塔白椎之右。』據此施資建殿以證掩關三年，新殿落成，文照當即寂覺，惟爲蘇人，不當還蜀，豈還蜀之文照異人而同名歟？白椎庵掩關之文照與還蜀之文照、傳衣之聞照，是一乎，是二乎？……姑以所見證此題文照爲即若鏡，以俟後之考正。……又按此詩文不對題，疑屬前《番菊》題之第二首，或别有如番菊、地黄之類之題，而《文照還蜀》蓋題存而詩亡矣。」

〔濯錦春江早入年〕濯錦江：即錦江，岷江流經成都附近的一段。此泛指蜀地。

〔天涯無計留同調〕同調：喻指志趣投合之人。

〔桑梓終歸有别緣〕桑梓：喻指故鄉。　終歸：終究。　别緣：無法替代的因緣、緣分。

〔一帆風便起開船〕便：順。　起：出發；動身。

〔行人最怕吴宫别〕吴宫别：化用南朝梁江淹《别賦》「乃有劍客慚恩，少年報士，韓國趙厠，吴宫燕市」句，指離别。

〔不盡離愁挂柳邊〕此句亦離別之語。古有折柳贈別以寄託離愁別恨之俗，故曰「離愁挂柳邊」。

相逢幾見厄陳年，歎息其猶子在川。客路無情今古別，鄉心不斷去來緣。孤帆背鳥迎風葉，深井窺天上峽船。試問生平行脚事，家山親到草鞋邊。

【箋注】

〔相逢幾見厄陳年〕謂相識已久，而未曾見可阻撓其行事者。　幾見：何曾見；少見。　厄：限止；阻撓。　陳年：長久；久遠。

〔歎息其猶子在川〕謂感歎時不我待，乃執念早日歸故鄉。《論語・子罕》：「子在川上曰：『逝者如斯夫，不舍晝夜！』」

〔客路無情今古別〕宋馬純《陶朱新録》：「陳君嚮少年在京，悦一小鬟，有詩云：『無情今古垂楊岸，客舍不禁風絮亂。他年若解拂人頭，只恐青青顏色换。』」　客路：旅途。

〔鄉心不斷去來緣〕元戴良《訪止公於文溪》詩：「已無離別想，那有去來緣。」

〔孤帆背鳥迎風葉〕唐馬戴《送客南遊》詩：「疏雨殘虹影，回雲背鳥行。」又唐薛濤《續父井桐吟》詩：「枝迎南北鳥，葉送往來風。」

〔深井窺天上峽船〕謂水路夾在兩山高岸之間，行船上旅人抬頭往上看，如在深井窺天一般。形容歸途之險峻。

〔試問生平行脚事，家山親到草鞋邊〕此二句承上，爲寬慰之語，言玄闕平生四處雲遊求法之行程若相加，已與此次返鄉之距離略同，故歸途雖艱難險遠，也不必太在意。　試問：假設性詢問之語，上句提問，下句自答。　家山：故鄉。　親到：接近。

青天蜀道老歸年，雪水驚來灌百川。絶壁摩空飛鼠度，斷崖無路古藤緣。贈君行色雙垂淚，欲託家書一繫船。破衲蒙頭燒芋火，何時尋我地爐邊？

【箋注】

〔青天蜀道老歸年〕唐李白《蜀道難》詩：「噫吁嚱，危乎高哉，蜀道之難難於上青天！」

〔雪水驚來灌百川〕雪水：從絶壁斷崖奔騰而下的水流。

〔絶壁摩空飛鼠度〕摩空：猶「摩天」，形容極高。　飛鼠：蝙蝠。

〔欲託家書一繫船〕玄闕歸蜀，而蜀地近滇，亦爲返滇所經之處，故云。思鄉所致，用語情深。

〔破衲蒙頭燒芋火〕宋陳起《漁村遠望因思槐逕弟同遊之樂》詩：「扁舟欲渡同誰載，破衲蒙頭近六旬。」

〔何時尋我地爐邊〕地爐：就地挖掘的生火之坑。

寄懷貴陽謝君采二首

憶昔滇池秋水平，蓴鱸並美動歸情。不貪五斗官爲累，自愛扁舟老此生。落日有時還獨往，空山到處正啼鶯。雁峰書院猶能記，白玉烟飛瀑布聲。

【箋注】

〔詩題〕謝君采：即謝三秀，明末貴州籍文人。乾隆《貴州通志》卷三十《人物·貴陽府》：「謝三秀，字君采，貴陽人。天才卓越，博覽群書，早有令譽。爲諸生時，巡撫郭子章、副使韓光曙皆深器之。晚以明經起家，三任教職，已迺棄去，爲萬里遊，歷覽山川，與東南大家建詞壇旗鼓，有正始遺音、天末才子之目。著《雪鴻堂》諸集行於世。」又《明詩綜》卷六十七選謝君采詩十三首，序云：「三秀字君采，貴竹人，萬曆間學官，有《雪鴻集》。李本寧云：『君采詩觸境生情，緣情體物，格整而不滯，氣雄而不亢，旨深而不晦，致清而不薄，辭麗而不浮，此治世遺音也。』陳伯璣云：『君采造語渾成，即偶入纖詞，不失大雅。』《詩話》：『君采詩甚清穩，由其生於天末，習染全無，此黔人之軼倫超群者。』」又王注云：「《黔詩紀略》：『謝三秀字君采，一字元瑞，其先自南直揚州興化來，爲貴州前衛官，遂著衛籍。』《省志》云『貴陽人』，蓋以衛人附府學，《明詩綜》云『貴竹人』，則當時貴州通稱也。《志》云（按即乾隆《貴州通志》，其説上文已引，此略）……其他行迹皆不可得詳矣。貴州自成祖開省，迄于神宗，閱二百年，人才之興，媲上國而能專精風雅，雋永冲融，馳騁中原，卓然一隊，雖前之文恭、後之龍友滋大，未有先于君采者也。《雪鴻集》千餘篇，屢訪不可得，僅得《遠條堂小集》：『曩曾碎拾他見，附之山陰，王介臣爲刊以傳。同治初元，客皖口，乃得陳允衡伯璣《詩慰》所録七十四篇，因以《遠條小集》爲上卷，以《詩慰》增出合碎拾者爲下卷，于全集蓋略具十之二，以足以傳君采矣。』按王介臣所刊《雪鴻堂詩》，莫友芝爲之序言：『其詩冲和之音、澹憺之味、蒼潤之色，初若易，至索而愈遥，故其時公安竟陵先後提倡。詩道荆棘，而先生崛起萬山中，排脱習染，逌然高舉，非其中有得之深者而能然耶？』」

〔憶昔滇池秋水平〕秋水：此指秋天的滇池水。　平：漲滿。

〔蓴鱸並美動歸情〕《晋書·張翰傳》：「張翰字季鷹，吴郡吴人也。……翰因見秋風起，乃思吴中菰菜、蓴羹、鱸魚膾，曰：『人生貴得適志，何能羈宦數千里以要名爵乎！』遂命駕而歸。」後乃以「蓴羹鱸膾」或「蓴鱸」爲因思鄉而辭官之典。

〔雁峰書院猶能記〕雁峰：衡山七十二峰之一，位於湖南衡陽以南，亦稱「雁回峰」。

白頭猶作飄零客，况復時危感不勝。天意自來難以問，人才何事太無憑。舉家遭際唐天寶，老句悲傷杜少陵。回首西來歸未得，江邊涙盡一枝藤。

【箋注】

〔白頭猶作飄零客〕明劉大夏《往香山海上》詩：「清世自慚無補地，白頭猶作未歸人。故鄉兒女多荒廢，仕路交遊半隱淪。」

〔況復時危感不勝〕時危：時局飄摇。

〔天意自來難以問〕唐杜甫《詠懷二首》詩之二：「終當挂帆席，天意難告訴。」宋范仲淹《依韻酬黄灝秀才》詩：「客心但感江山助，天意難期日月迴。」

〔人才何事太無憑〕謂治國之才華已無處施展。　人才：人的才能。　何事：何故，爲何。無憑：無所依憑。

〔舉家遭際唐天寶，老句悲傷杜少陵〕以唐天寶年間安史之亂及此間杜甫之遭遇與感懷隱喻彼時時局和個人遭際，蓋甲申之變也（一六四四年李自成攻破北京，明亡）。又《過訪錢虞山北歸二首》詩之二「天寶衰時空歎息，少陵老句獨悲傷」句，情懷同此。

〔江邊淚盡一枝藤〕「江邊淚盡」，謂國亡而悲泣之極；「一枝藤」，以藤爲杖，含遁隱之意。按古詩詞中以「一枝藤」爲意象者常見，多含有雲遊或隱逸之意，如元善住《贈無照》詩：「皎皎烟霞客，飄飄雲水僧。半生三事衲，萬里一枝藤。」又元許有壬《遊善應次元裕之韻》詩之二：「溪山好策一枝藤，學得襟懷淡似僧。」

夜泊皂林

胡爲牛馬走無端，今夜蕭然覺被單。兩岸人家霜裏宿，一天星斗水中寒。波濤萬里江流遠，燈火孤舟客夢闌。最是曉來聽不得，北風槭槭葉聲乾。

【箋注】

〔詩題〕皂林：地名，位於今浙江嘉興，南臨京杭大運河，爲蘇杭間水道必經之地。王注：「《桐城縣志》：『皂林鎮在縣北九里，宋時有寨，元明皆置驛於此，居民夾運河爲市，户口蕃庶，商賈雲集，本一雄鎮。明設巡檢、驛丞兩員，皆有官署，縣中於此建，便民倉焉。自元至正間，張士誠據蘇州以攻嘉興，元將路成駐此禦之，嗣常遇春破士誠於此，始遭兵燹。然自宣德間桐鄉分縣後，此爲襟喉之地，頗稱繁盛，四方舟楫往來停泊，張燈夜市，爲河路之要津。至嘉靖三十五年，倭圍邑城，參將宗禮戰没於此，遂爲戰場，廬舍漸廢。迨國初，鄭成功兵出此間，燔毁民房略盡，遂至一過爲墟，舊設皂林驛，後改設石門縣南門外，而仍其名。康熙間，移巡檢於青鎮，遂爲村落矣。』《嘉興府志》宋錢惟善《早發葑門得風抵皂林》詩曰……據此知皂林爲蘇杭間水道必經之地，由來已久也。」

〔胡爲牛馬走無端〕胡爲：爲何，何故。牛馬走：如牛馬一般勞碌奔波。無端：没有盡頭。

〔今夜蕭然覺被單〕蕭然：空寂，冷寂。被：被褥。

〔燈火孤舟客夢闌〕夢闌：夢醒，夢盡。

〔北風槭槭葉聲乾〕槭槭：音「瑟瑟」，擬聲詞，風吹葉動之聲。

丙子秋以中峰玄譚講期過皋亭月明庵禮請汰公

門風冷浸古山家，舊日行藏了未差。鐘起月明何處是，我來秋水正無涯。逢人問渡應難記，一路看楓只當花。最近真堪溪上好，暫停小艇日初斜。

【箋注】

〔詩題〕丙子：公元一六三六年，即明崇禎九年。　皋亭、月明庵：宋潛説友《咸淳臨安志》卷二十四《山川三・城東北諸山》：「皋亭山，《唐書・地理志》：錢塘縣有皋亭山。《祥符志》云：今屬仁和縣，在縣之東北二十里，高百餘丈，雲出則雨。寧宗皇帝御書三字爲扁。有崇善靈惠王祠，名半山廟，旁有水甕及桃花塢。」明吳之鯨《武林梵志》卷四：「下塔月明庵，即清杲禪師塔院，宋紹興間建，國朝毀於兵燹。僧雪峰誅茅重建，其徒如月習苦積功，啓大雄殿山門，鑄巨鐘，浚放生池，居士王宇春、黄汝亨、沈守正爲倡緣，經年落成。仁和令喬時敏有『月明禪院』額，朗士吳之鯨有碑。皋亭山在武林東北隅，烟嵐晴靄供明聖湖遠眺，孤秀可挹，古德耆宿，往往托迹於此。而上、中、下三塔最著，上塔伏虎禪師真藏，中、下二塔則真歇清了、月明清杲二師滅度處也。」又王注云：「《杭州府志》：『皋亭山在浙江杭州東北二十里，山高百餘丈，有水甕及桃花塢。……』《湖壖雜記》：『湖墅有三勝地：西溪之梅，皋亭之桃，河渚之蘆花。河渚蘆花名曰秋雪，西溪梅名曰香雪，則皋亭之桃亦可名曰絳雪矣。又跳鮑老，兒童戲也，徐天池有玉通禪劇，此亦戲耳；而孤舟山下有柳翠墓，神道路側有月明庵，郡城中有柳翠井，遺迹昭然，非徒戲言無據也。考紹興間有清了、玉通者，皆高僧也。太守柳宣教履任，玉通不赴庭參，柳惡之，使紅蓮計破其戒。玉通羞見清了，即留偈回首，託生於柳，誓必敗其門風。宣教没，翠流落爲妓二十餘年，與清了遇於大佛寺。清了又號月明，爲之戴面具爲宰官身，爲比丘身，爲婦人身，現身説法，示彼前因，翠即時大悟，所謂月明和尚度柳翠也。』」　汰公：即汰如，詳參《送汰公之宣城訪湯太史霍林》詩題注。

〔門風冷浸古山家〕言汰公門風清冷恰如古隱士。　門風：某一流派的風氣。　冷浸：冷，清冷；浸，浸滿。　山家：隱士。

〔舊日行藏了未差〕此句承上，謂畢竟往日出處行止已足，而今方才甘願清冷如斯。　行藏：行止；行迹。　了：終究；究竟。　差：缺少。

〔逢人問渡應難記，一路看楓只當花〕此二句承上，謂秋水無涯之際，不必理會渡口在何處，只需心安理得、隨心所欲而行便是。因一路秋楓，其美如春花，正可觀賞。

〔最近真堪溪上好〕真堪溪上好：「溪上真堪好」之倒語，言溪水岸頭秋色，真可謂美好也。

〔暫停小艇日初斜〕艇：輕便的小船。

喜汰兄雪夜過中峰與諸子圍爐分賦

春寒花鳥坐愁中，杖履相尋意想同。一徑雪深封上下，雙峰天外失西東。園蔬小摘旋堪煮，窗紙新糊僅蔽風。明日溪頭看送別，梅花枝上凍初融。

【箋注】

〔春寒花鳥坐愁中〕宋李昭玘《過虹縣有作》詩：「雨過霧猶濕，春寒花未開。」又宋汪元量《吴山曉望》詩：「一夜春寒花命薄，亂飄紅紫下平川。」

〔杖履相尋意想同〕杖履：杖與履，引申指拄杖而行。此爲引申義。意想：想法；欲念。

〔園蔬小摘旋堪煮〕旋堪：又可；還可。

次答桐城方密之見贈時寓虎丘二首

招手雲烟暫駐笻，書巢端爲結高松。山中久不見神駿，世上故多逢畫龍。事往壯心猶按劍，酒醒後夜忽聞鐘。寒山片石堪同話，相見無煩向别峰。

【箋注】

〔詩題〕方密之：即方以智。王注云：「《龍眠風雅》：『方以智字密之，九歲喜屬文，十五通十三經，《史》《漢》諸書皆背誦。比冠，著書數十萬言，與陳公子龍力倡大雅復社，諸公皆以聲氣名節相推。崇禎己卯，舉於鄉，庚辰，成進士。會中丞公撫楚，忤時相，被逮。公控疏請代，膝行沙堀中兩年，卒獲賜環。壬午，授翰林院簡討。公素憤時弊，欲痛陳之，適李賊破潼關，乃慷慨請纓，范公景文復薦之，召對德政殿，至夜分，直言不避諱忌，上撫几稱善，欲超用之，以執政格不行。賊陷京師，梓宮陳東華門，公往伏地哭，爲賊執拘，囚廿餘日，峻刑楚毒，兩髁骨見，至死不汗。既南奔，值仇黨柄國，遂流離嶺表，十召不受宰相。庚寅，披緇爲僧；粵破，被縶，環以白刃，終不屈。晚遭患難，談笑自若，卒於萬安。臨終，猶與門人講道，語不及世事，惟以未卒業諸書，命少子中履踵成之。風雨大至，遂瞑。公博覽群書，天人、禮樂、象數、名物，以及律曆、醫藥、聲音、文字、書畫、卜算，靡不精研，所著凡數百卷，詩文奏議，喪亂後多散佚，諸子搜求之四方，編成四十卷，分前集、後集、別集，總名之曰《浮山全集》行世。』」

虎丘：參《賦得吳中好風景》詩「八月虎丘路」句注。

〔招手雲烟暫駐笻〕雲烟：喻指松林。　駐笻：駐杖，停留。

〔書巢端爲結高松〕謂確能紮縛高松而爲簡易、臨時讀書之所。　書巢：泛指堆滿書籍的讀書之所。宋陸游《渭南文集》卷十八《書巢記》：「陸子既老且病，猶不置讀書，名其室曰『書巢』。客有問曰：『……上古有巢氏，是爲未有宮室之巢；堯民之病水者，上而爲巢，是爲避害之巢；前世大山窮谷中有學道之士，棲木若巢，是爲隱居之巢；近時飲家者流，或登木杪，酣醉叫呼，則又爲狂士之巢；今子幸有屋以居，牖戶牆垣，猶之比屋也，而謂之巢，何邪？』陸子曰：『子之辭辯矣！顧未入吾室。吾室之内，或棲于櫝，或陳于前，或枕藉于床，俯仰四顧，無非書者。吾飲食起居，疾痛呻吟，悲憂憤歎，未嘗不與書俱。賓客不至，妻子不觀，而風雨雷雹之變，有不知也。間有意欲起，而亂書圍之，如積槁枝，或至不得行，輒自笑曰：此非吾所謂巢者耶？』乃引客就觀之，客始不能入，既入，又不能出，乃亦大笑曰：『信乎，其似巢也！』」端爲：的確是，確實是。

〔世上故多逢畫龍〕言好畫龍而不知真龍，化用「葉公好龍」之典，謂世人鮮有識方密之乃人中神駿真龍者也。

〔事往壯心猶按劍，酒醒後夜忽聞鐘〕此二句總述方密之壯志難酬、不甘遁世之意。當指明亡後，方密之等一心圖復之欲念。酒醒聞鐘：爲悲切無奈之語，謂每逢酒醒，乃知身已遁世，而心仍有不甘。

〔相見無煩向别峰〕無煩：無需。

虎迹丘陵久已空，先從臺上問生公。高歌醉舞千人石，走筆寒吹六月風。名到盛時須自惜，詩當工處不愁窮。無言共坐寒泉側，只似孤峰月可中。

【箋注】

〔虎迹丘陵久已空〕參《賦得吴中好風景》詩「八月虎丘路」句注。

〔先從臺上問生公〕相傳東晋僧竺道生曾於虎丘山聚石爲徒，講《涅槃經》，群石皆爲之點頭。詳參《中峰休夏七首》詩之三「石頑頭易點」句注。

〔只似孤峰月可中〕月可：月光隱約貌。可，隱約、模糊。

過訪錢虞山北歸二首

驚心往事過風雷，夢説前身是辨才。白社幾人懸問訊，青山無恙獨歸來。三生相見猶存石，多劫因緣莫辨灰。豈是謝公招不得，蓮花空有漏聲催。

【箋注】

〔詩題〕錢虞山：即錢謙益。王注云：「按陸汾原注云：『牧齋於崇禎年間曾攖聖怒，歸里。』《昭文縣志》：『錢謙益字受之，號牧齋，萬曆庚戌第三人及第，旋丁外艱，里居十一年始謁闕補官。典浙江鄉試，歷左右春坊，坐錢千秋關節事，移病去，尋補詹事。魏奄羅織楊左之黨，削籍歸。崇禎改元，召爲禮部侍郎，荷枚卜烏程温體仁抨擊之，又削籍。居九年，邑民張漢儒受烏程指踪，飛章誣訐，急徵下獄；事白，逾年始放還。後又起爲禮部尚書。顛頓仕途，立朝不滿五載。當時忌嫉之口，大抵謂其把持黨局，遥執朝政，然得謗而名亦隨之。迨南都再用，而論者有遠志小草之譏矣。其學地負海涵，其文體大思精……其散華落藻、卮言讕語，時出入於齊梁、資助於佛乘，要皆指事會情，融釋變化，蕭伯玉所謂尺寸必謹、成法無不停當者也。志成《明史》，絳雲樓火，典籍煨燼，殆有天焉。』按錢謙益於清兵入南都時迎降事迹，别詳《貳臣傳》。」

〔驚心往事過風雷〕謂回首往事，使人動魄驚心，猶迅雷巨響，不及防範而大受驚嚇。驚心往事：回首往事而驚心。宋黄公度《將赴高要官守書懷》詩：「回首壯圖猶拾瀋，驚心往事屢吹齏。」明謝承舉《宿嘉宗師一清山房》詩：「驚心往事三更雨，過眼流光十二年。」　風雷：突然而至的巨雷。

〔夢説前身是辨才〕辨才：佛教語，指善於宣講佛法之才。「辨」通「辯」。明唐之淳《和答衍斯道見貽》詩：「孰知近處無靈轍，可信前生是辨才。」

〔白社幾人懸問訊〕白社：泛指隱士集結之所。　懸：牽挂；挂念。

〔青山無恙獨歸來〕青山無恙：謂隱居之地尚得安穩。青山，泛指歸隱或歸休的清幽之所。明明曠《秋日同吴公治明府沈孺真沈稚圭沈伯龍李莫勝郭張虚諸丈結社大雅山堂得書字》詩：「白社多情高士駕，青山無恙道人裾。」又明羅欽順《秦鳳山寄示歸休志感之作依韻答之》詩：「黄鳥多情仍送酒，青山無恙獨憑闌。」

〔三生相見猶存石〕此句化用唐李源與僧圓觀三世因緣之傳説，以喻作者與錢謙益的前因宿緣。唐袁郊《甘澤謡·圓觀》：「圓觀者，大曆末雒陽惠林寺僧，能事田園，富有粟帛，梵學之外，音律大通，時人以『富僧』爲名，而莫知所自也。李諫議源，公卿之子。當天寶之際，以遊宴飲酒爲務。父憕居守，陷於賊中，乃脱粟布衣止於惠林寺，悉將家業爲寺公財。寺人日給一器食、一杯飲而已，不置僕使，斷其聞知，唯與圓觀爲忘言交，促膝静話，自旦及昏。時人以清濁不倫，頗生譏誚，如此三十年。二公一旦約遊蜀川，抵青城、峨眉，同訪道求藥。圓觀欲游長安，出斜谷，李公欲上荆州、三峽，争此兩途，半年未决。李公曰：『吾已絶世事，豈取途兩京？』圓觀曰：『行固不繇人，請出三峽而去！』遂自荆江上峽行。次南浦，維舟山下，見婦人數人，錦襠負罌而汲，圓觀望見，泣下曰：『某不欲至此，恐見其婦人也。』李公驚問曰：『自上峽來，此徒不少，何獨恐此數人？』圓觀曰：『其中孕婦姓王者，是某託身之所，逾三載，尚未娩懷，以某未來之故也。今既見矣，即命有所歸，釋氏所謂循環也。』謂公曰：『請假以符咒，遣其速生，少駐行舟，葬某山下。浴兒三日，公當訪臨，若相顧一笑，即某認公也。更後十二年中秋月夜，杭州天竺寺外，與公相見之期。』李公遂悔此行，爲之一慟，遂召婦人，告以方書。其婦人喜躍還家，頃之，親族畢至，以枯魚獻於水濱，李公往爲授朱字符。圓觀具湯沐，新其衣裝。是夕，圓觀亡而孕婦產矣。李公三日往觀，新兒襁褓，就明果致一笑。李公泣下，具告於王，王乃多出家財葬圓觀。明日，李公回棹，言歸惠林，詢問觀家，方知有治命。後十二年秋八月，直指餘杭，赴其所約。時天竺寺山雨初晴，月色滿川，無處尋訪。忽聞葛洪川畔有牧豎歌竹枝詞者，乘牛叩角，雙髻短衣，俄至寺前，乃觀也。李公就謁曰：『觀公健否？』却問李公曰：『真信士！與公殊途，慎勿相近。俗緣未盡，但願勤修不墮，即遂相見。』李公以無由叙話，望之潸然。圓觀又唱竹枝，步步前去，山長水遠，尚聞歌聲，詞切韻高，莫知所詣。初到寺前，歌曰：『三生石上舊精魂，賞月吟風不要論。慚愧情人遠相訪，此身雖異性常存。』寺前又歌曰：『身前身後事茫茫，欲話因緣恐斷腸。吴越山川遊已遍，却回烟棹上瞿塘。』後三年，李公拜諫議大夫，一年，亡。」

〔多劫因緣莫辨灰〕此句承上句，謂己身與錢謙益之交情即便有三世因緣，在無盡的時空中，亦將化爲塵埃而莫之能辨也。　劫：古印度傳説世界若干萬年會毁滅一次，再重新開始，如是一周期爲二「劫」，喻指時間久遠。

廿載藤溪路不忘，重過溪上認茅堂。東山高卧人依舊，南國同聲喜欲狂。天寶衰時空歎息，少陵老句獨悲傷。多情只有銜泥燕，猶自尋常繞畫梁。

【箋注】

〔廿載藤溪路不忘〕廿載：二十年。由此可見蒼雪與錢謙益相識之久。藤溪：水名，在安徽涇縣東南處，源出徽嶺。

〔東山高卧人依舊，南國同聲喜欲狂〕此二句蓋隱述南明事迹，謂南明之存令人欣喜欲狂，當可東山再起，而復明有望也。

〔天寶衰時空歎息，少陵老句獨悲傷〕復以唐天寶年間安史之亂喻甲申之變。又上《寄懷貴陽謝君采二首》詩之二「舉家遭際唐天寶，老句悲傷杜少陵」句，情懷同此，可見蒼雪雖身在禪林，而心繫國家存亡。晚明士人之懷，借此可略窺一斑。

〔多情只有銜泥燕，猶自尋常繞畫梁〕此二句化用唐劉禹錫《烏衣巷》詩「舊時王謝堂前燕，飛入尋常百姓家」之句，以述朝代更迭、歷史滄桑之思，飽含感時傷懷之意。

送汰兄赴長干寺講席

江光一練鎖愁眉，帆影迢迢去路遲。同學何年辭建業，登壇獨往負秋期。故山老我歸無計，落葉寺門深不知。耆舊只今凋落盡，法堂忍見草離離。

【箋注】

〔詩題〕汰兄：即汰如，人物事迹見《送汰公之宣城訪湯太史霍林》題注。　長干寺：宋祝穆《方輿勝覽》卷十四《江東路·建康府》：「長干寺：郡南五里，有大長干、小長干、東長干，並是地名，江東謂山隴之間曰『干』；長干寺，今名天禧寺，在長干。」又宋張敦頤《六朝事迹編類》卷下《長干寺》：「《丹陽記·大長干寺》：道西有張子布宅，在淮水南，對瓦棺寺，南張侯橋也。長干是秣陵縣東里巷名，江東謂山隴之間曰『干』，建康南五里有山岡，其間平地，庶民雜居，有大長干、小長干、東長干，並是地名，小長干在瓦棺寺南巷西頭，出大江。梁初起長干寺。按塔記在秣陵縣東，今天禧寺乃大長干也。」按「長干」，古建康（今南京市）里巷名，亦借指南京。又乾隆《江南通志》卷一百七十四《人物志·方外·江寧府》：「洪恩字雪浪，金陵黄氏子，出家長干寺，以無師智得大辯才，盡掃訓詁，單題本文，拈示言外之旨。南北法席之盛，近代未有。」可見蒼雪一系與長干寺之因緣。

〔同學何年辭建業〕同學：同師受業之人。　建業：南京的別稱。

〔登壇獨往負秋期〕登壇：登上講演佛法之壇場。　秋期：泛指相會之期。語出《詩·衛風·氓》：「將子無怒，秋以爲期。」

〔故山老我歸無計〕故山：喻指故鄉。　歸無計：無法歸回。唐杜甫《得舍弟消息二首》詩之二：「汝懦歸無計，吾衰往未期。」又唐杜荀鶴《旅寓》詩：「暗算鄉程隔數州，欲歸無計淚空流。」

〔耆舊只今凋落盡〕耆舊：猶「故舊」，指多年相交、老來尚相往來的志同道合之人。

〔法堂忍見草離離〕法堂：演説佛法之所。　離離：濃密盛多貌。

次趙太守赤霞餞春韻送王惠叔還江寧

九十春光送斷風，旅懷消盡酒杯中。家山高卧窗宜北，野水閒停棹向東。桃葉歸心牽一碧，柳花别淚灑殘紅。客仍送客天涯久，赢得詩囊倒不空。

【箋注】

〔詩題〕趙太守赤霞：指明末士人趙士冕。《山東通志》卷二十八之三《人物三·明》：「趙士喆，字伯濬，蓬萊人，都御史燿之子。闖變後，隱成山之松椒，去家五百里，終身不一至。著《建文帝年譜》《遼宫詞》《石室詩談》若干卷。其弟子董樵，萊陽人，亦能詩。相侍左右，日供炊汲，無倦容，時謂雙隱士。」又王注云：「《萊州府志》：『趙士冕字赤霞，士哲從弟也，以超貢任鎮江守，譽流江介。早歲豪宕，喜交遊，去官歸里，益好客，有置驛投轄之風。詩清穆別具逸致。在潤州，携士哲詩校正授梓，並倩錢虞山宗伯爲序、陳皇士爲立傳，俾士哲一生節義、文章大著人間。又詮次本朝諸家詩，名《鼓吹集》，膾炙藝林。』《漁洋詩話》：『趙士哲，字伯濬，掖縣人，副都御使燿之子。甲申後，避登州之松椒山，遂不歸，與弟子董樵耦耕海上，著《石室談詩》《建文年譜》《遼宫詞》各若干卷。弟士亮、士冕皆能詩。』」

王惠叔：見《次答王惠叔世兄喜逢半塘四首》題注。　江寧：地名，在今南京市。

〔九十春光送斷風〕謂季春之末，乃匆匆送別。　九十春光：一年四季，春季占三個月，共九十天，故云。

〔家山高卧窗宜北，野水閒停棹向東〕此二句均離别寄懷之語，言此別之後，願彼此朝對方所在地相望。

〔桃葉歸心牽一碧〕謂桃花落盡而桃葉已舒展且漸滿枝。

〔柳花別淚灑殘紅〕謂柳絮與離別之淚共灑於落花。

〔客仍送客天涯久〕言我本亦遠離故鄉、久寓他鄉之客，此別乃是客居之人送客居之人。

〔贏得詩囊倒不空〕此句爲自我安慰之語，言每逢送別，難免傷懷，幸而有送別之詩聊可慰藉。

悼企賢

推棺不應只呼天，白社青春最可憐。人在五峰曾過問，庵臨野水暫停船。老來痛哭多無淚，春去傷懷只有眠。記得去年留宿處，瓦燈爐火共淒然。

【箋注】

〔詩題〕企賢：未詳何人。觀詩意，當爲與蒼雪有過交際的年輕僧人。

〔推棺不應只呼天〕應：回答。

〔白社青春最可憐〕白社：隱者集居之所。　青春：年紀輕。　可憐：可惜，可憐憫。

〔人在五峰曾過問〕五峰：當即新昌縣（位於今浙江省東部）之五峰山。明李賢《明一統志》卷五十七《瑞州府》：「五峰山，在新昌縣西北一百里，山有歸雲、積翠、羅漢、月桂、佛岩五峰，宋倪思詩：『千岩萬壑争獻狀，秀色寒先奪人目。』」

〔瓦燈爐火共淒然〕瓦燈：陶製的油燈。

留別本山諸大護法

竹簡交馳未敢開，相留深負語難回。怕將一片閒心事，費盡空山作夢猜。春草不容封別路，孤舟猶自望蘇臺。多情最是胥江水，廿載茫茫送去來。

【箋注】

〔詩題〕本山：指各派傳法的中心寺院。　護法：護持自己修習佛法者。

〔竹簡交馳未敢開〕竹簡：書寫或記事的竹片，此泛指離別時記事留言的書寫工具。　交馳：往來不斷。

〔相留深負語難回〕承上句，謂未有勇氣打開留别寄語，乃因深恐辜負彼此挽留之意，且致於難以回復而已。

〔怕將一片閒心事，費盡空山作夢猜〕二句用語情深，謂人去山空，閒時想起相會時事，當只如夢幻者也。

〔春草不容封别路〕言春草長滿去路，似亦不忍我輩離别。可見離别之時，正當春季。　别路：去路；離别之路。

〔孤舟猶自望蘇臺〕蘇臺：指姑蘇臺，又名胥臺，在蘇州西南姑蘇山上。

盤江鐵橋

自望黄塵每慨然，故鄉卿相我無緣。眼前見畫思鷄足，夢裏尋家渡鐵蓮。苗庶尚潛諸葛洞，儒臣不去小西天。料來難得今生見，先過此橋五十年。

【箋注】

〔詩題〕乾隆《貴州通志》卷三十七《藝文·明晏斯盛〈黔中水道考〉》：「又東至永寧州西、安南縣東，是爲盤江，有橋曰盤江橋，爲入滇孔道，兩山夾行，水勢湍駛，不利操舟，亦難架石。明參政朱家民冶鐵爲絙，懸兩崖間，覆以板，東西各建樓堞，行者賴之。尋爲賊毁。」又《大清一統志》卷三百九十二《安順府》：「盤江，舊以舟渡，多覆溺。明崇禎初，參政朱家民議建橋，水深不可架石，乃煉鐵爲絙，懸兩崖間，覆以板。復於橋東西建堞樓，以司啓閉。岸旁琳宫梵宇，金碧交輝。明末毁，今重建。」

〔自望黄塵每慨然〕黄塵：喻指塵俗世事，猶「紅塵」。

〔眼前見畫思鷄足〕鷄足：鷄足山，佛教聖地，在今雲南省大理州賓川縣境内。

〔夢裏尋家渡鐵蓮〕言思家之情入夢中，而夢中亦不得渡越，喻經黔返滇之途程障礙重重。鐵蓮：鐵蓮花，化用海生鐵蓮花而舟不能行之佛教傳説。《浙江通志》卷十四《山川·寧波府·鎮海縣》：「蓮花洋，《定海縣志》：『在縣東，往洛伽必徑此。』《普陀山志》：『倭人入貢，見大士靈異，欲載歸，海生鐵蓮花，舟不能行，懼而還之，得名以此。』」

〔苗庶尚潜諸葛洞，儒臣不去小西天〕二句總述返滇所經之黔地叛亂頻繁，難於治理，路途兇險。「苗庶尚潜」，謂叛亂未平；「儒臣不去」，謂難於治理。諸葛洞：地名，在今貴州境内。明陳耀文《天中記》卷八：「諸葛洞，黔中郡南，石崖屹立，傍有石洞數丈。相傳諸葛亮征九溪蠻嘗過此，留宿洞中，設一床，懸粟一握以秣馬，後遂化爲石床、石粟，至今猶存。」又乾隆《貴州通志》卷五《地理·山川・施秉縣》：「諸葛洞，在城東十里，一名甕蓬洞。飛巖夾岸，踞鎮陽江之上，流東縣境大小江諸水而出於其間。石灘三層，縱横巉㠋，礙難行舟，故舟自鎮遠而止。明巡撫郭子章鑿通之，久復淤塞。」

小西天：此似喻指黔地。因黔位於中原之西南，且相對接近天竺（即今印度），因天竺稱「西天」，故云「小西天」。

〔先過此橋五十年〕謂五十年前曾渡過此橋（即盤江鐵橋）。蒼雪十九歲離滇，可見此詩爲其晚年所作。

題蘆雁圖[一]

萬里江湖一葉身，來時逢夏去逢春。天南地北年年客，只有蘆花似故人。

【校記】

[一]《御選明詩》卷一百一十四、《佩文齋詠物詩選》卷四百二十六皆選録此詩，題爲《題一雁圖》，作者爲明僧德祥。

【箋注】

〔萬里江湖一葉身〕三國魏曹植《雜詩六首》詩之一：「之子在萬里，江湖迥且深。」宋蘇軾《八月七日初入贛過惶恐灘》詩：「七千里外二毛人，十八灘頭一葉身。」

〔天南地北年年客〕元曹伯啓《登君山述懷次史同知韻》詩：「天南地北江城客，從此好償安樂債。」

〔只有蘆花似故人〕宋沈遼《楊花》詩：「島夷三月不知春，唯有楊花似故人。」元李京《滇池九日》詩：「可無白酒招佳客，尚賴黄花似故人。」

山行

鬱鬱林巒翠莫窮，分明有路白雲中。行來古道無人迹，落日葡萄滿架紅。

【箋注】

〔鬱鬱林巒翠莫窮〕鬱鬱：繁盛貌。林巒：泛指山林。

送唐大來還滇

小艇難禁五兩風，鷄山有路幾時通？殷勤爲我傳鄉信，結個茅團在雪中。

【箋注】

〔詩題〕唐大來：見《同陳百史方密之分韻懷滇中唐大來》詩題注。

〔小艇難禁五兩風〕五兩風：喻指輕風。五兩，古代測風器，將鷄毛繫於高竿之頂，用來觀測風向及風力。宋葛勝仲《送胡彦師職方迎親赴闕二首》詩之二：「五兩風輕清汳路，迎船魚笋助南陔。」

〔鷄山有路幾時通〕鷄山：指鷄足山。

〔殷勤爲我傳鄉信，結個茅團在雪中〕此二句爲叮囑唐大來之語，謂返滇至鷄足山時，千萬要爲我傳達問候及思念之意。結茅團於雪中，意謂倘能歸回，所求不多，供我一席之地而居即可。按蒼雪十一歲上鷄足山，做水月禪師侍者，十九歲離滇之後至此時，未曾返回雲南故土，故有此語。　茅團：以茅草就地結小屋，望之團然也。唐柳宗元《禪室》詩：「發地結菁茅，團團抱虚白。」

送徐介白之雲間

寒江漠漠送行舟，夾岸蘆花入眼愁。別後更憐飛夢遠，月明人在九峰頭。

【箋注】

〔詩題〕徐介白：江蘇吴江人，明末清初隱士。王注云：「《松陵文獻》：『徐白字介白，本嘉興人，徙吴江。性狷介，不苟取予，以諸生久當貢，遭亂棄去，隱靈巖之上沙。有園數畝，無子女，不蓄僮僕，手一鐮種蔬藝果，捃拾自給。暇則坐小樓作畫吟詩。詩幽秀，得晚唐風致，畫蕭疏，無俗韻，不爲人作，自娱而已。故舊相尋，掃落葉汲泉烹之，清談終日，使人忘世。三十餘年不出山，人謂之石隱。』《松陵詩徵》：『徐白字介白，號笑庵，嘉興縣學生，有《竹笑庵詩》，寓梅里，時惟與高僧遺老相唱酬，其詩幽冷峭刻，不食人間烟火。』」又清朱鶴齡《愚庵小集》卷八《送徐介白移居上沙序》：「介白少以風雅標持，嶔嵜歷落，格韻在東野、閬仙之間，時復點染毫素，縹緲烟雲，咫尺萬里，而又皈命瞿曇，夙通宗旨，熏修斷慾，衲子難能。夫詩也，畫也，禪也，三者皆丘壑中物，即使介白志遂風雲，身名雨泰，猶當託尚山林，有衣冠巢許之目，況世棄君平矣，君平安得不棄世哉？上沙接武靈巖，湖山環抱，緇素名流，往往萃止，以介白織簾抱甕其間，香草夾徑，嵐翠撲衣，麥雉朝飛，村舂互答，皆吾詩情也；松濤瀑雨，遠近争飛，雲木虹泉，晨昏變色，皆吾畫態也；遠寺霜鐘，發人深省，空林野火，可悟無生，弔響屧之幽魂，悲琴臺之故址，興亡一揆，死生同夢，皆吾禪心道味也。然則介白之隱，洵無忝戴顒、宗測，介白之上沙，安知不與龐公之鹿門、鄭敬之蟻陂、杜景齊之始寧山舍並傳千秋史策也哉？」　之：往；至。

〔月明人在九峰頭〕九峰：古來山以「九峰」爲名者頗多，未知具體所指。從詩意及地理上推算，似即指浙江慈溪境内的九峰山。明李賢《明一統志》卷四十七《台州府・山川》：「九峰山，在慈溪縣東六十里，上有靈鷲寺。」

贈范受之六十壽二首

日日花開酒有泉，南山相對自悠然。不知朝代經多少，喬木當門七百年。

開門日對白雲泉，家廟猶存國蕩然。天下先憂誰後樂，子孫俸禄享千年。

【箋注】

〔詩題〕王注：「《松江府志》：『范允臨字至之，華亭人，惟丕子，早孤，贅吳門徐氏，因家焉。善屬文，工書法，萬曆二十三年進士，授工部主事，歷雲南提學僉事、福建參議。夫人徐淑亦工詩翰，倡和成集。嘗築園天平山，凡范氏義莊先祠，無不興葺。一日，析理後事訖，端坐而逝。』按《府志·范惟一傳》：『惟一弟惟丕，嘉靖三十八年進士，長子允謙，隆慶四年舉人。允臨自有傳。』據此，知范受之當爲范允臨之兄，允謙蓋取『謙受益』之義，而字受之，例如錢謙益字亦『受之』也。」又乾隆《江南通志》卷一百六十五《人物志》：「范允臨字長倩，吳縣人，宋參政仲淹十七世孫，萬曆乙未舉進士，歷官福建參議。先僉事雲南時，值鳳克作亂，猝圍會城，允臨登陴，百端防禦，城藉以完。致仕後，討論泉石，流連觴詠，臨池尤得晉人法，遠近爭購之。自仲淹置贍族義田三十頃，至明季僅存三之一，允臨復以腴田十頃佐其入，人稱其善繼云。」又《明詩綜》卷六十三選范允臨詩二首，序云：「允臨字長倩，松江華亭人，居吳縣，萬曆乙未進士，授南兵部主事，改工部，歷郎中，以按察僉事提學雲南，遷福建布政司參議。有《輸寥館集》。《詩話》：先生筆精墨妙，揮毫落紙與董尚書爭工。晚築別業於天平山之陽，彈絲吹竹，選伎徵歌，江表望爲神仙中人。」

〔家廟猶存國蕩然〕此句隱言明亡。若言具體所指，亦當是甲申之變以後事。

〔子孫俸禄享千年〕言范氏家族自范仲淹所置義田後，至范允臨時仍有豐富存留。

文照還蜀

贛州茉莉建州蘭，秋圃何如菊耐寒。一擔挑來多種色，不須錢買現成看。

【箋注】

〔詩題〕王注：「按《補編》卷三《白椎庵文照法友掩關三年新殿落成》題，陸汾原注云：『庵在半塘鴨脚浜内，旁多茂林丘隴，虎邱海湧峰在望。』《百城烟水》：『白椎庵在鴨脚浜，初名清照，明萬曆間湛明法師建，文湛持太史爲書「晋生公放生處」，更今名。湛之徒聞照傳衣，蒼雪繼住。順治末，聞之徒雪鄰傳衣，玄道住持。』按《補編》卷三《若鏡六十》詩有『黄葉前朝開講寺，白椎千衆首傳衣』之句，可知傳衣之聞照即爲若鏡，蓋『聞照』其名，『若鏡』其字也。又按《賢首宗乘》：『文照名寂覺，長洲縣人，俗姓朱，就廣慧禮湛公爲師，發志參方，後歸吴門，謁汰如，師授《華嚴懸談》。汰如去世，竟入南來之室。癸未，法叔信賢公以白椎院相招，師應之。後值甲申之變，兵丁横行，至白椎庵，師委曲勸誘，兵丁遂多革心，施資爲建大殿。順治丁酉，化去，建塔白椎之右。』據此施資建殿以證掩關三年，新殿落成，文照當即寂覺，惟爲蘇人，不當還蜀，豈還蜀之文照異人而同名歟？白椎庵掩關之文照與還蜀之文照、傳衣之聞照，是一乎，是二乎？……姑以所見證此題文照爲即若鏡，以俟後之考正。……又按此詩文不對題，疑屬前《番菊》題之第二首，或别有如番菊、地黄之類之題，而《文照還蜀》蓋題存而詩亡矣。」

〔秋圃何如菊耐寒〕承上句，爲寄懷之語，言於秋圃所種植生長者，即如贛州茉莉、建州之蘭，均不如菊花耐寒。　秋圃：秋天種植果木菜蔬或花草的園地。　何如：怎如。

四威儀

山中行，雲迷樵徑雨初晴。有時送君自崖返，自此遠矣君之行。
山中住，茅庵絶頂孤危處。我本不從雲水來，問山先住人先住。
山中坐，只教七個蒲團破。青苔日厚自無塵，落花滿地承敷坐。
山中卧，草深蚊蟲咬不過。只愁夜短睡不足，那管晝長難忍餓。

【箋注】

〔詩題〕佛教謂行、坐、住、卧爲四威儀。按題下四首，各寫行、住、坐、卧之儀態，扣合照應於詩題，别具一格。全詩内涵豐富多樣，風格活潑灑脱。

清泉石上流林若撫中維清雨後過中峰分賦

石上偶來坐，泉流影不流。細聞初起處，一葉乍驚秋。絶頂分飛下，臨巖幾折留。艱危各歷盡，淺澮自相求。花瓣浮香去，苔衣浸石頭。清逾纓可濯，醉即枕堪投。

【箋注】

〔詩題〕申維清：王注引《蘇州府志·選舉類》云：「申詒芳字維清，長洲籍，崇禎己卯科舉人。」

林若撫：指明末文士林雲鳳。《明詩綜》卷七十四選録林雲鳳詩三首，其序云：「（林）雲鳳，字若撫，長洲人。《詩話》：若撫當鍾譚焰張之日，守正不回，詩篇極其繁富，惜知者寥寥，困阨終老，相如遺草已不可問矣。」又《明文海》卷二百七十一俞琬綸《林若撫梅詠引》：「與林若撫結歲寒盟，爲千古人懷千古心，相期而不可以相喻，落落者吾痼疾也。此期一訂於落落，更宜一抹交情，類蕭然有寒意，于若撫則尤寒。蓋兩寒而寒愈冽也，冰入爐有消而已，必不變而爲火，此寒德也。濯錦江邊，殆與棘門、寒塘徑遠，然豈千古懷哉？然又不可以不慮。若撫特於湖上作梅詠百品，頎然而來，以詩擲吾，寥然而去。懷哉懷哉！其嘯也歌，隴頭雲遠，花落春枯，千里霜根，一函寒意，是豈在梅？是豈在詩也？若撫名雲鳳，蘇州人，崇禎庚午在南京，余從之學詩，見贈詩極多，今皆失去，止記其贈余及吴子遠、周元亮同庚詩『誰家得種三株樹，老我如登群玉峰』一聯而已。其詩稿不知落誰人之手，恐將烟没矣。」又《南來堂詩集》（八卷本）卷三《甲戌閏中秋林若撫陳季采留宿山中》詩題，王培孫注云：「《元氣集》申繼揆寄懷林若撫詩：『故園幾載共追歡，一别俄驚逼歲闌。金盡已知無鮑子，雪深將恐卧袁安。梅花遥想新詩讀，燈月還憐異地看。不及古人分俸意，空憑魚腹問加餐。』徐增注云：『若撫爲文定公門下士，垂老而貧，人無有憐之者。』先生時官輦下，心念舊交，寄詩注存，如此氣誼，豈末世所易見？『金盡』一聯，尤爲警策。《因樹屋書影》：『吴門林若撫雲鳳，老而工詩。滄桑後，匿影田間，雖甚貧，不一謁顯貴。庚午秋，吴衆香開星社于高座寺，時社中惟予與餘姚黄太冲、桐城吴子遠年皆十九，若撫賦詩贈予輩曰……後予以庚辰、子遠以丁亥登第，惟太冲以明經隱于家。後予官閩中，若撫累欲訪予，不果。及予戊子北上，先數日，訂若撫出山晤于舟次。予至之日，即若撫捐館之夕。貧不能治喪，予欲有所贈于若撫者，即付其子爲含殮費。申霖臣謂若撫若忍死以待君者，異哉！若撫詩數卷，其子藏之家。閩中徐興公前輩與若撫爲通家好，亦有若撫詩鈔，興公之子延壽藏之。脱余不死，會當爲亡友鎸行于世。』按陳季采無考，《明詩平論》明河寄陳季采詩：『多時不到山，見説在人間。秋水遠天净，野航今日還。開尊邀月飲，閉户課兒閒。却望青來處，西峰近可攀。』據此知陳季采當時往來山中，而與蒼、汰等爲友。」

〔清逾纓可濯〕此句化用《孟子・離婁上》「滄浪之水清兮，可以濯我纓；滄浪之水濁兮，可以濯我足」之語，喻指清泉流水清潔至極。　逾：超過；勝過。

〔醉即枕堪投〕言醉後即可投枕酣睡於此泉流之中。亦以誇張之語襯托泉流清潔。

解制

冰凍石枯，雪深路斷。胡爲乎歸，雲飛鳥散。

古竹當手，白雲在空。仰天一笑，爾西我東。

【箋注】

〔詩題〕解制：參《甘露庵解制送恒生還山》詩題注。

〔胡爲乎歸〕胡爲：爲何，何故。

池蛙

燈花催欲盡，夜雨雜更籌。時序一何促，池塘半部秋。居偏渦不擇，命與草相投。莫怪苦煩聒，小言日肆流。

【箋注】

〔燈花催欲盡〕燈花：油燈燃燒時焰流碰撞所産生的花狀焰朵，民間常認爲其間藴含某種徵兆。金元好問《郎文炳心遠齋二首》詩之一：「兒童挾書至，燈花催夜讀。」

〔夜雨雜更籌〕雜：夾雜。　更籌：古時夜間報更所用之竹器，其形如簽。

〔時序一何促〕一何：感歎之辭，猶「多麼」。

〔居偏渦不擇〕渦：旋渦，即水的旋流。　不擇：不拒，不避。

〔命與草相投〕相投：相互依託。

〔小言日肆流〕肆流：急流，此喻指時日急逝。

自吳門之雲間

春雨夜淹淹，春波幾尺添。背花摇短櫓，礙柳揭高簾。三兩家村落，一行書酒帘。華亭看不遠，的的九螺尖。

【箋注】

〔詩題〕吳門：指蘇州。蘇州爲春秋吳國故地，故稱。

〔春雨夜淹淹〕淹淹：連綿不斷貌。

〔背花摇短櫓，礙柳揭高簾〕此二句總述春雨連綿時從吳門往雲間之旅途狀况，其中「背花」「礙柳」相對爲文，謂沿途有花有柳而不得賞，隱含因春雨而使春光蹉跎之意。

〔三兩家村落，一行書酒帘〕二句均倒語，猶「村落三兩家，酒帘一行書」。

〔華亭看不遠〕華亭：即華亭縣，臨近松江。明李賢《明一統志》卷九《松江府》：「華亭縣附郭，秦漢爲婁縣地，漢末孫吳封陸遜爲華亭侯，華亭之名始見。唐爲崑山、嘉興、海鹽三縣地，天寶間，割置華亭縣，宋元仍舊，本朝因之。」

〔的的九螺尖〕的的：清晰分明貌。九螺：似指某山，未知具體所指。當爲華亭境内標誌性山峰。

賦得白日掩荆扉

居然城郭裏，半在水烟西。白日花無語，青天鳥自啼。閉門成小隱，高枕足幽栖。何事長安道，勞勞逐馬蹄？

【箋注】

〔詩題〕王注：「此題顧刊詩鈔下注『爲鄒滿字賦』。《金陵通傳》：『鄒典字舜五，一字滿字，上元諸生，貧苦有志節。居東園，友人胡念約爲構小閣，顔曰『節霞』，自署『青溪一曲』。嘗賦《白日掩荆扉》詩以見志。喜讀《禹貢》《考工》《離騷》《南華》，每夜坐燒燭，子女環侍，各習其業，不屑干人。除夕，視瓶粟餘升許，復覓榾柮數杯，爲二親一日供。凌晨出郭，登雨花山，高歌竟日而返。居平客至，脱冠自汲，以供茗椀；往還惟顔夢游、劉象先、周敏求、程希孔數人，皆逸士也。』那昉《石臼集·白日掩荆扉爲鄒滿字賦》：『竹籬通野色，白日故閒閒。只是一廛地，似經千疊山。梵鐘蝸舍側，妻子鹿門間。隱迹已如此，何須更掩關？』」又《佩文齋書畫譜》卷五十八《畫家傳·明》：「鄒典字滿字，吴縣人，客遊金陵，遂家焉。貧苦有志節，喜讀《禹貢》《考工》《離騷》《南華》諸書，善繪事。」

〔居然城郭裏〕居然：儼然；極似。

〔何事長安道，勞勞逐馬蹄〕此二句似隱含國事危急之意。何事：何故；爲何。長安道：泛指通往首都的官道、驛道。勞勞：奔波忙碌貌。

圓覺解制送石生道公還廬山二首

解制無多日，猶堪坐夜深。雨中三月聚，燈下二人心。玩世從吾好，還山任爾吟。幸無癡福累，閒漢養叢林。

【箋注】

〔詩題〕解制：參《甘露庵解制送恒生還山》詩題注。石生道公：王注云：「《廬山志》：『大林峰之西有卧龍庵，即水口庵。水口者，大林峰前諸水所由以趨于錦澗橋者也。水口，石生和尚所住。……』按《山志》引潘之恒《石隱庵記》『己未歲，遇若公石生詢所棲，有卧龍庵，樹竹生石隙中，皆太古以上物；溯其初也，晋慧永法師同遠公居廬山時栖此谷中，逾十七年，從峰頂別立茅屋，常聞異香，故稱香谷。後從此出，居西林，與東林遠公分林主教，影不出山，並擅標譽。今若公二隱，意與此合』云云。據此，則若公石生當爲二人。……按《山志》：『若昧法師來廬山，先居黄巖；萬曆戊申，住開先；己酉，建華藏閣；天啓辛酉，造七佛樓。』《賢首宗乘》：『若昧名智明，海陵毛氏子，父故，投郡之東隱庵出家，至京口，親雪浪座下。後息影匡廬之古黄巖者十年。』按《東林十八高賢傳》：『慧永，河内潘氏，初集禪于恒山，與遠師同依安法師。太元初，至潯陽，刺史陶範留之築廬山，舍宅爲西林以奉師，峰頂别立茅屋，時往禪思；至其室者，常聞異香，因號香谷。義熙十年坐化，異香七日方歇，葬寺之西南，春秋八十三。』又按《山志》：『香谷之南有西林寺。』據此，知石生所師與所居之淵源有自矣，惜無詳迹可考。又按《廬山志》：『蘆林釋修遠號石照，吉州人，苦志出家，博通三藏，嗣法于若昧。』據此，當時若昧門人或以『石』字爲記，故道公號『石生』也。《葛一龍葛震甫詩集·題畫蘭送石生師歸香谷》詩：『言師香谷去，贈以谷中香。墨露夜深滴，寫經明月房。』」

〔幸無癡福累〕癡福：謂前世所修福德，今生所享，却愚癡頑冥，而不勤修精進。唐寒山《常聞國大臣》詩（二四二）「癡福暫時扶」句，項楚先生注云：「『福』即福德、福力，謂前世行善等所獲之福果。『癡福暫時扶』者，謂『國大臣』由於前生所修福力扶持，故今生得享富貴。云『癡福』者，蓋福德爲前世所修，今生雖享福果，而愚癡頑冥，故稱『癡福』。云『暫時』者，謂福力有限，一旦耗盡，則福報亦隨之消失，仍將墮入三途受苦。」

赤身能自重，青眼借誰看。去路春江暮，孤舟宿雨寒。貧交憐未易，法愛别尤難。何日廬山社，同師釋道安？

【箋注】

〔赤身能自重〕謂修身慎獨，自律甚嚴。　赤身：言獨處之至。

〔青眼借誰看〕承上句，謂慎獨自律如斯，非爲博取世人讚賞。

〔貧交憐未易〕謂貧賤患難之交，相互憐惜之情實屬不易。　貧交：貧賤之交。　憐：憐惜；憐憫。

〔法愛別尤難〕法愛：楊爲星《〈南來堂詩集〉詩注》注云：「佛門言愛有兩種，一爲俗愛，一爲法愛，法愛是菩薩以平等之心生法喜，使一切衆生皆至佛道者。」其注可采。

〔何日廬山社〕謂何日方得如遠公結社廬山，精修念佛。　廬山社：指晋高僧慧遠（世稱「遠公」）居廬山東林寺時，與慧永、慧持、雷次宗等結社精修，念佛三昧，誓願往生西方極樂净土。因其人於結社處掘池而植白蓮，故此社又稱「白蓮社」。又因世稱慧遠爲「遠公」，故又名「遠公社」。此處爲喻指。

〔同師釋道安〕承上句，謂若果如遠公結社精求佛法而不得，亦可師效釋道安南渡宣揚佛法。蒼雪本滇南趙氏子，自離滇之後，未得還鄉，欲效法釋道安南渡傳法，當爲其人最深遠之願望。釋道安當年南渡宣法，乃因石氏將亂，故蒼雪此言，似亦隱含世道不堪、國將不存之意。　師：學習；效法。　釋道安：《湖廣通志》卷七十四《仙釋志》：「釋道安，《神僧傳》：姓衛氏，常山扶柳人。七歲讀書，再覽能誦，年十二出家。至鄴，師佛圖澄，及石氏將亂，與弟子慧遠四百餘人渡河南遊，既達襄陽，復宣佛法。」

九月初三夜喜姚現聞文初徐元歎過宿中峰與汰公分賦

木樨参遍後，共宿此峰頭。喜得僧猶在，貧無月可留。蟲聲多似雨，山意近於秋。話到閒公案，茶鐺入水愁。

【箋注】

〔詩題〕姚現聞：見《次答現聞姚太史見送還滇》詩題注。徐元歎：見《和元歎黄薔薇》詩題注。

〔木樨参遍後〕木樨：即桂花。宋張鎡《冬至日曉雪庭桂一枝著花戲成長句》詩：「居士歸來百事嘉，木樨雪裏也開花。」

〔話到閒公案〕公案：指禪宗前輩祖師的言行範例。

〔茶鐺入水愁〕茶鐺：煮茶用的鍋。鐺：讀如「撑」，指有耳有足的鍋。

送一門之淮上

一夏不出户，明庭擬問程。雁聲來廣漠，秋色滿淮城。天下何多事，山中小太平。請看官道上，已漸少行人。

【箋注】

〔詩題〕王注：「《扶輪新集》：『釋遺谷一門，江寧人。』選登《梅花》詩和《涉江居士韻》七律五章。《攝山志・古迹類》：『遺谷，博山無異老人侍者一門所建，後延僧玉浪居之。孫國敉《遺谷》詩：「地與人如待，居隨岫勢緣。谽谺非隔世，灌莽欲藏天。庭滿初秋月，江分未曙烟。詩成妨定境，蟄燕共幽偏。」杜濬《遺谷》詩：「山裏尋山山更清，尚嫌遺谷未遺名。老僧不作閒功課，搥磬一聲山鳥鳴。」』……《黔詩紀略》楊文驄《寄訊一門上人》詩：『世態幾嘗我，愈思君味真。夢中聽潤溜，畫裏憶嶙峋。宿鳥窺新月，鄰僧識故人。好將邱壑掃，收拾此閒身。』函可《千山詩集・遥哭一門》詩：『千群野鹿伴閒身，十里長松舊主人。松已爲薪鹿爲脯，争教破衲不成塵？』按《扶輪集》有劉道貞《恭叩孝陵入靈谷寺宿一門禪房》五古詩，可證一門曾住靈谷寺。」

〔明庭擬問程〕聖明治下，而欲推問途程。有正話反説之意。　明庭：聖明的朝廷。此爲反語。

擬：打算，準備。

〔天下何多事，山中小太平〕二句隱含國事多變、時局難測之意。亦可見蒼雪雖爲僧人，而心繫國家存亡。

秋日山中作

落葉風滿溪，秋深古樹西。早霜空院磬，殘夢下方鷄。天净水光遠，旭寒山影齊。無衣授童子，終日憶家啼。

【箋注】

〔無衣授童子，終日憶家啼〕謂時至秋寒，却因貧窮而無從置辦秋衣予童子，乃至童子終日思家啼哭。

扈芷五十而亡

到來亦五十，連夜百年人。楊柳同生日，梅花代寫神。山深猶可避，世亂已無身。幾度緘書勸，胡爲未了因？

【箋注】

〔詩題〕扈芷：蒼雪至交，蜀人，年五十時，死於亂兵。詳參《眉山歸隱卷爲扈公》詩題注。

〔到來亦五十〕謂離世時已年五十。到來：臨來；到頭。

〔連夜百年人〕言人一生活動際遇只在白晝，故五十年歲月，若計入夜晚，則等同一百年矣。

〔楊柳同生日，梅花代寫神〕二句隱指扈芷離世時，正值楊柳發芽、梅花盛開的春初時節。

〔山深猶可避，世亂已無身〕此二句隱喻彼時時局及個人遭際，蓋甲申之變也。

〔幾度緘書勸〕謂時值世亂，曾屢寄書信勸説扈芷勿遊走。蓋扈芷因思家而欲返蜀，却途遇亂兵，以遭不幸。

〔胡爲未了因〕謂遭此不幸，亦未了因緣所致。

病　況

一病凄然卧，秋聲忽報歸。夢中聞葉落，枕上見螢飛。藥苦久甘味，花寒先授衣。風來欺故意，開閉弄柴扉。

【箋注】

〔藥苦久甘味〕謂久病而飲藥，因飲已久，藥雖苦，亦甘於其味也。

張德仲躬耕東朱

被髮入山去，幸存國士風。筆耕非所急，舌戰卒無功。不作五湖長，寧爲一老農。家貧多口累，寄命水魚同。

【箋注】

〔詩題〕王注：「徐枋《居易堂集·張徵君德仲七十壽序》：『吴中多君子，稱人倫淵藪，吾于烈皇之季而得達者一人焉。迨更喪亂，天下同流，士氣銷萎，而吾于國破之後得隱者一人焉。……崇禎時，天下既多故矣。……于是撫臣重其才，薦之天子，拜職闕下，行有日矣，而南都遂破。夫以其人之才負天下已任之志，而驟更世變，吾恐其將欲售未盡之奇，不難褰裳而濡足者，顧一旦慨然卷懷遯世，長住山林。嗟乎！今天下之亂亦已二十年矣。當世之初亂也，時之所謂一切處士，未嘗不引身自閟，遯水逃山，然不數年，而處者盡出矣。而欲其固窮樂道，絶塵不返，歷二十年而無變者，又豈可得哉！今者築室于荒江野岸之旁，一與農民田畯爲伍，抱甕而汲，披裘而釣，躬耕自資，誓將終身，而農桑之餘，則發故篋，陳遺經，教子課孫，聲出金石。每歲時伏臘，置酒燕衎，家人父子絮言先朝故事、先民典型，往往泣下唏噓；而一室之外，罕接其迹，人或遇之，蕭然布衣，不能必辨其非道人衲子老農老圃也者，非聖人之所謂隱者歟？夫人而憔悴畎畝之中，終老巖穴，其人或無所可用，樗散不才，自甘廢棄，一當窮愁困阨交迫于前，未有不侘傺無聊、壹鬱而誰語者；今乃以有爲之才，不難棄其所長，束身而處此，怡怡俞俞，二十年如一日。嗟乎，難哉！吾于是而重有感也。……夫懷用世之心者無避世之操，而負絶俗之志者不能有經時之略者也，而顧兼有之，庶幾無入不自得者乎？老子曰：『得時則駕，不得時則蓬纍而行。』聖人之所謂達者隱者，至其人而始兩無愧矣。其人者，即吳中人士五十年來所稱道弗絶之張德仲先生也。……』按張德仲查無他書記載及之，僅此《壽序》藉知其一生概況，且知此題躬耕東朱爲國變後之隱居。又按《壽序》末稱周旋周忠介公于難，兹查周忠介《燼餘集》及《年譜》，未見張德仲名，南都徵用事，亦無史乘可考。」

〔不作五湖長〕五湖長：喻指隱者中德高望重之輩。五湖，喻指隱居遁世之所。

〔寄命水魚同〕謂以農耕爲安身立命、養家糊口之基，猶魚之於水，不得瞬間捨離也。

次韻吳駿公見寄

國破家何在，山深猶未歸。不堪加皂帽，寧可着緇衣。夜氣含秋爽，空香濕露微。遥憐玄度夢，時傍月烏飛。

【箋注】

〔詩題〕吳駿公：即吳偉業。王注云：「《鎮洋縣志》：『吳偉業字駿公，號梅村，幼有異質，篤好

《史》《漢》，文不趨俗，同里張溥見而奇之，因留受業。崇禎庚午，領鄉薦；辛未，會試第一，莊烈帝批其卷曰『正大博雅，足式詭靡』；殿試第二，授翰林院編修。乙亥，充纂修官。……丁嗣母憂歸，旋以江南奏銷議處，適遂初志。所居舊爲王士騏賁園，花木翳然，有林泉之勝，與四方士友觴詠其間十有餘年。康熙十年辛亥卒，年六十三。』王撰《自訂年譜》：『順治十年上巳，吴中慎交、同聲兩社並興，大會于虎邱，奉梅村先生爲宗主。梅村賦《禊飲社集》四首，同人傳誦。次日，復有兩社合盟之舉，山塘畫舫鱗集，冠蓋如雲，集半塘寺訂盟。四月，復會于鴛湖。是秋九月，梅村應召入都，實非本願，而士論多竊議之，未能諒其心也。』《廣陽雜記》：『順治間，吴梅村被召，三吴士大夫皆集虎邱會餞，忽有少年投一函，啓之，得絶句云：『千人石上坐千人，一半清朝一半明。寄語婁東吴學士，兩朝天子一朝臣。』舉座爲之默然。』……《吴梅村年譜》：『先生屬疾時作令書，乃自叙，事略曰：吾一生遭際，萬事憂危，無一刻不歷艱難，無一境不嘗辛苦，實爲天下大苦人。吾死後，斂以僧裝，葬鄧尉、靈巖相近，墓前立一圓石曰：詩人吴梅村之墓。』……《艮齋雜説》：『吴梅村文采風流，映照一時。及入清，迫於徵辟，復有北山之移。予讀其詩詞樂府，故國之思流連言外，臨終前一詞云……其悔恨可知矣。論者略其迹、諒其心可也。』」按此詩外，《南來堂詩集》中尚有《丙戌立春曉望懷婁東吴梅村諸公》（卷三）、《過訪駿公吴太史次西田韻二首》（《補編》卷三上）、《次答吴太史駿公》（《補編》卷三下）諸詩，可見蒼雪與吴偉業交往之深密。又吴偉業《梅村集》卷十三《哭蒼雪法師》詩其一：「憶昔穿雲到上方，飛泉夾路筍輿忙。孤峰半榻霜顛白，清磬一聲山葉黄。得道好窮詩正變，觀心難遣世興亡。汰公塔在今同傳，無着天親共影堂。」其二：「説法中峰語句真，滄桑閲盡剩閒身。宗風實處都成教，慧業通來不礙塵。白社老應空世相，青山我自哭詩人。縱教落得江南夢，萬樹梅花孰比鄰？」情深而意切，若非蒼雪知交，孰能至此？

〔國破家何在〕此句仿唐杜甫《春望》詩「國破山河在」之句而得。下《友蒼至》詩「國破何家問」句同。國破，當指甲申之變、清兵南下之事。

〔山深猶未歸〕承上句，謂國破之後，隱居深山不出。

〔不堪加皂帽〕謂隱居不仕。 不堪：不願；不忍。 皂帽：黑色的帽子，官吏所著之冠。

〔寧可着緇衣〕緇衣：僧服。

〔遥憐玄度夢〕此句化用典故，出自《世説新語·言語》：「王中郎令伏玄度、習鑿齒論青楚人物，臨成，以示韓康伯，康伯都無言。王曰：『何故不言？』韓曰：『無可無不可。』劉尹云：『清風朗月，輒思玄度。』」 玄度：東晋清談名士許詢的字。

〔時傍月烏飛〕三國魏曹操《短歌行》詩：「月明星希，烏鵲南飛。繞樹三匝，何枝可依？」

初秋寄申青門少司農

襟懷開洞達，眉宇見澄清。静水恬非動，驚濤眩自生。晚凉隔疏雨，新月滿空明。此際難爲語，琵琶何處聲？

【箋注】

〔詩題〕申青門：即申紹芳，明代萬曆年間進士，「青門」其字。《御選明詩·姓名爵里六》：「申紹芳，字維烈，尚書用懋子，萬曆丙辰進士。初任應天教授，遷南國子助教，歷吏部郎中，出爲山東按察副使，官至户部右侍郎。」

〔晚涼隔疏雨〕宋李光《遷城南新居》詩：「曉日臨窗時讀《易》，晚涼隔屋聽評棋。」元耶律鑄《書後堂壁》詩：「落日隔疏雨，斷雲垂渴虹。」

友蒼至

忘却多年別，翻悲此晤難。離懷訴不盡，老眼淚先乾。國破何家問，人餘隔世看。況叨叔侄分，深夜話辛酸。

【箋注】

〔詩題〕王注：「友蒼嘗住北京浣花庵，見《涇縣志》。觀寄友蒼詩首句『廿載都門憶勝游』及全詩之意，知友蒼居京之久，寄詩時已國變，後南來，而題稱『浣溪友蒼』，則繫以昔所住持之地也。」友蒼事迹，詳參《贈別友蒼》詩題注。

〔翻悲此晤難〕翻：反而。　晤：會面；相會。

〔國破何家問〕此句仿唐杜甫《春望》詩「國破山河在」之句而得。上《次韻吴駿公見寄》詩「國破家何在」句同。

〔人餘隔世看〕謂國破之後，兵荒馬亂，人命如螻蟻，以往活人，生死難料，此中倖存之親朋，會面恍若隔世也。用語情深，辛酸之至。

〔况叨叔侄分〕况：何況；況且。　叨：話語繁多而不盡。　分：讀去聲，謂情分。

慧慶寺窗前古梅

頗耐寒相守，惟於俗不宜。栽培得意處，消息欲忘時。女字折枝巧，鐵花開樹奇。坐看新月上，人影半窗思。

【箋注】

〔詩題〕慧慶寺：在蘇州境内。此題外，《南來堂詩集》（八卷本）中《慧慶寺殿前雙松》《題慧慶樹訓齋》等題，均與慧慶寺相關。乾隆《江南通志》卷四十四《輿地志·寺觀·蘇州府》：「慧慶寺，在府閶門外西五里，元延祐間建，至元間兵火，廢，僅存退居於涇西。明成化、弘治間，僧達俊、如珪即退居修葺。」

〔消息欲忘時〕消息：謂世事變遷。

〔女字折枝巧〕謂古梅枝幹彎折之形恰如「女」字。

〔鐵花開樹奇〕倒語，爲加强修辭效果而倒，猶「鐵樹開花奇」。宋普濟《五燈會元》卷二十《焦山師體禪師》：「淳熙己亥八月朔示微疾，染翰别郡守曾公。逮夜半，書偈辭衆曰：『鐵樹開花，雄鷄生卵，七十二年，摇籃繩斷。』擲筆示寂。」又宋趙鼎臣《走筆謝仲達餉新橘詩》：「花開鐵樹何曾識，棗熟東家漫得嘗。」

送時取還蜀

蠶叢西望險，遥指青冥間。短棹從天去，長江此日還。雲生連棧道，月出度秦關。行盡猿啼處，知君鬢欲斑。

【箋注】

〔詩題〕時取：未詳何人。當爲蜀籍僧人，而與蒼雪有交際者。觀詩題及詩意，此詩作於國變之前，因國變之後，世亂兵蕩，難能歸蜀也。

〔蠶叢西望險〕蠶叢：喻指蜀地。相傳蠶叢是蜀王的先祖，教人蠶桑，後乃以「蠶叢」喻指蜀地。

〔遥指青冥間〕青冥：青天。喻幽遠無涯。

送超宇還里

獨向天涯别，誰憐浪子心。春歸荒霧冷，花發瘴烟深。鳥道還依舊，猿啼直至今。亂山行盡處，最喜是鄉音。

【箋注】

〔詩題〕超宇：未詳何人，觀「最喜是鄉音」句，可知其爲雲南人。又《白門逢超宇師弟》詩：「與爾分携二十年，白門偶見淚如泉。幾同陌路不相識，聽到鄉音但可憐。行脚漫無新意緒，話頭難盡舊因緣。殷勤且置還山事，還到山中事未然。」觀整體詩意，可知超宇當是蒼雪在鷄足山寂光寺做水月禪師侍者期間同時修習佛法之僧人。

〔獨向天涯别〕唐許棠《寄建州姚員外》詩：「鄉遥辭劍外，身獨向天涯。」宋劉攽《送裴如晦知潤州》詩：「獨向天涯共明月，猶應夢裏借千山。」

〔鳥道還依舊〕鳥道：險峻狹窄的山路。唐劉長卿《送惠法師遊天台因懷知大師故居》詩：「翠屏瀑水知何在，鳥道猿啼過幾重。」

甲午五月休夏寶月庵就醫二首

喧雜非城市，高閒坐小齋。也知隨寓好，何事與心乖？頭黑無靈藥，山青可活埋。吞聲如野老，蒲柳正傷懷。

【箋注】

〔詩題〕甲午：公元一六五四年，即南明永曆八年。　休夏：又名「坐夏」，即在夏季的三個月間，僧人安居於某處而不得隨便外出，以便致力於坐禪、修習佛法。　寶月庵：乾隆《江南通志》卷四十四《輿地志·寺觀二·蘇州府》：「寶月庵在府西北梵門橋西，相傳古法會庵基也，創自宋高宗時，名寶誌。明萬曆初重建，以庵傍要離墓有池清淺，夜月印渠，因改今名。」又王注云：「《蘇州府志》：『寶月庵在西北隅梵門橋西，相傳古法會庵基也，創自宋高宗時，名寶誌。明萬曆初，僅存大士殿三楹，十四年，殿毀而像獨存，人咸異之。延僧性齋重建。以庵旁要離墓有池清淺，夜月印渠，因改名寶月。崇禎十年，僧普潔、普經重建；康熙、雍正間，屢經修葺，今廢。』」

〔也知隨寓好〕隨寓：隨處寄居。

〔頭黑無靈藥〕謂頭髮尚黑，未嘗老朽，如斯盛年染病，却無靈藥可醫。感懷未老先衰。

〔吞聲如野老〕化用唐杜甫《哀江頭》詩「少陵野老吞聲哭，春日潛行曲江曲」二句而得。　吞聲：無聲悲泣。　野老：山野老者。

〔蒲柳正傷懷〕蒲柳：水楊樹，入秋即凋零，多用以喻指體質羸弱、未老先衰。

要離封古墓，塞馬牧蘇臺。故國知何處，遺宫遍草萊。奇峰當夏出，遠水抱城來。海上烽烟靖，幾時奏凱回？

【箋注】

〔要離封古墓〕謂要離已作古，只餘累累墳墓而已。隱喻國事危亡之際，未有如要離等勇與謀兼無雙之壯士捨家爲國，深入虎穴而扭轉時局。　要離：春秋末吴國刺客。《吕氏春秋・忠廉》：「吴王欲殺王子慶忌，而莫之能殺，吴王患之。要離曰：『臣能之。』吴王曰：『汝惡能乎？吾嘗以六馬逐之江上矣，而不能及；射之矢，左右滿把，而不能中。今汝拔劍則不能舉臂，上車則不能登軾，汝惡能？』要離曰：『士患不勇耳，奚患於不能？王誠能助，臣請必能！』吴王曰：『諾。』明旦加要離罪焉，摯執妻子，焚之而揚其灰。要離走，往見王子慶忌於衛。王子慶忌喜曰：『吴王之無道也，子之所見也，諸侯之所知也。今子得免而去之，亦善矣。』要離與王子慶忌居有間，謂王子慶忌曰：『吴之無道也愈甚，請與王子往奪之國。』王子慶忌曰：『善。』乃與要離俱涉於江。中江，拔劍以刺王子慶忌，王子慶忌捽之，投之於江，浮則又取而投之，如此者三。其卒曰：『汝天下之國士也，幸汝以成而名！』要離得不死，歸於吴。吴王大説，請與分國。要離曰：『不可，臣請必死。』吴王止之。要離曰：『夫殺妻子，焚之而揚其灰，以便事也，臣以爲不仁；夫爲故主殺新主，臣以爲不義；夫捽而浮乎江，三入三出，特王子慶忌爲之賜而不殺耳，臣已爲辱矣。夫不仁不義，又且已辱，不可以生。』吴王不能止，果伏劍而死。」

〔塞馬牧蘇臺〕塞上之馬牧於蘇臺，隱指國事危亡。　塞馬：北方邊境地區的馬。　蘇臺：即姑蘇臺。宋樂史《太平寰宇記》卷九十一《江南東道三·蘇州·土産》：「姑蘇臺，吴王夫差爲西施造，以望越。按《吴地志》云：『闔閭十一年，起臺於胥門姑蘇山，山南造九曲路，高三百尺。』《越絶書》云：臺高見三百里，故太史公云：『登姑蘇，望五湖。』是此。」又明李賢《明一統志》卷八《蘇州府·宫室》：「姑蘇臺，在姑蘇山上，吴闔閭就山起臺，三年聚財，五年乃成。高見三百里，下有百花洲。」

〔遺宫遍草萊〕草萊：叢雜而生的野草，隱含衰敗荒蕪之意。

〔海上烽烟靖，幾時奏凱回〕此二句所指，當爲南明之福州隆武朝事，謂幾時可凱旋而回，收復舊山河。　海上：海邊；海岸。

贈僧

移家雖滯郭，野徑入桑麻。近種籬邊菊，秋來未著花。叩門無犬吠，留話問鄰家。報道山中去，歸來日西斜。

【箋注】

〔移家雖滯郭〕滯郭：城邑之外偏僻閉塞之處。

〔野徑入桑麻〕桑麻：泛指農作物或農事。

〔秋來未著花〕著花：發出花蕾。唐王維《雜詩》之二：「君自故鄉來，應知故鄉事。來日綺窗前，寒梅著花未？」

泰庵同季采來山中兼與道開預訂越游

忽見身高七尺筇，自然矯矯識人龍。有心唾地驚秋響，不語逢僧扣木鐘。霜氣一湖飛遠夢，月明今夜宿孤松。朝來無數城中事，猶記西山路幾重。

【箋注】

〔詩題〕泰庵：王注云：「此題《扶輪集》作《喜雲子入山》，觀詩意似近之。雲子詳正編卷二《朱雲子〈明詩平論〉選及拙作》題。按此詩下列之一首題爲《秋夜喜友入山》，疑與此《泰庵》題當互易。『喜友入山』之友，即屬雲子詩中『霜氣一湖飛遠夢，月明今夜宿孤松』句，正合『秋夜』二字；下列之一首有『裁書空負寄來頻』句，或指預訂越游事，第三句中聯『床』字則以來者有二人也，似二題互易方合。又據《梅村詩話》引『霜氣』一聯爲贈陳百史，作『究不知其孰是』。《嘉善縣志》：『張逸字泰庵，號溪叟，善琴，工詩畫，精岐黄術。康熙甲午，與人醵金買舟會其地訂交，蓋玉山草堂流也。著有《日休堂詩》。」按此題『泰庵』是否張逸，以時代論，似乎不合，然集中顧茂倫、錢肅潤、張夏等均入康熙時代，則不能謂張逸之不及遇蒼雪、道開等而遊其山中也。」按此處考證左右逢源、細緻周到，爲王培孫先生考訂精到之一例。　季采：即陳季采。詳參《清泉石上流林若撫申維清雨後過中峰分賦》詩題注。

道開：汰如弟子，蒼雪至交。《南來堂詩集》（八卷本）《補編》卷二《庚辰春高松講大鈔于華山感群鶴繞空飛鳴欲下一時播聞詩以記之》詩題，王注云：「《賢首宗乘》：『明河字汰如，號高松道者，揚之通州人，姓陳氏。……閩中曹能始宦游所至，集有僧傳數卷。師見之大喜，因採《燈録》《統紀》《通載》諸文而合成一部，名《補續高僧傳》。不知者不無以附和宗語爲疵，弟子道開扃公爲之授梓，今行于世。門弟子七人：含光、道開、若鏡、髻珠、希睿、戒冰、介石。』又《補編》卷二《汰公大明高僧傳成喜而有作》詩題，王注云：「按明河《補續高僧傳》，今刊《續藏經》中，毛晋跋云：『《補續高僧傳》者，道開扃公成其師未成之書也。其師華山河公，號汰如，貫通内外之典，領袖龍象之林，念歷代高僧傳搜討未該，事迹湮没，擔囊負笈，遍游山岳，剔荒碑於蘚徑，洗殘碣於松巖，嘉言懿矩，會萃良多。因補前人之所未備，續前人之所未完，紙皮墨骨，未酬宿世之緣，獅吼潮音，驟示雙林之疾，囑咐扃公補綴成篇……』自扃跋云：『……惟此數編，乃師之千古。今幸不負所囑，得壽諸梓，實所以報先師于千古也。先師以寸管發揚六百年來之碩德耆英，其功于法門不淺。扃以寸心報師三十年來之苦辛，實不敢負遺命而已，敢謂有功于先師哉！至若山之住與不住，命之遵與不遵，予且付之一笑，常寂光中，尚肯攢眉蹙頞耶？所願祖祖相傳，燈燈相照，不冷風規，常存模範，師念無違，扃心曷已？他何計哉！因筆偶書，非敢揚飛塵以眯觀者之目也。』」可見道開（自扃）與其師汰如（明河）感情之深。汰如與蒼雪同師受業，同享盛名，亦爲至交；道開爲汰如弟子，其人與蒼雪之交往，可謂亦師亦友，堪稱佳話。按陳乃乾《蒼雪大師行年考略》：「萬曆二十九年辛丑，十四歲。師住寂光寺。是年，漢月（法藏）受戒於雲栖，道開（自扃）生，吴縣席寧侯（本禎）生。」可知道開生於萬曆二十九年，即公元一六〇一年。又陳乃乾《蒼雪大師行年考略》：「順治九年壬辰，六十五歲。六月，道開疾，邀師坐榻前，手書訣别，擲筆而逝，年五十二，師賦二律悼之。」可知道開卒於順治九年，即公元一六五二年，享年五十二歲。按除此詩外，《南來堂詩集》（八卷本）中還有《硯山爲道開題》（卷一）、《辛巳春道開以汰兄遺命請予續講華嚴第二期解制予時落一齒》（卷三下）、《己卯秋元歎奉倩子羽雨宿一滴齋同汰公道開佩子分韻因憶癸酉秋現聞姚太史同長公子初亦宿此齋》（《補編》卷二）、《道開將掩關生公臺畔》（《補編》卷二）、《甲申歲首雨中尋道開於虎溪上因而留宿時道開將再赴雲間講期余亦尋有婁東之行各賦詩志别》（《補編》卷三上）、《宇均文照入山辭歲道開以足疾未至》（《補編》卷三上）、《丙戌新正次答道開入山問訊》（《補編》卷三上）、《道開五十》（《補編》卷三下）、《道開自秀水歸止足䆗溪之新香阜自謂浪走多年今將爲終老計亡何疾作以二詩悼之》（《補編》卷三下）諸詩，均與道開相關，可見道開實爲汰如（明河）之後蒼雪交往最深密者。

〔猶記西山路幾重〕西山：詳參《次答王惠叔世兄喜逢半塘四首》詩之二「莫負西山約」句注。

秋夜喜友入山

霜鬢鬔鬆豈昔人，語音猶幸聽時真。西風打掃聯床葉，一字揩磨幾斛塵？執手多時不相見，裁書空負寄來頻。山田自種雕胡米，八月中秋好試新。

【箋注】

〔詩題〕參上《泰庵同季采來山中兼與道開預訂越游》詩題注。

〔一字揩磨幾斛塵〕揩磨：擦拭。

〔裁書空負寄來頻〕裁書：裁箋以寫信。

〔山田自種雕胡米〕雕胡米：即苽米（菰米）。宋吴仁傑《離騷草木疏》卷二《苽》：「兩浙下澤處，菰根結久則并土浮於水上，謂之菰葑。刈去其葉，便可耕蒔。其苗有莖梗者謂之菰蔣草，至秋結實，乃彫胡米也，古人以爲美饌，今饑歲人猶採以當糧。」

丁丑歲朝

余生戊子，迄今新正，年俄半百，世歷四朝，幾經征役下遺〔一〕，幸以山林或免。正慚世既無裨，僧徒濫厠，况復邇來不無人琴感切，多恐法愛有孤，彌深内恧，莫知所報，故句中並及之。

和風一陣及茅椒，氣象豐年獻歲朝。遭際半生荒儉世，太平四歷聖明朝。春歸緑野無消息，怨入梅花自寂寥。獨倚長松人不見，蔓藤裊裊上清宵。

【校記】

〔一〕「下遺」，疑當爲「下遺」，「遺」「遺」形近而誤。

【箋注】

〔詩題及序〕丁丑：公元一六三七年，即明崇禎十年。　新正：農曆新年正月。　征役：傜役，此當指服軍役；可知蒼雪曾屢被征軍役，因其僧人身份而得免於難。　人琴：「人琴俱亡」之省稱，爲睹物思人、痛悼亡友之典，詳《世説新語·傷逝》。　法愛：參《圓覺解制送石生道公還廬山二首》之二「法愛別尤難」句注。　恧：慚愧。

〔和風一陣及茅椒〕茅椒：以茅草爲頂、椒泥塗壁的簡易清雅之房屋，多爲隱者所居。

〔遭際半生荒儉世〕荒儉：荒歉；饑荒。

〔太平四歷聖明朝〕至丁丑年（即崇禎十年），蒼雪共經歷萬曆、太昌、天啓、崇禎四朝，故云「四歷聖明朝」。

送僧還鷄足

滇南古路路千盤，有客長歌行路難。笻杖半挑雲裏去，遠山一點雪中寒。瘴烟黑處深須避，烽火紅時仔細看。三月還家春色老，杜鵑啼殺杏花殘。

【箋注】

〔詩題〕王注：「《雲南通志》引《古今圖書集成》：『鷄足山在賓川州東一百里，《名山記》又名九曲巖，上有石門曰華首，相傳周孝王五年丙辰歲，迦葉波既付法阿難，乃持僧迦黎衣入鷄足山以待慈氏下生。今禪栖梵刹不可勝紀。』」

〔烽火紅時仔細看〕烽火：隱指戰亂。

冬夜喜若弱入山

二十年來見未曾，氿湖猶記別宜興。兒時相識人餘幾，老共居山恨不能。落枕一聲何處葉，繞堂無語只孤燈。到門好結冬期伴，煨盡寒爐自有冰。

【箋注】

〔詩題〕王注：「通復《冬關詩鈔》有《檢得經行一若弱詩凄然懷舊》七言一首：『昔有經生令貴客，偕來楚衲過我遊。一時江海縱同調，三旬烟雨連孤舟。獨醪既具不惜醉，奇篇欲祕嫌争求。高樓百尺詑登望，雁度白雲湖上秋。』首句自注：『經爲嘉邑張侯招至。』第二句『偕來楚衲』云云，則若弱當爲楚僧，嘉邑即嘉興縣。蓋若弱當時自楚來吴，與經行一同遊至嘉興，因遇通復也。通復作此懷舊詩時，若弱當病故中峰已久。」

〔二十年來見未曾〕見未曾：猶「未曾見」，倒語，爲押韻而倒。

〔氿湖猶記别宜興〕言猶記得在宜興氿湖相别之情境。　氿湖：湖泊名，在江蘇省宜興市境内。乾隆《江南通志》卷五十八《運河一》：「鎮江府溧陽縣漕運，由氿湖繞宜興縣之荆溪，出西蠡河來會。」按「氿」音「軌」，《爾雅·釋水》：「氿泉穴出；穴出，仄出也。」晉郭璞注云：「從旁出也。」宋邢昺疏引李巡云：「水泉從旁出名曰氿。」

秋夜周云治姚北有吴注□諸友雨宿中峰

老我青山似沃州，不辭相見别峰頭。連宵風雨難成夢，一榻多人得共留。影散燈前將午夜，山隨泉響入高秋。獨憐舊社寒盟久，心血消磨在此丘。

【箋注】

〔詩題〕王注：「《乾隆吴縣志》：『周治字云治，幼孤廢學，及長，乃自刻勵讀書，工爲詩歌……與弟力貧自給，終身不娶，每寄迹禪寮，與二三衲子及素心高蹈之士唱酬往還，志節耿介，未嘗投刺朱門、諂屈豪富。及卒，詩友徐波、劉錫名輩葬之湖濱，歸安茅映刻其詩以傳。徐波《悼周云治》詩：「紛紛貧士死，天似不經心。聞見人皆惜，飢寒業未深。報虚懷一飯，葬不費多金。知爾留遺恨，無人繼苦吟。」』……按此題『姚北有』當作『北若』，《嘉興府志》：『姚澣字公滌，一字北若，質直有至行，好施，急友難，千金無吝色。崇禎丙子，就試南都，大會東南名士，束其文以歸，有《國門廣業》之選；三試不第，遂隱著述……』」

〔老我青山似沃州〕沃州：山名，在浙江省新昌縣境内，上有放鶴亭，相傳爲晋支遁放鶴處。

〔獨憐舊社寒盟久〕社：高士、隱者等所集結的遠離世俗之團體性組織。　寒盟：指違背盟約。

辛巳春，華山講期中，滇南麗江木太守生白公遺使，以唐一行禪師所集《華嚴懺法》見委校讎刻行。江南識者咸謂于兩年間初得《教義章》，再得《賢首傳》，三得《華嚴懺》，次第出世，得非吾賢首宗之幾斷而復續、晦而復顯之明驗歟？恭賦一詩紀之

峰高難度雁飛回，江急晴空響若雷。負杙傳身逾嶺後，舉烟招伴過橋來。六朝遺稿人何在，萬里緘書手自開。行李瘴嵐封濕盡，翻經臺作曬經臺。

【箋注】

〔詩題〕辛巳：公元一六四一年，即明崇禎十四年。又王注：「《雲南通志》：『阿得，元時麗江宣撫司副使。洪武十五年，率衆歸附，賜姓木，授麗江知府，世襲。後有八世孫木增，萬曆間，襲麗江土知府，值北勝州構亂，增以兵，擒其首逆高蘭。三殿鼎革，輸金助工，兼陳十事，下部議可。朝廷喜其忠誠，特加參政，秩增。又好讀書，博極群籍，家有萬卷樓，與楊慎、張含唱和甚多。』《滇詩拾遺》：『木增字辰卿，號華岳，又號生白，麗江人，土知府青子。萬曆二十六年襲，以助餉征蠻功，晉秩左布政。著有《雲薖淡墨》六卷，國朝收入《四庫·子部·雜家類》。又有《雲薖初集》《次集》《嘯月函詩集》《芝山集》《光碧樓選草》，均經董思白、陳眉公序之。蓋性耽風雅，博極群書，又能就正有道，在士職中可謂錚錚佼佼者。』憨山大師《夢遊集·麗江木六公奉佛記》『金馬碧鷄之西，有異人木六公焉。公守麗江，奄有疆土。六傳而至公，稱六公云。其先在國初以忠順發家，武功最著，文德日修，至雪山公，其名遂顯，以其獨尚清操，雅歌聲詩，翩翩有凌雲氣抗衡中原，然於方外意未深，自是以文才武略相傳。至玉龍君，大振，及松鶴君，則辭翰逸格而蓮社清修，發軔覺路，至六公則迥超前哲，特出風塵之表矣。公天性澹薄，於世無所嗜好，無論忠孝慈愛，惟以濟人利物爲懷，喜接方外法侶，相與禮頌精修，頹然如糞掃頭陀。傳言公刻《華嚴大疏》於鷄足』云云。按此文甚長，節録。辛巳爲崇禎十四年。」

〔負杙傳身逾嶺後〕負杙：謂背負木樁，即因路途險峻，遇懸崖峭壁時，需以木樁楔入其地，再繫以繩方能得過。喻指麗江木太守生白公遣使者不遠千里遞送《華嚴懺法》之艱難險阻貌。杙，讀若「易」。

〔舉烟招伴過橋來〕承上句，述使者不遠千里遞送《華嚴懺法》之艱辛貌。

〔六朝遺稿人何在〕謂《華嚴懺法》始於六朝，不斷流傳，其歷時堪稱彌遠，撰寫之人，而今安在。

〔萬里緘書手自開〕緘書：書信。　手自：親手；親自。

〔行李瘴嵐封濕盡〕此句爲誇張之語，謂使者一路行來，行程中或瘴氣或雲霧，已將書信封泥全部打濕。　行李：行程。　封：封泥。

〔翻經臺作曬經臺〕翻經臺：在今江西省東部撫州市，傳説南朝宋謝靈運翻譯《涅槃經》於此，因以得名。唐顔真卿《撫州寶應寺翻經臺記》：「撫州城東南四里，有翻經臺，宋康樂侯謝公元嘉年初於此翻譯《涅槃經》，因以爲號。」按翻經臺在贛東之撫州，而彼時蒼雪師在蘇州之華山，兩相遠隔，故所謂「翻經臺」乃喻指，欲莊重其事也。

邵僧彌張行祕谷語諸友見訪山居

聲氣相投總故知，何須老手細論詩。偶來訪我懷山在，沿路聞鐘寺到遲。但愛高松無不可，倘逢好月便爲期。秋寒欲雨茅庵濕，戲寫墻頭竹幾枝。

【箋注】

〔詩題〕王注：「吴偉業《梅村文集·邵山人墓志》：『君諱彌，僧彌其字，清羸頎秀，好學多才藝，于詩宗陶、韋，于畫仿元、宋，于草書出入大小米，而楷法逼虞、褚，稱絶工。平生揮灑，小幀尺幅，人皆藏弆以爲重，或購之累數十金，而君用以搜金石、訪雌彜及圖章玩好諸物，此外蕭然無辦。題所居曰『頤堂』，置一榻其中，以藥爐茗具自娱。性舒緩，有潔癖，整拂巾屐，經營几硯，皆人世所不急，而君爲之煩數纖悉。僮僕患苦，妻子竊罵，終其身不爲改。賓客到門，謦欬雅步，移時始出。與人飲，不半升，頹然就睡，雖坐有重客，弗顧。中年得下消疾，覽方書，多拘忌和柔，燥濕飲啖，多寡不能適其中，以此益困，殆其迂僻如此。……及與余遇，既憊且衰矣。嘗共登鷄籠山，東望皖、楚，憂生傷亂，泣下沾襟，余迺知君非迂僻者也。於戲！道開死，無有識君之遺事者矣。』……周在浚《尺牘新鈔·結鄰集》：『張光世字行祕，福建莆田人，有《不履園集》。』按張行祕事迹無考，惟致岳石帆大司馬尺牘中有『歸白門時』句，或莆田人寓居白門者。岳石帆，天啓時晉南京兵部侍郎，見《莆田縣志》。」

〔聲氣相投總故知〕聲氣：志趣；愛好。　故知：故交。

〔何須老手細論詩〕猶「老手何須細論詩」，謂見訪之故人均爲作詩熟手，故相逢之際，已不必細細論詩矣。

〔偶來訪我懷山在〕懷山：念懷於山居，含有欲隱居避世之意。　在：表示行爲動作或狀態之持續。唐以來詩文中，「在」的此種用法和意義並不少見，如唐白居易《别春爐》詩：「晚風猶冷在，夜火且留看。」其中「晚風猶冷在」，謂晚風吹拂而致的冷意還在繼續，所以作者緊接著又説「夜火且留看」。又唐白居易《贈夢得》詩：「只有今春相伴在，花前剩醉兩三場。」其中「只有今春相伴在」，謂只有春天還能繼續相伴。宋普濟《五燈會元》卷四《趙州從諗禪師》：「問：『十二時中如何用心？』師曰：『汝被十二時辰使，老僧使得十二時。』乃曰：『兄弟莫久立，有事商量，無事向衣鉢下坐窮理好。老僧行脚時，除二時粥飯是雜用心處，除外更無別用心處。若不如是大遠在。』」又《五燈會元》卷五《神山僧密禪師》：「裴大夫問僧：『供養佛，佛還喫否？』僧曰：『如大夫祭家神。』大夫舉似雲巖，巖曰：『這僧未出家在。』」二例中，「在」的用法與意義同上，均表示某一行爲動作或狀態之持續。現代漢語方言中，「在」的此種用法與意義亦可見，如雲南賓川：「你拿著在！」意思是你一直拿著。又雲南賓川：「我在外邊等著在！」意思是我一直在外面等待。

贈王奉常烟客五袠

誰授延生絳雪丹，久無清夢向長安。非關酒薄因辭客，但得山深不願官。豈合胸中留片石，怪來筆底起層巒。須知四海澄清日，安枕溪流且自閒。

【箋注】

〔詩題〕王注：「辛卯季秋，烟客六十，蒼雪壽以七律十章，具載集中。辛卯爲順治八年，烟客没年八十九，則已康熙十九年；蒼雪順治十三年逝世，烟客七十壽已不逢之。烟客自五十至八十均有壽詩，見之各家文集者頗多，兹酌録八十詩數章，可見其晚年之盛況。……按錢謙益《有學集》、陳瑚《確庵集》均有王烟客七十壽序，陳序以烟客一生繫鄉黨重者、立言不及、家庭鼎盛及身際兩朝事。視沈受宏詩爲得旨矣。文不備録。」　五袠：五十歲。十年爲一袠。

〔誰授延生絳雪丹〕絳雪：丹藥名，傳説服食此種丹藥可死而復生。宋曾慥《類説》卷三《神仙傳·絳雪丹》：「開元中，内人趙雲容問王元之乞延生之藥，元之與絳雪丹一粒，曰：『汝服此必死不壞，百年復生。』至元和末，百年，雲容果再生。」

〔久無清夢向長安〕謂許久未曾顧念於官府公事（即國事）矣。　清夢：美夢。

〔豈合胸中留片石〕豈合：猶「難不成」。合，應該；應當。　片石：孤兀之石。

〔怪來筆底起層巒〕承上句，謂難怪筆下仍有起伏不平之意。蓋雖山居避世，而内心仍不免牽繫於國事。　怪來：難怪。

〔須知四海澄清日〕四海澄清：謂國泰民安。

〔安枕溪流且自閒〕謂待國泰民安時，乃得無憂無慮而真心退隱。

雜樹林二首

長成常想種時因，毫末初生各有仁。我已不堪論往事，爾猶如此況于人。鶴飛一去風前影，馬骨化爲根下塵。爲愛重陰閒自掃，把茅小結好依鄰。

【箋注】

〔我已不堪論往事〕謂論及往事而不堪，有年老且時移世變、家國無望之意。

〔爾猶如此况于人〕北周庾信《枯樹賦》：「昔年種柳，依依漢南；今看摇落，凄愴江潭；樹猶如此，人何以堪！」

〔鶴飛一去風前影〕此句隱含天寒世變、欲如彼鶴飛歸而不得之意。宋劉敬叔《異苑》卷三：「晋太康二年冬大寒，南洲人見二白鶴語於橋下曰：『今兹寒不減堯崩年也。』於是飛去。」又宋陸游《夜步》詩：「鶴歸遼海逾千歲，楓落吴江又一秋。」

〔馬骨化爲根下塵〕謂治國安邦的賢才駿士已化爲根下塵土；似隱含國變世亂之後東山再起無望之意。　馬骨：喻指賢能之士，典出《戰國策·燕策一》：「臣聞古之君人有以千金求千里馬者，三年不能得。涓人言於君曰：『請求之。』君遣之。三月得千里馬，馬已死，買其首五百金，反以報君。君大怒曰：『所求者生馬，安事死馬而捐五百金？』涓人對曰：『死馬且買之五百金，况生馬乎？天下必以王爲能市馬，馬今至矣！』於是不能期年，千里之馬至者三。」

〔把茅小結好依鄰〕把茅：言有一把茅蓋在頭上當作草庵，以蔽風雨。詳參《廬山送義公歸隱兼致山中故舊》詩「把茅結傍石門松」句注。

古陰濃郁冷于灰，山寺高寒僧坐來。手植自從人去後，巢空不見鶴飛回。雨添春底參差影，月散秋邊深淺苔。晉代只今存一脉，枝枝垂蔭講經臺。

【箋注】

〔巢空不見鶴飛回〕參上首詩「鶴飛一去風前影」句注。

〔雨添春底參差影〕春底：春天之際。底，與下「月散秋邊深淺苔」句中「邊」對文同義，意謂「旁邊」。

〔月散秋邊深淺苔〕秋邊：秋天時節。

〔枝枝垂蔭講經臺〕講經臺：晉代名刹高座寺内臺名，在今南京市。元張鉉《至大金陵新志》卷十一下《祠祀志二·寺院》：「高座寺，一名永寧寺，在城南門外，晉咸康中造，又名甘露寺。嘗有雲光法師講《法華經》於寺，天花散落，今講經臺遺址猶存。或云晉朝法師竺道生所居，因號高座寺。」

壬午重陽繩武中怡招游大明寺平山堂諸勝

重陽非復昔中秋，二十年前憶舊游。風景不堪論往事，烟花猶自上迷樓。何人折緑傷垂柳，野水流紅出御溝。良晤勝情知未易，莫辭待月泛歸舟。

【箋注】

〔詩題〕壬午：公元一六四二年，即明崇禎十五年，此時蒼雪五十五歲。　繩武、中怡：均人名，具體不詳，《南來堂詩集》（八卷本）中尚有《壬午重陽繩武中怡招游大明寺平山堂諸勝已賦七言一律又得一百字》一詩，亦與二人相關，可見其人當與蒼雪相交不淺。　大明寺、平山堂：《南來堂詩集》（八卷本）《補編》卷一《壬午重陽繩武中怡招游大明寺平山堂諸勝已賦七言一律又得一百字》題，王注云：「《揚州府志》：『縣西北五里大明寺，古之栖靈寺也。明羅圯《重修大明寺碑記》：寺爲宋孝武時所建，孝武紀年以大明，而寺適建于其時，故名。景泰間，有僧智滄溟者，北游五臺，回抵于揚，偶適野，見摘星樓西、平山堂東中有空隙地，約廣數十畝，放生池環于左，清平橋橫于前，若遺址也，乃結小庵栖于上。不逾月，夢神指示：某有井，井有歲月。循其處而發之，果得古井殘碑一方，上有『大明禪寺』數字，人自是始知爲古刹，悉捐金資爲法堂五間，東西廡各數間，庖湢庫庾以次，粗備宏治。癸丑，關陝諸鹺客始建大雄殿，設立全像，規模宏偉，而智滄溟尋示寂，徒鎮大方嗣其緒。乙丑，復建天王殿五間，而鎮大方亦故，令孫廣勝主焚修焉，于正德丁卯建伽藍祖師一殿，自是始稱備矣。又平山堂在郡城西北五里蜀岡上、大明寺側，慶曆八年二月，歐公來守揚州時，爲堂于大明寺之坤隅，江南諸山拱揖檻前，若可攀躋，故名。』」

〔風景不堪論往事〕參《雜樹林二首》詩之一「我已不堪論往事」句注。

〔烟花猶自上迷樓〕承上「風景不堪論往事」句，鮮明對比，與唐杜牧《泊秦淮》詩「商女不知亡國恨，隔江猶唱後庭花」異曲同工。　迷樓：樓名，故址在今江蘇揚州，隋煬帝所建。

〔野水流紅出御溝〕元楊維楨《宮詞》詩之十：「君王只禁宮中蠱，不禁流紅出御溝。」

〔莫辭待月泛歸舟〕宋李綱《江月五首》詩之二：「待月泛蘭舟，停橈碧峰下。」又宋陳淵《小詩七首寄養蒙兼呈景駿》之二：「行到草深橋斷處，却乘明月泛歸舟。」

題塔影園爲顧云美

昔賢築室虎溪濱，似舅甥堪再卜鄰。始信園林無定主，由來風月屬閒人。鈴聲入夜勞長舌，塔影窺池露半身。幾許品題愁寫照，西山一抹效眉顰。

【箋注】

〔詩題〕王注：「按陸汾原注云：『園在虎邱便山橋南村，池有虎邱塔影，故名。』文肇祉《録事詩集·築園於虎邱南村池中忽移塔影志喜》詩：『幾年浪迹寄江湖，歸葺田園半已蕪。環沼倒懸新殿宇，浮丘翻映小蓬壺。分明馬遠晴巒景，絶似南宮烟寺圖。真覺世心消欲盡，閉門羞復看陰符。』……顧苓《塔影園集·塔影園記》：『虎邱塔影園者，故上林録事文基聖先生之别墅也。先生爲待詔公孫國博公子，詞翰弈世，宏長風流，自停雲玉磬，境與人杳，雖茅舍竹籬，而播諸詠歌，傳爲盛事。初於虎邱南岸誅茅結廬，名海湧山莊，鑿池及泉，池成而塔影見，張伯起先生爲賦詩云：『雁塔朝流舍利光，半空飛影入空塘。應知不是池中物，會有題名在上方。』因以塔影名園。……園之蕭條疏豁大概可見矣。既而待詔，公門下士居士貞儆居園中，王百穀徵君《虎邱訪居士貞》詩：『偶過處士宅，宛是野僧家。古井春無水，衡門晚帶霞。』即其地也。士貞去後，敗瓦頹垣中，風沼霜林，依然是昔，尋山客至，不復停車。天啓間，屬松陵趙氏往來讀書，復臨池構屋，稍貯歌舞。崇禎中，出門仕宦，閩亂乃歸，遂爲園擇主人。適余避兵出郭，僑寓白公堤上，顧而樂之，與割券而考室焉。雖秦人避世，不爲桃花，葛氏移家，但携鷄犬，憶《梁史》顧正禮少隨外從祖游虎邱，以『欲枕流漱石』之語爲外祖所器，卒以志操見稱。予爲文氏彌甥，葺虎邱舊隱，似關宅相，亦有門風。彭城萬若來過之，作《行脚書事》，實住塔影園也；虞山錢宗伯先生爲予製《塔影園雲陽草堂記》，四方過從，時有題詠，詩文多於水樹，水樹多於齋館，烏足被園林之目哉？夫有所受之矣。』《蘇州府志》：『顧苓字云美，少篤學，尤潛心篆隸，凡金石、碑版及鼎彝、刀尺、款識，蟲魚蝌蚪之書，皆能誦之。居虎邱山塘，蕭然敝廬，中懸思陵御書，時肅衣冠再拜，唏噓太息。女一，妻桂林，留守，瞿式耜子易其名姓，俾脱於禍，人尤高之。』屈大均《道援堂集·顧云美六十》詩，其一：『寂寞松風寢，先皇御翰留。心飛天壽月，淚盡海棠秋。故國誰高卧，斯人更遠遊。亂離過六十，知己在滄州。』其二：『汝壻忠臣子，初生端水時。兩宫犀帶錫，三歲羽林兒。喪亂孤誰託，艱貞爾獨知。遺民今日少，珍重鬢如絲。』徐波《浪齋新舊詩·同州來游塔影園時新屬顧云美》詩：『坦步須乘興，名園今有人。地幽山隔岸，池静塔分身。樹石惟求舊，禽魚亦易親。緑陰行滿眼，就此送殘春。』」

〔昔賢築室虎溪濱〕昔賢：指晉高僧慧遠。　虎溪：在江西廬山東林寺前，相傳晉高僧慧遠居此溪之畔，每送客常不過溪，如過溪則虎鳴，故名虎溪。

〔似舅甥堪再卜鄰〕謂顧雲美塔影園與晉高僧慧遠所居虎溪之濱極似。

〔西山一抹效眉顰〕謂因品題而作畫，作畫則以西山爲對象，所畫之西山飄逸淡泊，若美人皺眉，一抹而已。　西山：詳見《次答王惠叔世兄喜逢半塘四首》詩之二「莫負西山約」句注。　效：效仿。　眉顰：即「顰眉」，皺眉。

宇均文照入山辭歲道開以足疾未至

只在山中避亂離，居停一歲兩遷移。林泉風味俱無恙，朝代興亡若不知。變後交情無復問，此來相見亦何期。南窗正及梅開放，看去黃昏月未遲。

【箋注】

〔詩題〕王注：「此題『宇均』，顧選《南來堂詩》及錢謙益《蒼雪塔銘》皆作『宇均』，《賢首宗乘》作『自均』，以音同而或『字』『自』互用，以形近而又誤『字』爲『宇』也。《賢首宗乘》：『法師名本懷，號自均，姑蘇陸氏，家世業儒，師年十三投蒲庵慎獨律師剃度，十九禮聞谷大師受十戒，二十二從漢月禪師圓具足，自後遍參十有餘年，而於《華嚴大鈔》尤勤覃思。三十六得法于中峰蒼師，一應靖江楞嚴之請，歸而息影林泉，栖心净土。康熙十年六月二十三日坐化，世壽六十一，僧臘三十九，嗣法弟子雪門。』又：『文照法師名寂覺，字文照，長洲人，俗姓朱，出新安紫陽文公後；文公四世孫諱志大者爲長洲學官，因家焉。師生數齡而父卒，母伍氏以師幼孤，乃命就學于師之叔肇基公。公，長者也，見師穎敏，甚喜之，嘗曰：『能興吾祖者，其在此子乎！』不幾年而母又卒，師心傷兩尊人先後見背，風木之悲無以自解，劬勞之報無以自盡，白日撫心，終宵隕涕，覺非人世功名富貴可報萬一者，于是決志學佛，以了生死，爲報親之本會。己巳春，廣慧湛公講《圓覺經》于郡城，師往聽之，頓悟幻境非真，一心非妄，遂求湛公薙染。湛辭之，師志益堅。湛曰：『爾有叔在，未可遂行己志。』師即歸，述志于叔。叔不許，曰：『吾望爾讀書明道，顯親揚名，奈何爲此？』師泣訴曰：『人生泡影耳！功名電光耳！死死生生，輪回地獄，其何能免？己不能免，又安能免親？雖貴爲卿相，富如猗頓，只自榮耳，烏得爲孝！此侄所以決志學佛以出生死爲報親第一義也。』叔知志不可奪，許之。師于是就廣慧禮湛公爲師，發志參方，是冬結制蔣山，明春歸吴受具足戒于三峰藏禪師，壬申參密雲悟禪師……無不探其衣珠、得其玄解。復過吴門，謁汰如河師，師授以《華嚴懸談》。汰如去世，竟入南來之室。癸未秋，法寂信賢公以白椎院相招，師應之。乙酉之變，戎馬衝斥，兵多横行，到處焚毁像宇。至白椎，師委曲解説，兵遂革心投誠，施資爲建大殿。此師化魔成佛之一事也。順治丁酉七月初三日，索水澡身，合掌念佛，趺坐而化，世壽四十九，僧臘二十八，法嗣照霽，建塔白椎之右。』」

〔只在山中避亂離〕山中避亂離：國變之後矣。

〔居停一歲兩遷移〕居停：寄居之所。

〔林泉風味俱無恙〕唐白居易《吾廬》詩：「莫道兩都空有宅，林泉風月是家資。」宋王庭珪《次韻答劉元弼》詩：「芒鞋竹杖俱無恙，歸日猶堪作地仙。」林泉：山林泉石，喻指隱居之所。

〔朝代興亡若不知〕隱指國變世亂，蓋彼時明朝已亡。明言朝代興亡若不關己，實則傷心時事，悲歎深矣。

〔變後交情無復問〕變後：指順治二年乙酉（一六四五年）清兵破蘇州事。

〔此來相見亦何期〕謂國變之後，人世動蕩，友朋存亡莫知，此番相見，如夢如幻。

乙酉之變避迹喝獅窩臨年仍歸一把茅度歲

老我生逢乖命年，驚魂未定是何天。兵戈無地堪逃避，上下移居當播遷。竹榻不妨虛自設，茅庵有主便依然。會心只合開窗面，好景都收在眼前。

【箋注】

〔詩題〕乙酉：公元一六四五年，即南明弘光元年、隆武元年，清順治二年。陳乃乾《蒼雪大師行年考略》：「順治二年乙酉，五十八歲。清兵破蘇州，師避迹喝獅窩。冬，仍歸一把茅度歲，有詩紀事。」

〔上下移居當播遷〕播遷：流離；遷徙。

〔會心只合開窗面〕合：適宜；應當。　面：面向；對著。宋陳與義《小閣晨起》詩：「開窗面老松，相對寒崚嶒。」又宋鄭剛中《書齋夏日》詩：「開窗面西山，野水平清池。」

丁亥歲初二，值予六十母難日，諸法友各賦詩爲祝，約五十餘人，不能遍答，總以一詩酬之

箭鋒鍼芥恰相投，六十無聞老比丘。風雪彌天争鬥句，虚空開口莫能酬。曾誰退席過三舍，顧我當堂讓一籌。分付東風初解凍，好看春水一溪流。

【箋注】

〔詩題〕丁亥：公元一六四七年，即南明永曆元年、清順治四年。此時蒼雪六十歲。

〔箭鋒鍼芥恰相投〕芥子、箭鋒、鍼尖均爲微小之物，欲以芥子投中箭鋒與鍼尖，極其難得，此喻指諸法友交情相投契合之難得。

〔六十無聞老比丘〕六十無聞：謙虚之語。宋楊萬里《誠齋集》卷七十三《浩齋記》：「一日，問曰：『子見河南夫子書乎？』曰：『未也。』退而求觀之，則驚喜頓足，曰：『《六經》《語》《孟》之後，乃有此書乎？某今也年六十有三矣，師友零落殆盡，道不加修，德不加進，不但四十五十無聞而已，然不

虚此生者，猶以粗有聞於浩齋也。』」

〔風雪彌天争鬥句〕鬬句：唱和詩句。

〔虚空開口莫能酬〕虚空：天空。宋曉瑩《羅湖野録》卷二：「龍牙才禪師受潭帥曾公孝序之請，既開堂於天寧，有僧致問：『德山棒、臨濟喝，今日請師爲拈掇。』答云：『蘇嚧蘇嚧。』進云：『蘇嚧蘇嚧還有西來意也無？』答云：『蘇嚧蘇嚧。』由是叢林呼爲『才蘇嚧』。一日，曾延見諸禪，因問曰：『龍牙答話只蘇嚧，如何？』道林月庵乃應身而顧諸禪曰：『借問諸方會也無？』曾笑曰：『可聯成一頌以爲禪悦之樂。』時座無續者，及傳至雲蓋，有慈觀長老曰：『昨夜虚空開口笑，祝融吞却洞庭湖。』」酬：對答；應對。唐孟浩然《梅道士水亭》詩：「隱居不可見，高論莫能酬。」

〔曾誰退席過三舍〕曾誰：倒語，猶「誰曾」。　退席：居於首席的佛教祖師、首座等退位曰「退席」，此謂因謙虚而退避。　三舍：古一舍三十里，三舍，九十里。

〔顧我當堂讓一籌〕謂因顧念於我而當場謙讓一籌。　當堂：當場。

〔分付東風初解凍〕分付：囑咐；寄語。

早春寄答莊使君宜穉兩度惠問

尺書報謝硯封塵，歲事偏驚兩度新。當日那期文舉貴，而今始信孟嘗貧。天涯一夜孤舟雨，江漢連朝雪水春。極目蠶叢君莫恨，相逢都是未歸人。

【箋注】

〔詩題〕王注：「又《次莊使君宜穉見寄》。《成都縣志》：『莊祖誼，萬曆三十二年甲辰科進士，仕至鳳泗道。』《明詩綜》：『莊祖誼字宜穉，成都人。全蜀入復社者八人，宜穉詩名特著，惜流傳無幾，《初春吴門送友還蜀》詩：「解手東風思惘然，君還巴蜀我之燕。聲飛白下留新草，酒載丹陽欲滿船。四百八灘三月上，九千餘路一尊前。文心各藉江山助，探得奚囊字字傳。」』《紗籠詩集·莊祖誼九日雨花臺懷古》詩：『雨花臺畔踽秋行，懷古登高雜感生。六代尚餘衰草色，三山猶枕大江聲。祖龍暗黮藏金氣，泥馬虛無化石城。摇落不堪頻悵望，夕陽殘笛總關情。』按莊祖誼詩少見，因録二章於此，知其常往來吴門及金陵，而蒼雪與有因緣也。《扶輪廣集·莊祖誼客中移居》題下自注『亂後誰歸得？他鄉勝故鄉，少陵刺痛語。自吾蜀凋殘，僦居金閶十年，癸巳冬，偶過瓜州舊遊地，見其土風簡厚，遂爲假寓。客次無聊，援杜句自解，得詩六首』云云。據此，知莊祖誼寓蘇頗久。癸巳，順治十年也。《四川通志》引《劍閣芳華集》：『莊祖誼字宜穉，號橙庵，舉明經，崇禎時補懷遠縣，以平賊功遷揚州府江防同知、安慶府知府，宏光時爲鳳泗道。後遁迹蘇州，又移瓜州。是年海艘亂，破瓜州，一家不知所終。』」

〔尺書報謝硯封塵〕謂頻頻欲以書信答謝莊宜穉惠問之情而未果。尺書：書信。報謝：答謝。

〔歲事偏驚兩度新〕歲事：光陰，歲月。偏驚：深深驚訝。偏，副詞，表程度，猶「很」「特别」。

〔當日那期文舉貴〕文舉：東漢末孔融，字文舉。

〔而今始信孟嘗貧〕孟嘗：指孟嘗君，戰國時齊國貴族，以善養士馳名後世。

〔天涯一夜孤舟雨〕明胡應麟《送人入蜀》詩：「猿聲一夜孤舟雨，愁殺巫山十二重。」

〔極目蠶叢君莫恨〕蠶叢：喻指蜀地。相傳蜀王先祖蠶叢教人蠶桑，後乃以「蠶叢」喻指蜀地。

戊子十一月初四日，汰兄十周忌，骨塔始成，詩以志愧。塔在吴中華山，而皋亭月明庵另有別隱

十年生死愧交情，七尺剛纔塔様成。留得聲名君未死，那堪聞見我猶生。江流一往仍通浙，朝代于今不屬明。乘願早來應見夢，誰家抱出笑相迎？

【箋注】

〔詩題〕戊子：公元一六四八年，即南明永曆二年、清順治五年。　汰兄：即汰如（明河）。蒼雪與汰如同師受業、同享盛名，集中倡和詩頗多。詳參《送汰公之宣城訪湯太史霍林》詩題注。　華山：位於蘇州西北郊，蒼雪恩師一雨常卓錫講經於此，後一雨法嗣汰如、蒼雪相繼在此興建殿宇。詳參《華山除夕有懷扈芷弟》詩題注。　皋亭、月明庵：參《丙子秋以中峰玄譚講期過皋亭月明庵禮請汰公》詩題注。

〔七尺剛纔塔樣成〕謂骨塔初成，僅高七尺而已。　剛纔：僅僅；只。

〔那堪聞見我猶生〕承上句「留得聲名君未死」，謂吾如今每聞見君之聲名，若君猶生而未逝也。

〔朝代于今不屬明〕戊子年（一六四八年），永曆帝雖還掙扎偏居於一隅，然明朝大勢已去，故云。

按「朝代於今不屬明」句直白如話，却傷心沉痛之至。清代文獄深密，此語尚得留存至今，實屬不易。此或與作者僧人身份相關，亦可一窺明清易代之際僧人詩作之思想價值。

〔誰家抱出笑相迎〕此句化用唐李源與僧圓觀三世因緣之傳説，以喻作者與汰如的因緣之深。詳參《過訪錢虞山北歸二首》詩之二「三生相見猶存石」句注。

贈雙峨寺穹玄七十

朧高無事不從心，同輩雙峨未易尋。坐對白頭燈火下，步殘黄葉寺門深。曾憐廢院多荒落，不惜鄰家借竹陰。好結山中茅一把，來時相對看雲岑。

【箋注】

〔詩題〕明王鏊《姑蘇志》卷二十九《寺觀上》：「承天能仁禪寺，在府治北甘節坊，梁衛尉卿陸僧瓚捨宅建。初名廣德重玄寺，宋初改承天，宣和中，禁稱『天』『聖』『皇』『王』等字，遂改能仁。元並存故額，稱承天能仁，今因之；又名雙峨寺，以寺前有二土阜也。寺有無量壽佛銅像及盤溝大聖祠、靈祐廟、萬佛閣。寺屢毁，至元間，僧悦南楚重建，黄溍、鄭元祐記。至正末，張士誠據以爲宫，尋復爲寺，僧綱司在焉。宣德十年，尚書周忱建，賜經閣，尋毁，歸併。寺二，院一，庵十。」又王注云：「《采風類記》：『承天能仁禪寺，在皋橋東，梁衛尉卿陸僧瓚捨宅建。初名廣德隆玄寺，宋初改承天，宣和中，禁稱天、聖、皇、王等字，遂改能仁。元兼稱承天、能仁，又名雙峨寺，以寺前有二土阜也；或云舊有二異石，故名。寺内有狼山房，崇禎戊寅十一月八日，即其地浚井，得鄭所南《鐵函心史》，函内石灰，灰内錫匣，匣内生漆，書摺成卷，德祐九年佛生日封，計三百五十有六年矣。康熙戊辰，寺僧有敗行者，巡撫洪公念庵疏請斥逐，寺屋入官，寺廢。又鄭所南宅在樂橋東條坊巷。所南本連江人，隨父宦寓吴，初名某，宋亡，乃改名思肖，字憶翁，號所南，皆寓意也。』」

〔臘高無事不從心〕臘：僧人受戒後的歲數；此泛指年齡。

〔同輩雙峨未易尋〕同輩：年齡相仿者。　雙峨：指雙峨寺，詳見本詩題注。

〔坐對白頭燈火下〕宋楊萬里《送孫從之司業持節河南》詩之二：「白頭燈火共書林，自少論交老慰心。」

〔步殘黄葉寺門深〕明張志遠《集慶寺作》詩：「忽憶翠華臨幸處，滿山黄葉寺門東。」

〔好結山中茅一把〕好：適合；適宜。

〔來時相對看雲岑〕雲岑：雲霧繚繞的山峰。

己丑重九後誠之心甫鴻叟路然招游惠山詠泉疊韻

寺接梁溪雲接天，招游講過雜花篇。妙高翻出登峰頂，衆壑無分入海圓。在澗堪當上池味，出山難作洗心泉。黄花似待遲來客，買得秋光壓載船。

【箋注】

〔詩題〕己丑：公元一六四九年，即南明永曆三年、清順治六年。　誠之、心甫、鴻叟、路然：王注云：「《梁溪詩鈔》：『吕自咸字誠之，明諸生，工詩，邑志謂其晚律益細。……黄傳祖字心甫，明諸生，刻苦爲歌詩，好竟陵鍾譚之學，甄綜有明一代之詩，名之曰《扶輪》，凡正、續四五集。性率易好飲，晚益貧，日借諸家文集于知交間，行坐手抄，欲有所選刻，竟不能也。彭年將入閩，聞心甫客維揚，寄詩云：『别帶梅花是早春，邗江東下柳絲勾。更搜佳句閒中校，想有奇情客裏親。好飲肯同庸士醉，癖遊應有懶僮嗔。如予越嶠三年住，尚憶榕城荔子新。』彭年字鴻叟，順治五年恩貢生，累官至西安府同知，著有《拂蓮堂集》十四卷，鏤版行世。……蔣遵路字路然，諸生，家故饒於貲，路然性落拓，重交游，耽吟詠，漸以大困，而路然灑如也。……事父母至孝，難起，骨肉無幾，微見于顔色，年四十一卒。……』」　惠山：即惠山寺，在今江蘇省無錫市西郊。唐丘丹《〈經湛長史草堂〉詩序》：「無錫縣西郊七里，有惠山寺，即宋司徒右長史湛茂之之别墅也，舊名歷山。」

〔寺接梁溪雲接天〕明李賢《明一統志》卷十：「梁溪，在無錫縣西南一十八里，源出慧山，繞歷山西南，流入太湖。古溪狹小，梁大同中重浚，故名。亦名長廣溪。」

〔妙高翻出登峰頂〕妙高：即妙高臺，在今江蘇省鎮江市丹徒區。宋蘇軾《金山妙高臺》詩：「中有妙高臺，雲峰自孤起。」清查慎行注：「《京口三山志》：金山初名浮玉山，亦名伏牛山。山之東有善財石，野鶻多栖。其山有臺曰妙高。」又乾隆《江南通志》卷三十二《輿地志・常州府》：「妙高臺在丹徒縣北金山上，宋僧了元建。」翻出：因高峻而凸顯出來。登峰頂：至峰頂最高處。

〔衆壑無分入海圓〕無分：無緣。入海圓：倒影入海且圓滿。

〔在澗堪當上池味〕上池：指凌空承取的雨水或竹木上的雨露，因其未曾著地，潔浄無染，故常以之喻指上等佳水。《史記・扁鵲倉公列傳》：「扁鵲者，勃海郡鄭人也，姓秦氏，名越人。少時爲人舍長。舍客長桑君過，扁鵲獨奇之，常謹遇之。長桑君亦知扁鵲非常人也。出入十餘年，乃呼扁鵲私坐，間與語曰：『我有禁方，年老，欲傳與公，公毋泄。』扁鵲曰：『敬諾。』乃出其懷中藥予扁鵲：『飲是以上池之水，三十日當知物矣。』乃悉取其禁方書盡與扁鵲。忽然不見，殆非人也。」唐司馬貞索隱：「案舊説云：上池水謂水未至地，蓋承取露及竹木上水，取之以和藥，服之三十日，當見鬼物也。」

〔出山難作洗心泉〕洗心泉：泛指潔浄無染而可洗心革面之泉。

〔買得秋光壓載船〕宋姚勉《木犀》詩之二：「賣花擔上買秋光，分貯冰壺沁曉凉。」

次答吴太史駿公

高閣清華憶木天，南山久不到西田。秋光惜別分三徑，月色思看坐一船。舉世不堪皆盡醉，獨醒誰更復相憐。春秋著罷須藏稿，甲子書來又六年。

【箋注】

〔詩題〕吴太史駿公：即吴偉業。吴偉業字駿公，號梅村。詳參《次韻吴駿公見寄》詩題注。

〔高閣清華憶木天〕高閣：高大的樓閣。清華：門第高貴。憶：牽挂，思念。木天：指翰林院。吴偉業初入仕途時，授翰林院編修，故云。

〔南山久不到西田〕西田：指王時敏西田别墅。詳見《寄王奉常烟客》詩題注及「蒔菊到西田」句注。

〔秋光惜別分三徑〕謂秋色正好之時，乃於西田别墅依依惜別。蓋回憶昔日相會又相别的場景之語。三徑：指隱居者的家園，詳參《開徑》詩「故鄉竹下休相擬」句注。此喻指王時敏的西田别墅。

〔月色思看坐一船〕承上句，乃對未來的期待之語，謂月色宜人時，願與君同坐一船而賞月。

〔春秋著罷須藏稿〕此句爲鼓勵與祝福之語。蓋彼時吴偉業於仕途往來之餘，尚忙於撰寫某書，故有此語。春秋：似即指吴偉業所撰《春秋地理志》。

〔甲子書來又六年〕甲子：當即明代天啓四年，公元一六二四年。按甲子之後「又六年」，爲明崇禎三年（一六三〇年），本詩所作時間由此可推知。又按吴偉業於順治十年（一六五三年）秋九月被迫應召，北上入都，蒼雪作此詩與之唱和時，其人尚未降清，故本詩「舉世不堪皆盡醉，獨醒誰更復相憐」之句，蓋隱指吴偉業爲國事時局焦心憂慮。

庚寅春仲，赴靈巖約，偕妙湛宜公、張静涵、李灌溪、吴寅仲諸昆季雨中看梅玄墓華嚴閣，分得知字二首

風雨蕭蕭驢背騎，灞橋何處若爲疑？三春湖上多争探，一樹溪邊冷不知。看到傷心欲落後，折將得意早開時。恍同何遜開東閣，詩興難禁動所思。

【箋注】

〔詩題〕庚寅：公元一六五〇年，即南明永曆四年、清順治七年。又王注：「按徐枋《居易堂集》有《答張大司農有譽書》，又有《故張大司農遺像贊》，首句云：『嗚呼！此故太子太保户部尚書張公静涵之遺像也。』據此，方知張静涵爲張有譽。徐枋答書云：『枋生也晚，然竊論當代人物及古今得失之林，以爲閣下固國朝三百年來名計相也。以閣下德望之崇、規摹之遠，何難使國有文景之富、俗臻成康之隆？顧乃崩天遘禍，宗社爲墟，致竄身于香林白社以老，俯仰今昔，能無泫然？昔張蒼爲漢計

相，佐高祖定天下，功名克終，封侯累世，何其盛也！以蒼之賢，詎能望閣下哉？而人生遭逢不同有如此者，又何慨矣。……閣下固國朝三百年來之名計相也，顧獨能泊然自老于香林白社二十年，其苦心峻節，又何以異此？』《南疆繹史》：『張有譽字難譽，江陰人，天啓壬戌進士，以户部主事榷税蕪湖，力持清操。崇禎中，出爲饒州知府，累遷江西督糧副使、四川按察司，俱有惠政。吏部尚書鄭三俊舉天下廉能，方面官五人，以有譽爲首。帝書其名于屏，擢南京户部右侍郎兼右僉都御史，總督糧儲。還中道，聞都城之變，抵任則福王立矣。内官張執中兼收白糧，勒鋪墊費，逾舊例數倍，杖斃解户。有譽連疏論之，收其胥役送獄，執中稍斂。……尋加太子太保，時四鎮各需餉二十萬，有譽計無所出，至嘔血，連疏乞歸，不允。明年五月，南京失守，有譽奔武康，久之旋里。仕宦二十年，僅守先世遺産。其治家居鄉，俱堪爲後人法。年八十一而終。』《明詩綜》：『張有譽字誰譽，江陰人，中萬曆己未會試。天啓壬戌，賜進士出身，除南京户部主事，累官户部尚書，加太子太保。晚爲僧，居蘇州之靈巖。』按錢謙益《有學集》有《靈巖方丈遲静涵司農枉訪》詩，又《己亥夏五靈巖夫山和尚偕魚山相國静涵司農枉訪》詩，己亥爲順治十六年。又按張有譽《南疆繹史》字難譽，《明詩綜》字誰譽，《常州府志》同，『難』『誰』二字，未知執是。《居士傳》：『張大圓名有譽，江陰人，天啓二年進士，歷官至户部尚書。南京破，遁入武康山，依繼起及碩機禪師，晨夕參究，夙慧頓發。已而繼起主靈巖，大圓從之，刳心受鍛，泮然冰釋。年七十，廣演《金剛般若經》，八十，重疏《孝經》。居靈巖幾二十年，其子弟逆之歸。康熙某年九月，迎繼起作别，至則合掌曰：『弟子時至，明旦行矣！』明日，復告曰：『今佛法世間法一齊放下，但願生生不離左右。』言訖而逝。』《五燈全書》：『澄江張有譽大圓居士，號静涵，萬曆己未進士，官户部尚書，初見玉林琇。後鼎革，往參靈巖儲，言下有省，遂曰：『生且妄，何死之足云！』輒絶粒。儲曰：『吾道有大于此者，子既于中有會，正當拈己所知，嘉惠來學，徒不忘溝瀆效匹夫匹婦之諒，豈相期之意哉！』遂執侍山中二十餘年。康熙己酉九月晦，士示疾，上靈巖作别，歸即病篤。儲親往視，士曰：『年活八十一，更復何云？只愧二十年來不曾上報法乳。』儲曰：『放下著！』士點首曰：『真大慈父。』次日，侄女尼曰：『伯伯一生參學向上，持提正在此時。』士喝曰：『看脚下！』少頃，謂左右曰：『佛法世法，一齊放下了也！』便脱去。』《槜李詩繫》：『吴亮中字寅仲，號易庵，嘗與錢繼振、郁之章、魏學濂、學洙、學渠、曹爾堪、蔣玉立爲文字交，稱柳洲八子。順治六年登第，九年殿試成進士，授户部主事，督理漢中糧儲，轉員外郎，卒。』曹爾堪《槐瘱集·送同年吴寅仲農部理餉漢中》詩：『西國軍儲禾易調，仙郎特遣促征軺。秋毫計悉官無染，雲角踪孤路更遥。雪積巴山迷曉雁，烟籠秦棧冷重貂。七盤嶺外挑吟燭，對酒懷人獨此宵。』按陳龍正《幾亭全集》有《致吴倩寅仲札》，稱『我壻』云云，則知吴寅仲爲陳龍正壻。按妙湛或即宜修，見後《贈宜修老宿七袠》題。」按《南來堂詩集》（八卷本）《補編》卷三下《贈宜修老宿七袠》詩題，王注云：「按陸汾原注云：『宜修應教中真誠喬楚，善談孔雀，精于音樂，所居北城大弘寺有宋祖師澤天泉，于此入定，惡蛙喧，以一點其額，遂不鳴。又曾説法，天雨花，至今有點額蛙、雨花堂二遺迹焉。』」　玄墓：即「玄墓山」，在蘇州市吴中區光福鎮西南。

〔風雨蕭蕭驢背騎〕宋姚勉《次韻諸友遊雲居》詩之二：「雲居見説郊行樂，不得騎驢背錦隨。」

〔灞橋何處若爲疑〕灞橋：橋名，在長安之東，古人送客至此則折柳以贈别。若爲：怎堪；怎能。

〔恍同何遜開東閣〕唐杜甫《和裴迪登蜀州東亭送客逢早梅相憶見寄》詩：「東閣官梅動詩興，還如何遜在揚州。」宋黄希、黄鶴補注云：「蘇曰：梁何遜作揚州法曹，廨舍有梅花一株，花盛開，遜吟詠其下。後居洛思梅花，再請其往從之，抵揚州，花方盛，遜對花彷徨終日。」又清仇兆鰲注云：「東閣，指東亭。官梅，官種之梅，猶言官柳。胡震亨曰：何遜墓志『東閣一開，競收楊馬』，杜甫東閣本此。」

人地難逢聚會時，探梅尤恐失前期。春寒僧老眠初覺，雪薄寺門深不知。空閣浪花浮欲動，遠村烟海望無涯。香風自惜餐來飽，家在潭西尚未飢。

【箋注】

〔人地難逢聚會時〕人地：人世；世間。

〔探梅尤恐失前期〕前期：事先的約定。

〔香風自惜餐來飽〕香風：謂帶有梅花香氣之風。

次靈巖繼公病中以雪夜有懷詩見問

土炕如蠶縮繭寒，兩山風雪隔年殘。無憑春夢誰人覺，不盡燈花剔夜闌。想去好懷吟自得，遣來多病問惸安。殷勤何事堪相慰，匕箸于今不減餐。

【箋注】

〔詩題〕靈巖繼公：《南來堂詩集》（八卷本）卷三下《靈巖坐雨和繼公韻》詩題，王注云：「《蘇州府志》：『弘儲字繼起，晚號退翁，通州李氏子。年二十五，投三峰藏和尚，力參，頓明大法，藏許爲臨濟荷擔真子。住常州之夫椒祥符，又歷台州之東山、能仁，天台之國清、興化、慧明、瑞巖、天寧諸剎，所至開堂説法，衲子景附。順治己丑，始居靈巖。寺久廢，儲至，檀施雲湧，遂成叢林。繼遊南岳、德山，大振宗風。歸吴，卓錫堯峰，未幾，仍返靈巖。康熙壬子秋，示寂，壽六十八。』《崇川詩鈔彙存》：『釋弘儲繼起，俗李姓。年二十餘，棄家辭親，禮三峰藏於鄧尉山，豁然有省，深明宗旨，毗陵孫慎行、張瑋、許鼎臣延主夫椒之祥符。居六年，遯迹天姥山，台州陳函輝請住國清，嘗語郡將釋數千亂民於死。以葬親歸里，事訖，還靈巖，有胥井二祝之水溢，人異之。尋入楚主岳麓、德山諸道場，逾年，吴中人請還山，既至，乃退老於堯峰。久之，定南王遣使請入粤，辭不赴。使者去，遽拈偈，顧左右曰：「行道不力，愧三峰先師。」問何時，曰未時，乃命進浴，更衣而逝。火燼後，發聲如雷，震動山谷，旋暈毫光成五色，觀者驚歎。聞繼起生時地湧青蓮，亦異事也。』《小腆紀傳》：『南嶽和尚退翁，名弘儲，字繼起，揚州興化人，姓李氏。早歲出家，師事三峰，駐錫蘇之靈巖。父嘉兆，志士也，甲申之變，貽書其子曰：「吾始祖咎繇爲理官，子孫因氏理，其後以音同亦氏李，今先皇帝死社稷，而賊乃李氏，吾忍與賊同姓乎？吾子孫當復姓理氏。」先是，中州李邕和上書請改理氏，嘉兆未知而適與合，天下傳爲二理。弘儲雖出家，然感其父之大節。丙戌以後，東南之士濡首焦原，吳中爲最衝，皆相結納，從者如市，然厚重不洩，爲人排大難最多，世不盡知也。辛卯，竟被連染，諸義士争救之。久而得脱，好事如故，或以前事戒之，則曰：「吾苟自反無愧，即有意外風波，久當自定。」又曰：「道人家得力，正於不如意中求之，使憂患得其宜，湯火亦樂國也。」吳中高士徐枋歎曰：「是真以忠孝作佛事者也。」枋所居靈巖之麓澗上草堂，生平不肯納人絲粟之餽，顧於弘儲有深契，自稱白衣弟子。弘儲時其急而周之，無不受，嘗曰：「退翁是西竺國中所謂大人者也。」故儀部周之璵，三吳之良也，臨終，脱然談笑逝，弘儲蹙然沉吟曰：「是恐非故國遺臣所宜。」聞者瞿然。一日，登堂説法，忽發問曰：「今日山河大地，又是一度否？」衆莫敢對。居吳既久，築報慈堂於堯峰，祀其父。晚以南嶽之請，主講福嚴寺，吳人惟恐失之，復迎歸。壬子，卒於靈巖，年六十有九。著有《靈巖樹泉集》《孝經箋説》。在沙門四十年，闊暢宗風，篤好人物，大類三峰，海内皆能道之。徐枋曰：「是非退翁心之精微，但觀其每年三月十九日，素服焚香、北面揮涕，二十八年如一日，是何爲者。」』顧苓《塔影園集·靈巖退翁和尚别傳》：『翁名宏儲，字繼起，南通州人，姓李氏。娶妻生子，妻子死，舍俗出家。崇禎乙□，得法於三峰藏禪師，年三十一，遂住名山，登法席。辛巳，入天台，久之，卓錫於蘇州靈巖之崇報院。院久廢，經營整飭，殿閣莊嚴，書屋山曰「天上靈巖」，又曰「大光明藏」，像設獨在殿上，更定施食科儀。三月十九日，必率徒衆爲烈皇帝及諸死國大夫士修齋誦經，淚出如雨。歲首，爲其親師亦如之。與人言必依忠信，好問禮法，惡人之不忠不孝、不遵典禮者。詩文得唐宋大家風氣，書間學晋人，予最愛其《冬雪》詩「只爲六朝遺老懼，隔江堆没舊時山」之句。一時檀施雲集，瓢鉢蕭然，遺民處士或倚爲薇蕨資，前大學士熊開元、户部尚書張有譽、處士趙庾，皆爲得法弟子。……翁具天人相，面如滿月，所至圍繞作禮。常住南嶽，往來數千里，沿途瞻仰，晝夜不絶。楚人語余：翁在南嶽，當路以金錢供養者，多不納；窮鄉甿夫，終歲勤動，餘一斛二斛米，肩負出山，輸委常住，得一見頂禮，歡喜讚歎，真不可思議。翁乃遽歸靈巖，不復去。壬子正月，名王女自廣西遣人迎翁。及秋，人船敦促，翁遂示疾。人船既去，病良已，即不食；八月二十日，屈指數日，至七而止；二十七日午後，索水浴，浴已，更衣端坐而逝。系曰：翁知余不學佛，每相見輒多調謔，今年正月，過靈巖，語予曰：「吾兩人孰先死？居士先死，我爲居士説法；設我先死，居士爲我作碑記。」相視一笑。不意蒲柳未枯，松柏先落。憶初見翁，翁手如意屬予，篆「崇禎甲申」字于上，八月養疾，方丈又屬余預銘其龕曰「吴僧靈巖退翁」，故爲作《靈巖退翁别傳》。』徐枋《居易堂集·懷人詩》序云：『靈巖和尚與余敦人外之契有年矣。余嘗柬一友云：「靈巖爲海内所宗仰，諸方耆宿謂此唐宋以來諸大善知識中之所少也。至其篤好人物，别具至心，望之如渴，視之如傷，余則以爲此唐宋以來諸大善知識中之所絶無也。」』」

〔土炕如蠶縮繭寒〕明劉嵩《春日述懷二首答蕭翀》詩之一：「身拙自憐蠶縮繭，家空偏感燕巢泥。」又清葉方藹《七月一日大雨書署壁》詩：「裂裳擁被塞耳卧，凍蠶縮繭鳥塌翼。」

〔想去好懷吟自得〕謂一有好的興致，乃吟誦而自適。

〔遣來多病問觕安〕謂吾多病之時，乃承蒙君以好懷雅致之詩略略問安。　觕：讀如「粗」，粗略、微微。

〔殷勤何事堪相慰〕謂深情厚誼之間，何事最能傳達相互寬慰之意。殷勤：情意深厚。

〔匕箸于今不減餐〕匕箸：羹匙和筷子，此指飲食。

和浪杖人《合夢詩》，與靈巖繼公同得「深林坐石生秋隱」句，可共發一笑。真是夢中又占其夢也

睡匾頭顱枕未移，莊周蝴蝶兩相疑。深林坐石生秋隱，片葉敲空落響遲。今夜夢非前夜夢，老年思若少年思。人間吾輩難容着，只合青山作故知。

【箋注】

〔詩題〕浪丈人：明末曹洞宗僧，福建浦城人，俗姓張，號覺浪，別號杖人。康熙《江西通志》卷一百四《仙釋·廣信府》：「覺浪名道盛，別號浪丈人，柘浦張氏子。幼習舉業，因大父坐亡，疑此個靈明往何處去，偶於街次聞猫墜聲，有省。後因瑞巖識公過浦，遂密求薙，栖夢華山。後參博山，繼參壽昌、書林。見東苑鏡，一病瀕死，苑調藥療之，有間，苑究其生平，大驚曰：『吾壽昌這枝慧燈屬子矣！』因付源流。順治乙未，請住博山，後至天界毗盧閣休夏，忽命移錫禪堂，停午書偈，擲筆而逝。有《語録》、著作五十二種。」又雍正《浙江通志》卷二百九十八《仙釋一·明》：「道盛，《虎跑寺志》：『字覺浪，別號杖人，浦城張氏子，東苑鏡禪師法嗣，坐道場五十三處。』《杭州府志》：『道盛，禪律精嚴，儒釋淹貫，

嘗示衆云：有血性漢被世界磨滅。示寂後，塔於棲霞山，有《學庸宗旨》《莊子提正》《儒宗三寶》及《語録》百餘卷。』」　又《明詩綜》卷九十一選道盛詩一首，其序云：「道盛字覺浪，閩人，住金陵天界寺。《詩話》：『浪公早登猊座，聲動楚越之交，白蓮之社不少，宗雷青豆之房，恒多龍象，詩如「清明微雨後，花鳥亂飛時。苦竹長遮徑，高松自護關。」足稱天籟清機也。』」其詩云：「枕流漱石亦何心，荇帶蘋花何處尋。夜静月明風在樹，坐聞泓下有龍吟。」　又本詩題下，王注云：「文祖堯《明陽山房集》：『木、繼兩師遭越謗還吴，意不能平，繼師遂夢「深林坐石生秋隱」之句，覺後續以成章，中峰蒼雪師亦從而和之，未免中多感慨，余因感詠一絶云：「深林坐石生秋隱，夢裏天然絶妙詞。覺後漫勞重續句，一言原自蔽全詩。」又意猶未足，復賦：「一枕黄粱既熟時，昨非今是總休思。深林坐石生秋隱，静夜聞詩顯化機。得失從來塞上馬，輸贏盡屬橘中棋。夢回何事重添夢，半偈由人自在窺。」』」弘儲《樹泉集·〈合夢詩〉小引》云：「六月下浣，棲霞和尚夢余寄詩，覺而猶記其一，即『深林坐石生秋隱』也，續成見貽，殊切同心之感。吾兩人初未識面而千里神交，通於夢寐，抑今古之所未有，聊抒鄙意，用識歲寒。詩云：『月到床頭覺影遲，寂寥猶憶寄君詩。深林坐石生秋隱，遠水牽舟入夜思。老去恨無新面目，閒中愧有舊鬚眉。家山何地增惆悵，出處于今事更疑。』」

〔深林坐石生秋隱〕見本詩題注。

〔人間吾輩難容着〕謂人世從來難容我輩。着：表示某一狀態之持續。

〔只合青山作故知〕承上句，謂只此青山爲迎納我輩，而故意作出包容理解之態。

贈黃明府子羽

蜀道難行似上天，宦游疇昔况烽烟。一腔熱血冰將飲，百里孤城命寄全。下吏青衫頻告去，上臺白板首推遷。江山極目今誰是，甲子猶書廿八年。

【箋注】

〔詩題〕按《南來堂詩集》（八卷本）卷一《遲黃子羽看梅不至》詩題，王注云：「《太倉州志》：『黃翼聖字子羽，少雋異，眉目如刻畫，舉止謦欬秀絶人表。崇禎十一年，以薦授四川新都縣令，時賊躪楚蜀，名城望風奔潰。新都素殘破，聞賊至，争走匿，翼聖積薪拒縣門，誓死守，城得全。陞安吉知州，尋棄官歸隱，名所居曰蓮蕊棲。翼聖性蕭閒，絶喜山水，工五言詩，人稱如么弦哀玉，自有天韻。郡人徐波刻其遺集。』《居士傳》：『黃子羽名翼聖，太倉人，素服雲棲之教，與妻王氏精修净業。崇禎中，以薦起爲四川新都知縣，嘗飯僧縣堂，躬行匕箸，繼以膜拜。張獻忠寇四川，過新都，子羽率民城守。新都千僧感子羽之德，相率登城擊鼓稱佛號，夜中，其聲震天，賊尋引去。以城守功遷知安吉州。明亡，棄官歸印溪，所居樓曰蓮蕊樓，自號蓮蕊居士，營齋奉佛，日持佛號數萬。已而卧疾浹月，自制終，令四壁張彌陀像，請晦山顯公授菩薩戒，語顯公曰：『吾神明愈健，誓願愈堅，自信生西方必矣。』明晨，顯公將別去，刻八日必行，已而果然，年六十四。』」又吴偉業《送黄子羽之任四首》詩，其序云：「子羽能詩，以徵辟爲新都令。」又《御選明詩・姓名爵里七》：「黄翼聖字子羽，太倉人，辟授新都知縣，遷安吉知州，有《蓮蕊居士詩選》。」

〔宦游疇昔况烽烟〕疇昔：往昔、往日。　烽烟：指戰争、戰亂。

〔一腔熱血冰將飲，百里孤城命寄全〕此二句贊述黄翼聖堅守新都，保城中百姓性命之壯舉。詳見本詩題注。　冰將飲：猶「將冰飲」，謂合和冰雪而飲。

〔下吏青衫頻告去〕青衫：唐時禮制，文官八品與九品著青衣，後乃以之泛指官職卑微。　頻告去：屢屢欲辭官而去。

〔上臺白板首推遷〕承上句，謂原已頻頻欲辭此下等官職而去，乃因上司以白板授予要職而使辭官之願望推遲。　上臺：上司。　白板：指所授官職無正式的詔敕或印章。　推遷：推遲；延遲。

〔江山極目今誰是〕蓋彼時明已亡，故有此語。

〔甲子猶書廿八年〕謂尚以明代年號記録時曆。　甲子：日曆；時曆。　廿八年：明崇禎十七年（一六四四年）甲申之變後，明亡。蓋明亡之後，不少愛國士人仍以明代年號記録時日，故「廿八年」似即指「明崇禎廿八年」。

贈廣文文介石鄉友

暫借曇陽作首陽，嚼來苜蓿菜根香。羞髡白髮思親友，好戴黄冠歸故鄉。僮僕十年連性命，妻兒萬里隔遐荒。也知賦愛生同止，松柏青青耐雪霜。

【箋注】

〔詩題〕廣文文介石：即文祖堯。乾隆《雲南通志》卷二十一之二《宦迹·雲南府》：「文祖堯字心傳，呈貢人，天啓間選貢，操履嚴正，敦崇實學。任太倉州學正，頒諸生以日程，考其勤惰，而進退之人士興起。甲申棄官，隱蕭寺講學，爲吴中士大夫所推重，争相延致。後還鄉，卒於道，婁東人構思賢廬祀之。」又《大清一統志》卷七十一《太倉州·名宦》：「文祖堯，雲南人，崇禎時爲太倉學正，修文廟，整治祭器，訓諸生以聖賢之道。已而棄官，寓荒寺，尋歸，卒於道。諸生即寓室爲祠，曰思賢廬。」又《南來堂詩集》（八卷本）卷四《寄婁東文廣文》詩題，王注云：「《滇南詩略》：『文介石初任名山訓導，刊進修日程，以古道訓士，士習爲之丕變。……復生國變，棄官從中峰蒼雪師遊，僑寓曇陽庵，服僧服，以青烏術自給。婁人無賢愚貴賤，愈益敬愛，周以粟帛，吴、浙獨行君子争相延致，歲會講學。後還鄉，競爲詩歌送行，繪像作傳以誌思慕；既聞道卒，因就其所居室爲位以哭，顔曰「思賢廬」祀之。』《鎮洋縣志》：『文祖堯字心傳，號介石，呈貢人，以明經授名山訓導；崇禎癸未，升太倉學正。鼎革後，棄官寓州僧寺間，以青烏術自給，人皆知滇南先生爲古君子。久之，南歸，道卒，門人私謚貞道先生。』……按文介石至婁爲崇禎十六年癸未，以北兵至，去婁入中峰依蒼雪，爲順治三年丙戌。陸世儀有《送文入中峰》詩，作于是年也。居曇陽觀當在入中峰後，婁人又迎之居此，《遥哭》詩『共羡蘇卿歸塞北』句自注『文在婁十九年』，而《祖送》詩爲順治十八年辛丑作，則知文歸滇即是年也。」又本詩題下，王注云：「按文介石甲乙間避兵，與蒼雪同住中峰，後婁人迎之，居曇陽觀。《太倉州志》：『曇陽觀在城西南隅，里人爲王錫爵女燾貞建，燾貞于此清修仙去，壁間有《尤求白日升天圖》。後觀廢，惟太僕寺卿徐熿、翰林修撰沈懋學二聯猶存。』此詩首句『暫借曇陽作首陽』，則寄詩時文介石正居曇陽觀也。文祖堯《明陽山房集·寓曇陽觀》詩：『避地移來到上方，灑然脱却是非場。竹籬曲曲喧俱寂，庭樹深深暑亦凉。門外風塵雖擾攘，山中日月自舒長。逢人莫道滄桑事，底事從來未易量。』按文介石歸滇時，投贈詩文甚多，今雲南刊其遺集，附有《萬里贈行》一卷，封面四字歸莊題，並有遺像，婁東朱昱寫，歷二百餘年，文氏保存未失，終得刊行，亦幸事矣。」又吴偉業《梅村集》卷七有《曇陽觀訪文學博介石兼讀蒼雪師舊迹有感》詩，兼及曇陽觀、文祖堯及蒼雪事，可資參照，今録於下：「先生頭白髮垂耳，博士無官家萬里。講席漂零笠澤雲，鄉心斷絶昆明水。南來道者爲蒼公，説經如虎詩如龍。大渡河頭洗白足，一枝榔栗栖中峰。與君相見砉然笑，石床對語羈愁空。故園西境接身毒，雪山照耀流沙通。神僧大儒却並出，雕題久矣漸華風。嗚呼！銅鼓鳴，莊蹻起，青草湖邊築營壘，金馬碧鷄悵已矣。人言堯幽囚，或言舜野死，目斷蒼梧淚不止。吾州城南祠仙子，窈窕丹青映圖史。玉棺上天人不見，遺骨千年蜕于此。先生結茅居其傍，歸不歸兮思故鄉。盡道長沙軍，已得滇池王，伏波南下開夜郎。烏爨孤城猶屈强，青蛉絶塞終微茫。忽得山中書，蒼公早化去。支遁經臺樹隕花，文翁書屋風飄絮。噫嘻乎，悲哉！香象歸何處，杜宇啼偏哀，月明夢落桃榔臺。丈夫行年已七十，天涯戎馬知何日？點蒼青，洱海白，道路雖開亦無及。」按《南來堂詩集》（八卷本）中所録蒼雪寄贈文祖堯之詩，除這一首外，尚有《寄婁東文廣文》詩，其詩云：「拋却宫墻飯足窩，寄居蕭寺苦頭陀。西山久待何來晚，一片青氈占幾多？」則本詩題所謂「讀蒼雪師舊迹」者，即此二詩歟？

〔暫借曇陽作首陽〕謂國變之後，暫避居於曇陽觀中，此舉正如伯夷、叔齊於朝代更迭之際隱於首陽山也。　曇陽：指曇陽觀。　首陽：即首陽山，相傳爲伯夷、叔齊隱居處。

〔嚼來苜蓿菜根香〕此句總述文祖堯避居曇陽觀中清修自適之狀。　苜蓿：原産西域，漢武帝時由張騫自大宛傳入，又稱懷風草、連枝草等，可作飼料或肥料，亦可食用。

〔羞髡白髮思親友〕謂髮白年老而遭逢國變，却羞於剃髮逃禪，乃因思念故鄉親友所致。　髡：讀如「昆」，指剃去毛髮。

〔好戴黄冠歸故鄉〕承上句，謂宜於身著道士衣冠而歸還故鄉。　黄冠：道士之冠。

〔僮僕十年連性命〕言所帶童僕已跟隨十年而不棄，甘與主人性命相連。

〔也知賦愛生同止〕此句詰屈難解，似有文字乙倒或錯漏，姑存疑。又，此句下，王本旁小字云「五字疑」，未列異文。

中秋無月

争道今宵分外圓，彌天風雨却無端。山僧也自能隨俗，剔起琉璃當月看。

【箋注】

〔剔起琉璃當月看〕剔：點燃，點起。　琉璃：指玻璃燈。

題顧樵水畫

松下無人一局殘，山空松子落棋盤。神仙更有神仙着，畢竟輸贏下不完。

【箋注】

〔山空松子落棋盤〕唐韋應物《秋夜寄丘二十二員外》詩：「山空松子落，幽人應未眠。」

〔神仙更有神仙着〕着：（下棋的）計策、手段。

辛卯九月十八日，值先楞師忌辰，以杯水作供。悲感之餘，時正秋霪初霽，霜葉半酣，携友輩一二人，信步寒山道上，不覺已至法螺庵。照斯亦潔治瓶花茗椀，佐以香蔬，展祭楞師，共憶師之見背二十七年于茲矣。撫今慨昔，時不我與，有感于衷，相與哀慟欲絶。飯罷，同至合流庵，隨喜懺禮。復沿溪深入，得一静室，把茅縛屋，乞食荒村，卓有古之住山家風。少憩，越嶺穿林，尋舊路而歸，有平生足迹皆所未到處。猶聞有師姑基者，由天峰一徑直上，即記傳所載白雲端禪師開法天平有萬僧千尼處。惜足力倦極，不能往探，期以異日。至化城前，照斯别去，獨友輩隨余歸喝獅窩，已不知夕陽之在樹，掩映丹楓，真似洞口桃花，或不笑人虚度此日，因拈絶記之

一木難支大厦傾，時乎不晤感吾生。出關浮海言猶在，可似今朝道懶行。

師友情同骨肉親，死生幾度倍傷神。眼前朝代更無日，又是今人説古人。

三世年剛甲子周，汰公猶短七春秋。余今六十仍過四，落得尋山玩水游。

菊開二十七年花，忌日兒孫記不差。翁若有靈應薦取，一瓶秋水一杯茶。

座繞千花萬指攢，掀翻海口幾登壇。爲人不肯輕揩淚，終是輸他老懶殘。

【箋注】

〔詩題〕陳乃乾《蒼雪大師行年考略》：「順治八年辛卯，師住中峰。……九月十八日，一雨忌辰，師以杯水作供，復至法螺庵與照斯同遊，作詩紀事。」　辛卯：公元一六五一年，即南明永曆五年、清順治八年。　法螺庵：乾隆《江南通志》卷四十四《輿地志·寺觀二·蘇州府》：「法螺庵在府寒山，上有二楞堂，爲中峰下院，勢如旋螺，徑絶幽秀。」又《南來堂詩集》（八卷本）卷四《看菊無東》詩題，王注云：「《蘇州府志》：『法螺庵在寒山，上有二楞堂，爲中峰下院。山徑盤紆，從修篁中百折而上，勢如旋螺，故名。徑旁澗水縈迴，石梁跨之，名津梁渡。』徐波《浪齋新舊詩》：『天池右崖有默然泉洞，僧惺然獨處二年，最爲孤僻。路詰曲，蛇行乃可上。余住山五年，只兩到耳。……』按默然洞，查府縣志及《百城烟水》等書，均無記載，僅賴此詩知當時人迹罕到處確有此洞，且有其主人，而此題所久待之洞主，或即惺然也。」又明姜垓《法螺庵秋居同徐枋作》詩：「寂寞重陽後，秋林晚更花。月高沙宿雁，風勁樹翻鴉。卷幔丹梯遠，懸燈竹院斜。定知愁病日，坐穩勝還家。」清厲鶚《寒山尋趙凡夫隱處有法螺庵千尺雪諸勝》詩：「寒山寒氣貯春餘，入谷風烟更翳如。崖接扶闌疑蜀棧，樹懸飛雨想匡廬。緇流尚記人偕隱，青竹今無客著書。勝絶未能千日住，楓橋漁火暗村墟。」又清沈季友《法螺庵》詩：「策杖尋西麓，禪林別有天。晴巒滴翠雨，細竹引紅泉。古佛旋螺頂，山僧玉版禪。杳然迷出處，雲鳥亦蕭然。」

〔出關浮海言猶在〕《論語·公冶長》：「子曰：『道不行，乘桴浮於海，從我者其由與？』」

〔掀翻海口幾登壇〕謂屢登壇講法而口吐妙語，前人莫可比擬。　掀翻：推翻；翻轉。　海口：誇張而曼妙的話語。

〔終是輸他老懶殘〕懶殘：指傳説中唐代衡嶽寺僧人明瓚，因其性疏懶，而又好食殘羹剩飯，故時人稱之爲「懶殘」，亦曰「懶瓚」。《太平廣記》卷九十六《懶殘》（出《甘澤謠》）：「懶殘者，唐天寶初衡嶽寺執役僧也。退食，即收所餘而食，性懶而食殘，故號『懶殘』也。晝專一寺之工，夜止群牛之下，曾無倦色，已二十年矣。時鄴侯李泌寺中讀書，察懶殘所爲，曰：『非凡物也。』聽其中宵梵唱，響徹山林，李公情頗知音，能辨休戚，謂懶殘經音凄惋而後喜悦，必謫墮之人。時將去矣，候中夜，李公潛往謁焉。望席門，通名而拜，懶殘大詬，仰空而唾曰：『是將賊我！』李公愈加敬謹，惟拜而已。懶殘正撥牛糞火，出芋啗之，良久乃曰：『可以席地。』取所啗芋之半以授焉。李公捧承，盡食而謝，謂李公曰：『慎勿多言，領取十年宰相。』公又拜而退。」

附録一：蒼雪大師行年考略

陳乃乾

庚辰孟秋，王培孫先生以所注《南來堂詩》付印，俾予讎校，循誦數過，於蒼雪大師之事迹，粗知梗概。爰依年編次，寫爲一卷，其同時法侶詩友之可考者附焉。寒家自兵燹以來，篋藏盡散，索居孤島，穊借無門，今撰此編，蓋不勝疏略之憾云。海寧陳乃乾。

師名讀徹，初字見曉，後更蒼雪，別號南來，雲南呈貢人，俗姓趙氏。

父碧潭都講僧。

母楊氏。

姊妙德。

《滇釋紀》：「妙德比丘尼，呈貢人，姓趙氏，乃蒼雪法師之胞姊也。童年祝髮於昆明城南清净寺，履止敦樸，惟戒確守，衣鉢之餘，分寸不蓄，篤志精修，一無虚日，常領衆數十，時謂滇南尼衆之善知德也，每爲大族所重。世壽七十餘，終於本寺。」集中《寄徒三和書》言「一姑婆亦不知近作何狀」，指此。

明神宗萬曆十六年戊子，一歲。

正月初二日生。見集中《丁丑歲朝》詩及《六十酬諸法友》詩。

錢謙益《蒼雪大師塔銘》：「師面目刻削，神觀凝睟。」

《賢首宗乘·本傳》：「師貌古眼豁，神澄氣壯，出言成文，意趣風生，標格韻致，渾如晋代人物，雖脱略世相，舉動之間，事多冥會。」

《滇釋紀·本傳》：「師慧性敏達，若生知然。」

是年，古心如馨四十六歲，雪浪洪恩四十四歲，洞聞法乘三十七歲，朱白民鷺三十六歲，耶溪志若、董玄宰其昌並三十四歲，陳眉公繼儒三十一歲，碧空性湛二十六歲，一雨通潤二十四歲，巢松慧浸、雪山慧杲並二十三歲，若昧智明二十歲，文湛持震孟、文彦可從簡、曹能始學佺、鍾伯敬惺並十五歲，姚現聞希孟十歲，錢受之謙益七歲，廖傅生孔悦五歲，文啓美震亨、蕭伯玉士瑋並四歲，石林道源三歲，汰如明河一歲。

按師與汰如生年月日皆同，集中《贈汰公》詩：「同年月日長時辰，丁丑還同拜五旬。」可證也。近年陳援庵先生《明季滇黔佛教考》獨謂師生萬曆十五年，不知何據。

萬曆十七年己丑，二歲。

是年，華亭董玄宰舉進士，呈貢文介石祖堯生。

萬曆十八年庚寅，三歲。

是年，耶溪講《楞嚴經》於蘇州，吴縣徐元歎波生。

萬曆十九年辛卯，四歲。

是年，吴郡趙靈均均生。

萬曆二十年壬辰，五歲。

是年，碧空得雪浪印心，葛屺瞻祠部延主金陵天界寺，開闡《華嚴》經義；耶溪講《法華經》於杭州靈隱寺；桐城吴本如用先舉進士。覺浪道盛生，太倉王烟客時敏生。

萬曆二十一年癸巳，六歲。

是年，耶溪講《楞伽》於杭州净慈寺；攝山僧素庵真節卒，年七十五歲；晉寧唐大來泰生。按大來即擔當和尚普荷，其祝髮在師圓寂之後一年，故集中皆稱其俗名。

萬曆二十二年甲午，七歲。

是年，石林禮智林寺明公爲師，支浮戒岳生。

萬曆二十三年乙未，八歲。

是年，月潭廣德自雲栖出遊，遍參諸方；吴郡張德仲生。按德仲無考，明亡後隱居，集有《詠張德仲躬耕東朱》詩。

萬曆二十四年丙申，九歲。

是年，交光真鑑作《楞嚴正脉》成，長洲徐武子樹丕生。

萬曆二十五年丁酉，十歲。

是年秋，月潭至北京講《華嚴宗旨》，旋歸南京天界寺。

萬曆二十六年戊戌，十一歲。

師至鷄足山寂光寺依水月。

《滇釋紀·本傳》：「童年隨父祝髮於昆明妙湛寺，至鷄足山寂光寺，爲水月禪師侍者。」

《賢首宗乘·本傳》：「師方十一歲，送鷄足山寂光寺，依水月法師爲沙彌。」

《鷄足山志》：「儒全號水月，昆明人，萬曆初年，禮古林爲師，後與朗目同參，遍歷大方，海內宗匠，無不印可。一日，至峨眉山四會亭，得琉璃三昧，後歸主寂光寺。」

是年，報恩寺塔頂傾側，雪浪領衆乞於都市，施者麕集，遂得修復；剖石弘璧生，常熟毛子晋晋生，長洲楊曰補補生。

萬曆二十七年己亥，十二歲。

師住寂光寺。

是年，含光照渠生，三宜明盂生。

萬曆二十八年庚子，十三歲。

師住寂光寺。

是年，江陰周仲榮榮起生。

萬曆二十九年辛丑，十四歲。

師住寂光寺。

是年，漢月法藏受戒於雲棲，道開自扃生，吴縣席寧侯本禎生。

萬曆三十年壬寅，十五歲。

是年，耶溪栖息杭州永福寺，見月讀體生，智光德本生。

師住寂光寺。

萬曆三十一年癸卯，十六歲。

是年，達觀真可被逮，卒於獄，年六十一；徐州萬年少壽祺生。

師住寂光寺。

萬曆三十二年甲辰，十七歲。

是年，成都莊宜穉祖誼舉進士。

師住寂光寺。

萬曆三十三年乙巳，十八歲。

是年，董玄宰以湖廣提學副使致仕，唐大來補弟子員，巨冶濟教生，微密真詮生，繼起弘儲生。

師住寂光寺。

萬曆三十四年丙午，十九歲。

師出發參方，由滇至蜀，與扈芷廣育偕行，達金陵，受具於古心。

錢謙益《蒼雪法師塔銘》：「年十九，慨然遠遊，孤筇萬里，叩《楞嚴》於天衣，受十戒於雲棲，受滿分戒於古心律師。聞雪浪晚棲望亭，往參焉。」

《賢首宗乘·本傳》：「年十九，發志參方，屢出屢爲師所制。一日發憤，三日三夜奔，至雲南省城，乃得脱。自此孤瓢隻影，悠悠萬里，得達金陵，時當古心和尚開戒於靈谷，師乃進具毗尼焉。行至浙江會稽，習《楞嚴》於耶溪法師，復至金陵，叩《法華》於石頭和尚，皆無所得。聞雪浪大師晚棲梁溪望亭，師往參焉。」

陳繼儒《蒼雪詩稿》序：「蒼雪上人自滇遊峨眉，遇扈公，裹包笠偕來入吴，禪誦吟詠，如天親無着。兩兄弟嘗結制余山中，余與之倡和甚數。」

按集中《度黔中鐵索橋》《登文殊頂》《秣陵關》《雨花臺》《金山寺》《自樅陽至桐城》《國清寺》《西湖雁宕山》《黄山》《黄海》諸詩皆此時途中作。

汰如亦以是年自通州南遊，參叩諸大師門。

按師與汰如同爲一雨上首弟子，時人並稱蒼汰，一生遭際無所不同。師嘗作《六同》詩，謂同師門、同行脚、同轉法、同住山、同起廢、同護法也。

萬曆三十五年丁未，二十歲。

是年，友竹傳波生。

雪浪接衆於望亭，師往參焉。

《賢首宗乘·雪浪法師傳》：「晚年接衆於望亭草庵，日則運水擔薪，普濟飢渴，夜則隨緣説法，開導昏蒙，二利並興，學者翕集。」

是年，一雨南遊武林天目；三際性通講《法華經》於婁東隆福禪堂，王文肅公錫爵特建潮音庵居之；石林受具於古心；與樂勝慈生。

萬曆三十六年戊申，二十一歲。

冬，雪山慧杲卒，一雨自武林歸，賦詩哭之；十一月十五日，雪浪亦卒，一雨爲位於水田庵，附雪山祭焉。

師從巢松聽講《唯識論》，茫無所解；歲除賦詩，一時傳誦。集有《巢師雲隱講期水仙居對雨同社分韻》詩。

錢謙益《蒼雪大師塔銘》：「雪浪没，巢松浸開講甘露寺。師年廿餘，古貌稜然，敝衣下坐，除夕奮筆呈詩，大衆驚異。」

《賢首宗乘·本傳》：「雪浪大師没，巢師開講於吴之雲隱，師乃進謁，聽演唯識，茫無頭緒。歲除，賦詩有云：『一歲若教無此夜，百年那得暫閒人。』友人巢雲拍案叫曰：『吾黨今夜盡可擱筆！』内外喧傳，師之詩名實基於此矣。」

按集中有《壬戌山居除夕》詩云：「天地滿蓬塵，吾廬一掃新。若教無此夜，那得暫閒人。瓦雪融松火，瓶梅破凍冰。自來漂泊慣，不覺寂寥身。」三、四兩句與《賢首宗乘》所引合，惟一爲五字，一爲七字耳。考壬戌爲天啓二年，適當巢松圓寂之歲，師亦年三十五矣，詩之不作於是年可知。「壬戌」二字當是傳鈔相仍之誤，或早歲本有此七言二句，壬戌年復改入五律歟？

又按《寶華山志》載讀體《除夕次蒼雪韻》五律一首，與此詩僅易數字，當是選詩者誤讀徹爲讀體，而傳鈔孳誤，字句遂因而小異。考其時讀體在滇，年尚童稚，不得與師酬和也。

一雨以師友既喪，思欲静居立言，因卜居於海虞秋水庵。

按師從一雨，不知始於何年。集有《侍二楞師初住藤溪》詩、《侍雨師藤溪休夏》詩、《藤溪平野堂雨師命同聯句》詩。藤溪在虞山，當即居秋水庵作也。

是年廬山僧若昧由黄巖移住開先寺，三際講經於練川西隱寺，石林從巢松聽講《楞嚴》《法華》《唯識》《起信》諸經論。

萬曆三十七年己酉，二十二歲。

一雨應匡雲性淳之請講經金陵，休夏於斷臂崖。冬，升天界之座，師從之聽講。

是年，朱蘭嵎太宰建石頭庵於金陵碧峰寺左，延藴璞如愚居之；開先寺僧智明建華藏閣，古心説戒於鄧尉聖恩寺，漢月受具於靈谷，吴縣蔣賓容一鷺舉進士，聞照寂覺生，婁東吴駿公偉業生。

萬曆三十八年庚戌，二十三歲。

春，一雨天界寺解制。冬，講《法華》於鷲峰，師從之聽講，始豁然通悟。此後數年中，一雨講筵所至，師殆無役不從。

《賢首宗乘·本傳》：「神宗庚戌，參雨師於鳳山，乍聽《楞伽》，猶然故我，十晝夜對卷癡坐，雙目逼如赤桃。及聽『三自性』章，恍如枷鎖墮地，種種憎愛忻怖，莫不帖然。自此經論觸目，一皆冰釋無滯，行住坐卧，惟覺大快而已。」

巢松主華山講席。集有《春懷華山巢松師》詩，當作於此後數年中。《賢首宗乘・巢松法師傳》：「此山雖自浪師開講、麓師演化而規模湫隘，師至，擴而新之，山靈面目，頓然改觀。」

是年，漢月住海虞之三峰，錢受之以第三人及第，緣中普經生。

萬曆三十九年辛亥，二十四歲。

春，一雨訪巢松於華山；夏，至苕溪，居福山禪院；冬，應講蘇州慧慶寺，撰《唯識集解》十卷成。

是年，含光禮化城庵悟宗師出家；練川諸護法創真際庵，延三際主之；無學如能撰《楞伽接響》成，自均本懷生，德風書傳生。

萬曆四十年壬子，二十五歲。

春，一雨講《楞伽》於蘇州雲隱庵。

萬曆四十一年癸丑，二十六歲。

春，一雨講《唯識論》於蘇州桃花塢之北庵，主者不協，僅及八卷而止。

是年，玉庵真貴撰《楞伽科解》十卷成，含璞戒珠生。

萬曆四十二年甲寅，二十七歲。

一雨講《楞嚴》於胥江餘慶庵，嗣開講於金山甘露寺。

汰如始謁一雨於金山。

萬曆四十三年乙卯，二十八歲。

秋，一雨自金山南遊於考室，山中得瑷禪師故庵，將終老焉。冬，復還金山。

明河《二楞大師無住迹》：「乙卯，解衆而南，甘露主人曰：『法燈停一刻之照，亦足啓蒙廓蔽。』固請弘經，師曰：『去而來，訂以是冬。』故金山衆不以師行爲別而苦。秋杪，挈一杖問雲嶺，上考室，山中得瑷禪師故庵，庵面太湖，背西磧、潭彈二山左折，層松障天，過小石橋而西爲蟠螭，與松門石幢影相望，屋與山際，山與水際，天秋無雲，七十二螺，洞庭雙翠，統之入指頭也。春來梅花不知其幾千萬樹，寒香冷暈間，泠然鐘磬，莫識路從何入，探梅不至，是觀止於光福玄墓間，殆未見梅花也。師喜曰：『山水之奧，衰暮所宜，吾老於是。』庵久廢爲民居，居者索直，師笑而無對，城中諸居士受法者共成之。或問師曰：『住此何先？』師曰：『種竹。』以庵少竹也。賦詩曰：『且罷栽松事，仍添種竹心。擬將一片地，轉作萬重陰。帶雨生新緑，因風送好音。衰年無可意，猶望速成林。』未幾，甘露主人至，師曰：『奈何乃行眉之攢也？』期中大雪，寒甚，師憶鐵山梅花新蕊，竹新栽，力不勝，恐見壓，爲之愁心，學人得法喜，如在春風中坐，不知也。」

吴與則正己舉於鄉。集有《贈吴與則孝廉》詩。

是年七月，蓮池袾宏卒，年八十一；十一月，古心卒。

萬曆四十四年丙辰，二十九歲。

一雨自甘露寺解制，歸鐵山；秋，應講餘慶庵。

汰如謁一雨於鐵山，尋入閩。集有《吴門送别汰公》詩、《送汰公之宣城》詩。

是年，耶溪再應講於吴中如意庵；靖江縣民沈其旋倡捐，爲戒衲洪注海門建楞嚴庵集有《楞嚴庵洪公故居》詩；支浮至廬山東林寺，從三昧寂光受具足戒，繼至五乳峰參憨山，憨山以自著《華嚴綱要》授之；蕭伯玉士瑋、申青門紹芳舉進士。

萬曆四十五年丁巳，三十歲。

一雨居鐵山五年，師從焉。集有《二楞師閉關》詩。

汰如自閩歸，與師同居鐵山。集有《喜汰公雁宕遊歸》詩。

明河《二楞大師無住迹》：「歷丁巳、戊午、己未、庚申，凡五閲歲，絶影人間，改鐵山爲二楞庵，自稱二楞主人，於是疏《楞伽》《楞嚴》二經故也。」

錢謙益《蒼雪大師塔銘》：「依一雨潤於鐵山，與汰如河師並爲入室弟子。雪浪之後，巢講雨筆，各擅一長，二師殆兼有之，諸方所謂巢、雨、蒼、汰者也。」

《賢首宗乘・本傳》：「師與汰公爲雨師上首弟子，凡雨師瓶錫所至，挾持左右，綱領大衆，若性若相若圓融具德之學，一皆窮源極奥，昔之稱巢、雨者，此時稱蒼、汰矣。」

是年二月朔，耶溪回永福寺，九日示疾，次日坐化；六月，月川鎮澄卒。

萬曆四十六年戊午，三十一歲。

師從一雨住鐵山。

明河《二楞大師無住迹》：「師之住鐵山也，家風一味淡苦，執爨、拄扉、剔釜皆躬之，故庵中無坐食人。一年除夕，師自舉一大桑樹根生火堂中，換香水。師火前向佛坐，河與蒼雪侍坐，向火燒芋食。雪大作，屋垂欲壓。河、蒼雪各賦一詩上壽，坐以待旦，柴門十餘日不啓，雪欲待人，而殘不可得也。師勤學者懶，欲終杜門謝之，是輩不以門杜而不來；以講説妨靜，欲終杜口謝之，是輩不以口杜而不請。至無可奈何，曲應之。一日過經二十紙，上首白，略裁則説無勞、聽易領，師正色曰：『汝看我甕中米多少？』入門未有不攢貼相容，尚遭嚴拒如此。其視曲惠以囿學士、厚貌深詞以固其藩者，聞師之風，亦應少愧。」

聖恩寺僧曇華鑄法華鐘，歷時廿載，三鑄而成。集有詩。

萬曆四十七年己未，三十二歲。

師從一雨住鐵山。

是年，曹能始等延覺浪結制羅山；北京敕建金剛寺成，沈銘縝淮延蘊璞主之，春冬講論，日繞數千指；姚現聞成進士，顧茂倫有孝生。

萬曆四十八年即光宗泰昌元年**庚申，三十三歲。**

巢松退居水田方丈，一雨繼主華山，師從焉。

《賢首宗乘・巢松法師傳》：「至泰昌元年，謂門弟子曰：『吾可以弛擔矣。』遂請雨師以謝院事，自歸水田方丈。」

明河《二楞大師無住迹》：「既而巢師自華山遷望亭，與師書曰：『鐵山且置，華山，兄之華山也，敢請。』師曰：『華山且置，丈室，老人之丈室也，不敢。』辭將行，鐵山人曰：『師捨此而去耶？』師曰：『華山人謂我住此而來也，可乎？幸無置我於去來相中。』是冬，泰昌改元，爲昇支道林講座，談經兩月，祝聖萬壽。

是年，三昧自東林移主金陵寶華山；憨山德清自廬山往曹溪；碧空講《法華》於獅子窟，勝慈往依止焉；含光聽法於巢松；董玄宰起爲太常寺少卿，掌國子監司業。

熹宗天啓元年辛酉，三十四歲。

春，一雨昇天界講座；冬，講《楞伽合轍》於蘇州慧慶寺。集有《奉和二楞師元旦》詩。

明河《二楞大師無住迹》：「天啓元年辛酉，鍾祠部爲師結雨花社於南都天界寺，破雪來迎，師曰：『天界，吾鹿野苑，不至此十二年矣。無是，或一往向半峰雙檜間問故人在否，况命我乎？』是會，社中人人義龍行且作雨，義天唯師一點耳前，是巢師連應鐵甕石城二集，名高衆盛，諸龍或在或否，概以桓宣武置酒李勢殿，視高坐，恨人不見王大將軍，故爲是舉，而師莫之知。期終，至燕子磯，賦《蘆花江上月》，一宿乃還。師疲於津梁，有匡廬終老之志。昧師實啓之，以二《合轍》初出案一雨著《楞嚴合轍》十卷、《楞伽合轍》八卷，非親宣不可；適慧慶、化城二剎請爲期主，慧慶，故舊會首。是冬畢《楞伽》，明年壬戌，《楞嚴》則化城庵也。」

巢松卒，世壽五十六。

是年，支浮隨三昧至南嶽，居雉潭蘭岩；勖伊佛閒受具足戒於天祐，尋往天界寺投月潭；剖石從漢月圓具，開先寺僧若昧造七佛樓，姚現聞授檢討，吉水劉晋卿同升舉於鄉。

天啓二年壬戌，三十五歲。

師從一雨居華山。

靈石道淳還蜀，未幾坐化。集有《送淳公還蜀》詩、《懷蜀友石公時聞成都有奢酋之警》詩，又《華山除夕有懷扈芷弟》詩，亦當作於是年。

是年，智光披剃於六合千佛庵，巨冶從觀法師批剃；微密從大觀山虛中批剃，受具足戒於天祐；文湛持成進士，延對第一，授修撰；張静涵有譽賜進士出身；董玄宰兼翰林院侍讀學士，纂修《實録》；雲音道周生。

天啓三年癸亥，三十六歲。

師從一雨居華山。

巢松營葬華山。集有《水田師塔》詩。

扈芷、匡雲與陳眉公休夏山中，留連九旬始去。

陳繼儒《偶庵草小序》：「扈芷自西蜀走吴，顧獨與董玄宰、章青蓮、徐九玉、眉道人爲詩友，嘗與蒼雪、匡雲休夏山中，打松子作爨，余爲煮蔬蒸菌，留連者九旬始去。」

是年，破山寺僧洞聞卒；十月，憨山卒，年七十八；自均投蒲庵愼獨律師剃度，緣中禮城西賓月庵自公爲師，慧開空朗生；三月，吴本如以侍郎總督薊遼；董玄宰遷少詹事，掌南京翰林院，轉禮部右侍郎。

天啓四年甲子，三十七歲。

二月，一雨講《華嚴玄譚》；五月，解制；八月，移住中峰；九月十八日，坐化，世壽六十。汰如繼主院事。

明河《二楞大師無住迹》：「華山僧有以忍苦致稱者，請弘《華嚴疏鈔》，師以時久費浩不許；請《玄譚》，許之，於甲子春二月昇座，五月，告終期，後一病不起，法音不復更舉。是秋八月，還中峰，猶能接王安衆，若爲無病人者半月。一日，一紙示大衆，視之，乃遺囑也；是日，坐脱於中峰禪院。師生於嘉靖之乙丑五月五日，化於天啓之甲子九月十八日，閲世六十，坐夏四十有六。將化前一夕，命衆鳴魚念佛，自疊膝合掌，口朗朗。至夜半，命輟魚，但用引磬一人。及明，聲始絶，面色轉紅，頂門如火，氣漸微，至巳乃盡，身不欹，手不開，儲器從俗，故舒而斂之。師之法子蒼雪與河狎主院事。」

時中峰久爲王氏産，至是，仍捨爲佛寺，且立券證焉。

《中峰大殿落成》詩，自注：「山爲王文恪公所有，四傳而至伯眞君，不以爲松楸，仍還佛地。」

明河《二楞大師無住迹》：「初，師移華山二楞庵，空虚魔來問鼎，鼎遷而師不問。至是，西城王伯貞居士正信佛乘，奉師爲大和尚，願永捨中峰爲二楞庵。將死，命其子，其子能行父志。師始以病辭，既思中峰與華山密邇，且俱爲支公勝地，曰死於彼，使王氏父子善因成就。」

文震孟《重復中峰禪院記略》：「昔晋道林支公於吴有勝緣焉，迄今千餘年，猶多遺迹，華山其講院也。南峰、北峰、中峰則志所稱冬茅椒、夏石室處也。我明弘正間，佛法陵夷，珠宫紺宇往往入豪貴家。南峰既廢爲墟墓，而中峰亦歸于先正，王文恪公四傳至太學君永思，且死，遺言仍還净域。是時，講師一雨潤公卓錫華山，通曉禪理，緇素歸心。王因以地畀之，佛光再朗，寶地重新，吴山之靈咸爲明證矣。潤公旋即遷化，二三同志以禮延其高足汰如河公于白下，嗣主院事，請余一言垂諸永永。」

彭紹升《居士傳》：「予嘗過支硎中峰寺，僧念庭言：寺故王氏宅，明天啓間捨爲寺以居，蒼雪法師立書契戒子孫不得有所求責，而景文、湛持、孟長三君子皆署名其後爲左證。」

師移居白門廿四松山居。集有《儀園四詠》諸作。

《賢首宗乘·本傳》：「天啓甲子，師隱居白門廿四松山居，即大司馬吴本如供高僧處也。」

冬至廣陵，居吴師利明本庵羅樹園。集有《寓吴師利庵羅樹園》詩、《重到庵羅樹園》詩、《渡江訪師利居士阻風》詩。

范鳳翼《吴氏園作四首》小序：「冬日過廣陵，吴師利道兄爲予下榻文園，而蒼雪禪師先已駐錫於此，因出所和李本寧先生詩見示，不揣□□，依韻酬之，終愧不如，碧雲秀句，更脩遠耳。時爲甲子十月。」

是年，扈芷欲還蜀，師亦有返滇之意，均未成行。

陳繼儒《偶庵草小叙》：「頃奢、安二酋逆我前行，西川稍梗，青蓮醉睨，扈公曰：『子休矣，蜀道登天，矧今日乎！』而玄宰獨謂是不足難扈公也。扈公刻詩成，挾之西歸，試爲我叩小瓦屋中辟支佛、牛山心孫思邈果否尚在。」

王培孫注集有《扈芷五十而亡》詩，知扈芷没年五十，蓋曾欲返蜀，而未成行也。

按集有《次答現聞姚太史見送還滇》詩云：「萬里孤游只等閒，天涯歷盡路間關。鄉書屢到隨拋擲，歸夢無因自往還。竹塢雲深秋色冷，楓橋月落櫓聲慳。一瓢莫道輕身去，難别吳中不獨山。」又有《留别眉公先生》詩云：「買得荒田也種瓜，結廬多半想東佘。鳥鳴得意不離樹，客到無言只看花。二十年前曾住脚，九千里外偶還家。茫茫滄海從茲别，何日逢君話歲華？」據此兩詩，知師曾作還滇之計。師離滇在萬曆三十四年，至此已十八載矣，故云「二十年」也。師遇雨師，如子得母，不忍捨離，忽動歸興，當在雨師圓寂之後。時届深秋，故云「竹塢雲深」「楓橋月落」也。師昔年自蜀至金陵，與扈芷偕行，今則舊侶同歸，亦意中事也。永寧土司奢崇明之叛，始天啓元年九月，至三年五月而敗，餘孽未靖，其時音訊阻滯，故江南人猶謂西川道梗也。又集有《寄徒三和書》云「不見汝已三十年」，知師東來以後，迄未返滇也。

是年，漢月謁密雲圓悟於金粟，含光聽法於一雨。

天啓五年乙丑，三十八歲。

師居金陵。

是年，姚現聞分校禮闈，以丁母憂南歸；嘉定李灌溪模舉進士；寒山趙凡夫宧光卒；董玄宰遷南京禮部尚書，尋謝政歸。

天啓六年丙寅，三十九歲。

師居金陵。集有《金陵千華庵唯識論解制》詩、《白門送唐大來明經北上應試》詩。

是年，湛然圓澄卒，漢月開法杭州安隱寺；四月，吴本如罷薊遼總督，緣中受戒於報國茂林律師。

天啓七年丁卯，四十歲。

師居金陵。

是年，懋德重建雲隱庵，即師昔年聽巢松講《唯識論》地也；義公湛懷卒於長干，漢月主鄧尉聖恩寺。

莊烈帝崇禎元年戊辰，四十一歲。

冬，講《楞伽》於中峰，期畢，繼汰如主院事。集有《中峰楞伽解制》詩。

《贈高松汰公》詩序：「高松汰公自白門招余講《楞伽》於中峰，時以先楞師受山未幾化去，闔郡諸檀延公主之，期將終，公乃不辭，委之而去，諸檀仍强繼之。」《賢首宗乘・本傳》：「戊辰冬，堂中法鼓忽鳴者三，踪之，寂無人。不數日，汰師在中峰遣僧使賫書請師説法，師應之。期事將終，汰師以院事卸肩爲請，師唯唯不决。汰師以常住事密整書契，給以他事別往，師送之回，侍人報云：『汰師去矣。』師歎曰：『這條擔子在我肩上耶？』衆人歡賀，師獨以爲憂。」

爲一雨建塔，請虞山錢受之爲之銘。集有《二楞大師久寂戊辰冬塔基始定志感次汰兄韻》詩、《謝撰塔銘》詩。

明河《二楞大師無住迹》：「崇禎元年戊辰十二月四日，奉全身葬於本山，表之以石。」

錢謙益《書汰如法師塔銘後》：「余爲汰如法師塔銘，狥蒼雪徹師之請，據其行狀而作也。德風脱白，於堯峰山省恒禪師會下服勤十載。」集有《德風掩關於堯峰》詩。

是年，友蒼祖嵩遊京師，召入大内，賜紫衣金鉢；熊魚山開元令吴江。

崇禎二年己巳，四十二歲。

春，董玄宰、陳眉公諸人請師講《楞伽》於松江郡西之白龍潭，期中，眉公以佘山茶筍餉諸學者，師賦詩報謝。及解制出門，執香前道者數千人，有尾追而不及一見者，從來講師之盛所未有也，眉公贈詩亦有「執香聊代去思碑」之句。集中有《自吴門之雲間》詩、《雨中望崑山》詩、《訪陳徵君東佘山居》詩、《訪汪希伯》詩、《解制志愧》詩。

秋，偕姚現聞探桂靈巖，泛舟金鷄堰，均有詩。時華山僧聞宗留滯江北，師賦詩寄懷。現聞將復官北行，致書范太蒙，以汰如、聞宗爲託，從師意也。

姚希孟《與范尚賓太蒙書》：「貴地有講師汰如及苦行聞宗駐錫吴門，皆有伽藍之寄，而檀施未集，往往香積生塵，知台翁夙因不淺，幸以神通力一振起之。弟行矣，耑以此爲託。」王培孫曰：「集中《懷聽元聞公》詩編列于《同姚太史中秋泛舟》後、《靈巖探桂》前，知爲同時所作，蓋乘與姚希孟酬對時作此詩諷之，而以聽元事囑託，而姚即爲書致范耳。」

病中，懷徐九玉，有詩。

按師《懷聽元聞公》詩云「我病何時還」，《白下懷九玉》詩亦有「卧病一峰寺」之句，又云「旅泊雖無定，住兹冬夏更」，蓋師住中峰一年矣。

是年春，廣慧湛公講《圓覺經》於蘇州；聞照從湛公剃染，發志參方，冬，結制蔣山；自均禮聞谷受十戒，繼起從漢月剃染圓具。

崇禎三年庚午，四十三歲。

師住中峰。初，一雨泊汰如之主持中峰也，僅五王祠後數椽而已，至是，始次第興建，規復舊觀。集有《過訪友人以中峰建殿因緣》詩、《華山得甘泉次高松韻》詩、《華山得甘泉友人携岕片就試同汰兄賦》詩。

《贈高松汰公》詩序：「高松汰公自白門招余講《楞伽》於中峰，時以先楞師受山未幾化去，闔郡諸檀延公主之，僅五王祠後數椽而已，期將終，公乃不辭，委之而去，諸檀仍强繼之，及余勉復舊觀，大殿次第落成。」

《中峰八詠·中峰院》下自注：「在寒泉上，又稱楞伽院，相傳支公夏居石室、冬隱茅椒，即其處也。嘉靖廢，予今仍復爲寺。」《古井》下自注：「井在峰腹，濼可丈許，甘洌異常。」《古碣》下自注：「二小石碣，方從事土木，在舊地掘出，上鐫治平，年號報恩。山中峰院及勾當行者、福能一吴姓一張姓者曾有小施，聊記姓名歲月而已，時旁有二同姓者見之，恍若前身，遂大施助成，亦一奇事。」

《賢首宗乘·本傳》：「十年之間，佛殿樓閣、禪堂齋堂、丈室僧寮、厨房浴室，靡不悉備，内外焕然，山林一新，爲吴中名刹，凡名公巨卿、文人韻士，靡不偕來優游其下，連宵連旦，散花供石，問法而歸，如文文起、姚現聞、錢牧齋、吴駿公、王烟客、李灌溪、楊維斗、毛子晋諸名碩輩，皆謂師爲山林經濟、佛法司南。」

又：「師建大殿，采石柱於山岩，匠氏遍探，無可運斤之地。師夜夢跨馬，神人指其所，明晨尋至，一同夢境，指匠采之，一殿之柱，無欠無餘。浚一古井，建亭覆之，得兩石碣，姓字與今施主全同。」

潘耒《中峰講院興造碑》：「中峰講寺，創自支公，興廢不一。明季始還爲梵宇，一雨法師肇開講席，蒼雪法師繼之，雷轟雨霈，法化大行。吴中講堂，惟中峰、華山二刹最盛。」

李果《游支硎中峰記》：「中峰乃支硎山三峰之一，晋支道林道場也。去城二十五里，在龍池山東北。山多平石，故名支硎。《吴都賦》云『右號臨硎』，即此。峰在山之半，望之隱然。由山麓循路而上，細澗有聲，汩汩與落葉相亂。寺初名『楞伽院』，入門有石幢一，清壑道人所建也。西南有南來堂，前明萬曆中蒼雪徹師從滇南萬里而來，因以名之。蒼公博涉内外典，嘗於中峰建殿買田。其詩筆妙天下，文文肅震孟、姚宫詹希孟、王太常時敏、隱君周茂蘭、徐波諸公皆與之游。虞山錢尚書謙益至，願居弟子之列，可謂賢矣。稍北爲寶月堂，有泉曰『寒泉』，在南來堂之前，飲之而甘。寺僧云：『蒼公從事土木時，有杜白雨者指庭中地脉曰：此當有泉。鑿之不三四尺，見石版仆碑卧其上，啓視，一泓瑩然，深丈許。』紫岩居士虞宗臣書『寒泉』二字於山麓，其以是歟？南曰『覃思室』，古梅一株，老幹槎枒，二百年物也。又西曰『冬青軒』，樹高一丈餘，雜以修竹，蒼公畏寒，冬則居之。面東有樓曰『水明樓』，凡東南遠近之山，可以送目，於月夕尤宜。曰『水明』者，取杜詩『殘夜水明樓』句也。樓下有方池，多碧螺，無尾。出中峰院，稍西，有鶴飲泉、喝獅窩、馬迹石，迹大於虎印，石如泥，支公養神駿遺迹也。」

是年，漢月開堂於鄧尉，聞照還吴中，從之受具足；萬年少舉於鄉，鄭敷教與楊維斗廷樞、陳卧子子龍、夏彝仲允彝等同舉應天鄉試。

崇禎四年辛未，四十四歲。

師住中峰。

是年，勖伊讀藏經於半峰庵，足不越户者三年；五月，若昧遊西昌，示疾於净土蘭若，六月坐化，年六十三；董玄宰拜禮部尚書，掌詹事府事；吴駿公舉會試第一，殿試第二；韓芹臣四維舉進士，曉庵覺了生。

崇禎五年壬申，四十五歲。

師住中峰。

校刻一雨所著《維摩詰所説經直疏》三卷。按一雨合釋《維摩》《思益》二經，至是，先刻《維摩經》，而《思益》卒未付梓。

是年，聞照參密雲於育王，自均從漢月圓具足，見月從亮如披剃於鳳尾西山放光寺，吴江朱白民卒。

崇禎六年癸酉，四十六歲。

師住中峰。

夏，久旱得雨，作《題十名山》詩，自序云：「海内名山但曰十者，或予所親遊與夫卧遊，亦或有寄想送别，蓋因人以存其山、因山以存其人，僅得十而已，非專詠其山，他則猶有所未逮也。」

秋九月初三，姚現聞偕長子文初及徐元歎過中峰，留宿一滴齋。集有《與汰公分賦》詩。

是年，無爲如學説法於金陵祇陀林，七月廿二日示寂。

崇禎七年甲戌，四十七歲。

師住中峰。

瞽醫胡白叔梅買石建二幢於天池華山。集有《胡白叔豎就石幢於中峰因入山作禮而去》詩。按白叔建幢，不知年月，惟錢謙益《乙亥贈詩》有「綺語未成先欲懺，炷香遥禮二幢僧」之句，知爲乙亥以前事。

夏四月八日，文震亨招集緇素禮佛香草垞。集有詩。

秋閏中秋日，林若撫雲鳳、陳季采過訪，留宿山中。集有詩。

是年一如照真重修廬山西林寺成，方拱乾爲撰碑記；董玄宰以太子太保致仕。

崇禎八年乙亥，四十八歲。

師住中峰。

夏六月十七日，和陳百史名夏卿雲詩。

是年，繼起得法於漢月；七月，漢月示寂於鄧尉聖恩寺，剖石繼席；西竺傳衣鉢於勝慈；文湛持陞少詹事，旋晋禮部侍郎兼東閣大學士，十月罷歸。

崇禎九年丙子，四十九歲。

師住中峰。

中峰大殿落成，文湛持爲題「中峰禪院」額。集有《大殿落成呈湛持文相國及諸檀護》詩、《徑山僧雪嶠圓信過訪集南來堂分韻賦》詩。

陳百史歸自雁宕，劇談其勝，師爲賦詩。

秋，往皋亭月明庵，禮請汰如來中峰開講《華嚴玄談》。集有《夜泊皂林》詩、《泛舟武林訪印公》詩、《自雲栖過西湖雜詠》詩、《梅花庵》詩、《雲度山堂新建》詩、《和雲度月夜坐蒲萄架下》詩、《月明庵禮請汰公》詩、《中峰法會和林若撫韻答汪孺石檀護見寄并惠齋糧》詩、《丙子期中除夕是年他宗門諍幾破和合衆》詩、《中峰玄談解制》詩。

是年，文照還吴，始謁汰如，勝慈主法鷄鳴寺；吴駿公主試湖廣，崑山張鴻一立廉舉於鄉，碧空卒，三際卒，董玄宰卒；姚現聞卒，文湛持哭之慟，未十日亦卒；廖傅生卒。

崇禎十年丁丑，五十歲。

師住中峰。

《賦歲朝》詩自序云：「余生戊子，迄今新正，年俄半百，世歷四朝，幾經征役下遺，幸以山林或免。正慚世既無裨，僧徒濫厠，况復邇來不無人琴感切，多恐法愛有孤，彌深内恧，莫知所報。」與汰如合作百歲壽筵，賦詩稱慶，一時號爲勝集。集有《贈汰公六同》詩，自序云：「開歲同慶五衮，喜感交并，賦得七言近體六章以紀之，公隨見和，乃分爲六同。」蓋謂兩人遭際無所不同也。

與汰如訂分講《華嚴疏鈔》之約，以九會爲次第，一歲兩期，互爲主賓。

《賢首宗乘·本傳》：「崇禎丁丑正月，師壽五十，與汰師合作百歲壽筵。二師自此遂訂分講《華嚴疏鈔》之約，謂曰：華嚴一宗，自我雪浪大師掃除疏注、單提本文以來，沿習日久，後之主教者惟尚穿鑿，多逞胸臆，古人所立教觀，置而不問。若我兩人今不提倡，則大經教綱自此滅裂，不復整矣。」

又《汰如法師傳》：「崇禎十年春，與蒼雪徹師約曰：『白文經四方傳演雖盛，然昧旨者多，得旨者少，我二人若不扶，《大鈔》之教觀宗旨日久日衰，必至邪説亂行矣。』」

錢謙益《蒼雪法師塔銘》：「師謂《華嚴》一經，經王法海，非精研《疏鈔》，不能涉其津涯、窮其奥窔，遂與河師訂分講之約。河師住華山，師住中峰，一歲兩期，踐更周遭，東南法席，於斯爲盛。」

又《南來堂集·題辭》：「余謂蒼老之於法門深心誓願，渺金石而渡河砂者，在與汰師互演《大鈔》，燃《雜花》千年垂絶之燈，此蓋清凉現龍之分身蜿蜒青冥百千數變之一耳。」

萬年少至吴。集有《雪中喜萬年少至》詩。

黄子羽翼聖洎僧養素購復吴中昭慶寺。集有《昭慶寺重復自養素耆宿》詩。

是年，普潔、普經重建吴中寶月庵，貝岩性實講《楞嚴》於靈谷寺；見月從三昧受戒於丹徒海潮庵，返居揚州石塔寺；文啓美北上就選，特授中書舍人；鄭敷教舉賢良方正，以母老辭；劉晋卿舉進士第一，高彙旃世泰舉進士。

崇禎十一年戊寅，五十一歲。

師住中峰。

汰如、道開校刻《華嚴教義章》，師爲撰《華嚴教義章説》。

德風始來，從師親炙者十有八年。

黄子羽以薦授四川新都縣令。集有《送黄子羽之任成都》詩。

劉晋卿以劾楊嗣昌謫福建按察司知事。集有《和劉太史閩遊詠荔枝》詩。

一門住攝山。集有《送一門至淮上》詩。

十一月八日，吴中能仁寺浚井，得鄭所南《鐵函心史》。能仁寺亦名雙峨寺，僧穹玄居之。集有《贈穹玄七十》詩是也。

雪松本瑞重建青松庵，申敬中用懋爲之記。集有《再過青松庵訪雪松》詩。

是年，有《除夕》詩，見集中。

崇禎十二年己卯，五十二歲。

師住中峰，有《元旦》詩，又爲汰如作《圓覺蚊飲序》。

徐元歎五十，師賦五古五十句爲贈。

秋，徐元歎、黄奉倩承聖子羽過中峰，兩宿一滴齋，與汰如、道開、佩子分韻賦詩。

是年二月，楚璽迎三昧，住華山定水庵；貝岩主法金陵水草庵；月潭應講雲栖，未幾反白下，尋卒，年七十，勖伊繼主天界寺；上生明隱至金陵鷲峰寺，受業微密之門；含璞披剃於溧陽七寶寺；吴駿公陞南京國子監司業，申維清詒芳舉於鄉，陳眉公卒。

崇禎十三年庚辰，五十三歲。

師住中峰。

春，汰如講《華嚴疏鈔》第一會於華山。集有《解制同作》詩、《高松講大鈔於華山感群鶴繞空飛鳴欲下一時播聞詩以紀之》詩。

《賢首宗乘・汰如法師傳》：「十三年春，師首倡一期，群鶴旋空飛鳴圍繞，又山後石吼聲震林木，咸以爲《大鈔》中興之祥也。」

錢謙益《道開法師塔銘》：「蒼、汰二師約踐更講《大疏》，實尸勸請汰師至華山，命爲監院，徐松之崧始與師訂交。」

《百城烟水》：「崇禎末，余偕弱翁、文將、掌文訪靈均，留止數日，遂與靈均遍遊，始晤蒼、汰二師公於華嚴講期中，時子晋同麟士、退山諸公亦至。」

汰如卒，年五十三，含光嗣主華山。集有《聞汰公訃音一夜成四詩哭之》詩、《臘月初四日送汰兄入龕》詩。

《賢首宗乘・含光法師傳》：「崇禎庚辰，高松主金陵報恩，講肆人集萬指，公與戒雷並列東西序首座，由此道香流播，望重一時。還山，未幾而高松圓寂，臨終，手授袈裟一頂，爲嗣法之冠。次呼戒雷，而戒雷已先一日逝矣。」

文照依師於中峰。

《賢首宗乘・文照法師傳》：「汰如去世，竟入南來之室。」

是年，勝慈進具於三昧，雲音剃染於寒溪寺，吴駿公晋中允諭德，方密之以智、胡其章周鼒並舉進士，熊魚山以劾周延儒下錦衣衛獄，趙靈均卒。

崇禎十四年辛巳，五十四歲。

春，師講《華嚴疏鈔》第二會於華山。集有《道開以汰兄遺命請余續講華嚴第二期解制予時落一齒》詩。

《賢首宗乘・含光法師傳》：「辛巳春，南來自中峰移錫臨講堂，而首司監寺者爲道開扃。一日，以輯衆不協，忽遁去，群喙大譁，始一心推轂於公。時值薦饑，旱蝗爲虐，公子身腰包入山任其事，拵茶仔肩，自此伊始，而一衆貼席。」

滇南木生白太守寄《華嚴懺法》，囑師校刻。集有《紀事》詩。詩序：「辛巳春，華山講期中，滇南麗江木太守生白公遺使，以唐一行禪師所集《華嚴懺法》見委校讎刻行。江南識者咸謂於兩年間初得《教義章》，再得《賢首傳》，三得《華嚴懺》，次第出世，得非吾賢首宗之幾斷而復續、晦而復顯之明驗歟？」又《寄徒三和書》：「法潤師來吳，奉木檀越命，以《華嚴懺法》相委，多恐爲謀不終。」

王烟客五十。集有贈詩。

雲隱庵昔爲巢松、雪山兩師受業之地，至是頽廢。集有《過巢師雲隱廢院》詩。

是年，覺浪至蘄州，荆王請其内庭説法；雲音進具於天界寺顓愚，繼起入天台，溯聞照音重建蘇州清遠庵。

崇禎十五年壬午，五十五歲。

春，師講《華嚴疏鈔・問明品》於華山，是爲第三期。

秋九月，繩武、中怡招遊大明寺平山堂諸勝。集有詩。

毛子晋赴試南闈。集有賦贈詩。

歲暮，作《雜樹林詩百八首》，自序云：「曩吾二楞師舊隱鐵山，花宫十畝，榜其林曰『雜花』。今中峰在寒泉萬木中，人與雜居，命其林曰『雜樹』，不亦宜乎？四時掩映，一意蕭疏，無不可懷。適兹壬午，歲聿云暮，風雨凄其，俯仰今昔，得百餘絶，曾於楞伽庵説《楞伽一作楞嚴經》，因足成百八首云。要之，閒言冷語，花笑鳥啼，聊與本人共之，詩則吾不知也。」

是年，荆王請三昧興潙仰道場；文啓美勞軍薊州，給假歸里；起復劉晋卿，未赴；方密之授翰林院檢討，姚文初舉北闈，李仲木楷舉於鄉。

崇禎十六年癸未，五十六歲。

春，師講《華嚴疏鈔》第四會於蘇州慧慶寺。

是年，寇破武昌，覺浪下金陵；含光講經華山，自後無歲不講，凡歷十年；三宜繼席顯聖寺，聞照掩關蘇州白椎庵，熊魚山譴戍杭州，文介石任太倉州學正；陳百史舉會試第一，延試第三，累遷户兵二科都給事中；吴駿公拜少詹事，甫兩月謝歸；劉公旦曙舉進士。

清世祖順治元年甲申，五十七歲。

春初，師訪道開於虎溪，因而留宿，尋往婁東海印庵講《法華經》。集有《虎溪留宿》詩、《留別道開》詩、《海印庵講期解制》詩。

三昧律詩説戒北禪講寺。集有《次昧公韻贈瑞和》詩。

朱雲子隗選刻《明詩平論》，選及師詩。集有《朱雲子明詩平論選及拙作》詩。

文彦可、端文父子隱居寒山趙氏山房。集有《次韻寒山鼓吹》詩。

三月，李闖陷京師。集有《和胡清壑七十年逢鼎革》詩。

是年，萬年少南歸；劉晋卿携家入閩，十二月，卒於贛州；楊曰補歸隱鄧尉山，張爾球、鴻一昆弟閉户奉佛，王原達入華山禮三昧祝髮受具，聖恩寺僧剖石復興白馬寺。

順治二年乙酉，五十八歲。

春，師講《華嚴疏鈔》第五會於吴中昭慶寺，偶過雙塔寺山亭，於蟲蠹朽爛堆中得賢首祖畫像，頂禮持歸。時所演《疏鈔》板藏西湖昭慶寺，與吴中講席名同。三緣偶合，賦詩紀盛。

靈白智禎重建獅山思憶講寺。集有《靈白法友開懺壇於獅山》詩。

清兵破蘇州，師避迹喝獅窩。冬，仍歸一把茅度歲，有詩紀事。又作《乙酉秋積雨紀事》詩。嘉定侯記原汸避兵，入中峰依師。

汪琬《侯記原墓志銘》：「嘉定前左通政侯公峒曾，既以城陷，不屈，死。其子演潔皆從死已，其弟太學公又以事被執，太學冢子秬園府君與通政公幼子瀞適在他所，故不及於禍。不移日而名捕瀞之令下，君不暇顧家，竟挾瀞以逃，達於支硎之中峰。訛言追者將至，瀞大懼，欲歸就死。君持之泣曰：「不可，女死，我世父目不瞑矣。女速行，吾代女死。」立遣瀞，而身自登小舟，携酒痛飲，解其腰間金以與舟人，揮之去，乃大書瀞姓名於衣襟殆遍，躍入水，自分必死矣。會有泅而拯之者，出水良久始甦，土人詢知其故，歎曰：「此忠義家也，盍留故衣水次，儻有追者，當以示之，紿令求尸水中耳。」君從其言，易服夜走吴山。有老僧薙君髪，更其名『一正』，授以鉢曰：「女勿留此，吾誓不女泄也。」復至中峰，中峰僧匿之。而瀞亦薙髪亡命，間道渡江，匿於揚之天寧寺矣。事甫定，君母弟掌亭先生迹知君在所，遺書勸君還。君乃謝中峰僧，變姓名，往來崑山、常熟間。」

韓芹城南歸，隱支硎山麓，易名延祺，結茅庵曰穇花。集有《訪穇花庵主於仙掌峰下》詩、《和韓芹城冬青軒避暑》詩。

吴一庵與湛避居湖浦之荆園，閉户讀書，不問世事。作《荆園》詩，四方和者頗多，師亦有和詩，見《百城烟水》。

徐武子屏居西郊一雲寺。集有《贈一雲寺埋庵上人》詩。

是年，弘光改元，金陵設壇懺薦，特賜三昧紫衣白金，敕文武百官迎謁於寺，稱國師；閏六月，三昧卒，見月繼主定水庵；上生開法永定，大闡華嚴教觀；福王授劉公旦南昌知縣，未赴，而南都陷集有《次答劉使君見贈》詩、《花朝前二日過訪劉公旦廬墓》詩；授莊宜穉爲鳳泗道，後遁迹隱居蘇州集有《早春寄答莊使君二度惠問》詩、《次答莊使君見寄》詩；起李灌溪爲河南道御史，引疾歸，構精舍於家園，榜曰「碧幢」，又嘗避夏喝獅窩；張静涵遁入武康山，依繼起；吴去塵拭落魄遊吴門，遇亂，死虞山舟中，毛子晋爲收葬之集有《題蓮宇》詩；文啓美避地陽澄湖，嘔血數日，卒，年六十一；八月，江南義師潰，萬年少被執，囚繫兩月，脱歸江北；陳百史避仇北行，清廷授修撰，尋擢吏部侍郎。

順治三年丙戌，五十九歲。

師住中峰，有《元旦次答王彦平》詩、《新正次答道開入山問訊》詩、《早春寄毛子晋》詩、《立春曉望懷吴梅村》詩。

甪直許孟宏元溥捨宅爲海藏禪院，迎願雲主之，張鴻一諸居士賦《進院》《開堂》諸詩，師有和作。

聞照掩關三年，白椎庵新殿落成，師與徐元歎諸人皆有詩賦贈。

巨冶重建香山白馬寺正殿，經閣焕然一新。山有梅泉，淹塞已久，至是迸出，師贈詩有『細流引到泉盈壑，空鉢持歸雪滿舟』之句。

自均從師得法，時年三十六。

是年，文介石自婁避兵入中峰依師，後婁人迎之，居曇陽觀；陳百史以憂歸里。

順治四年丁亥，六十歲。

師住中峰。

正月初二日，六十生辰，諸法友賦詩爲祝者五十餘人。師不及遍答，因賦十律一章總酬之文祖堯、朱鶴齡詩見附録。

鄧尉聖寺僧剖石五十。集有贈詩。

周安期卒，年六十六歲，師以詩弔之。

秋，至太倉，賞菊王烟客之西田。

吴偉業詩序：「丁亥之秋，王烟客招西田賞菊。逾月，蒼雪師亦至。」

是年，覺浪結制天界寺，含光講經於郡城北庵，陳百史起復吏部侍郎，劉公旦與夏存古完淳、顧□□咸正同棄市；徑山僧雪嶠卒，年七十七；曹能始卒。

順治五年戊子，六十一歲。

師住中峰。

聖恩寺建還元閣成。集有《三宜和尚招灌溪寅仲還元閣看梅分賦》詩。

含光五十，有詩。

文彦可卒，子端文結茅陸墓，耕樵以終。集有《爲端文大孝追憶尊人彦翁疊韻》詩。

冬十一月初四日，汰如十周忌，骨塔始成，賦詩志愧；塔在華山，而皋亭月明庵另有别隱。

是年，覺浪結制浮山無相寺，以《原道七論》不應稱明太祖坐獄；吴公定等復興雲隱廢院，陳百史擢吏部尚書，彭鴻叟年舉恩貢；三月，翁仲謙遜卒，林若撫卒。

順治六年己丑，六十二歲。

師住中峰。

春，東庵僧香渡德淵卒，以詩悼之。

秋，至無錫招集邑中詩人於忍草庵，分韻賦詩。集有《景行昆玉招同秋紹諸居士社集忍草庵分得魚字》詩、《重九後誠之心甫鴻叟路然招游惠山詠泉疊韻》詩、《次誠之諸君九日後登石浪軒》詩、《惠山汲泉》詩。

《忍草庵志》：「讀徹國初至邑北郭蓬萊閣演講《華嚴疏鈔》，遂居庵中。」《涇皋匯覽》：「僧讀徹喜歌詩，嘗集邑中詩人拈題限韻，有『中原七子非無後，顧氏三龍正始餘』之句。三龍者，謂顧秀才野與景行、廷颺也。」《錫山景物略》：「善住庵在蓬萊閣右。庚寅秋，講師讀徹寓庵，率弟子數與顧景行諸少年分題限韻，有詩成集，曰《過溪唱和》。」按庚寅似當作己丑。

講《華嚴疏鈔》第六會於無錫善住庵，以病未竟，賦《還山吟》二首留別。集又有《次答秋紹諸友見過善住講席》詩、《次答秋紹諸友見過不值留贈原韻》詩。按善住庵即蓬萊閣。

繼起葬親通州，將歸天台，兵阻吴中，吴人士延住靈巖之崇報院。集有《靈巖坐雨和繼公韻》《次答靈巖繼公見過》詩。

印持溥聞購許氏廢園，建金幢庵，與法弟湛門分居之。集有《過印持首座金幢庵題贈》詩。

德風買地於桃花塢，北築庵養母，師爲題其庵曰「慈氏」。

是年，操江李公禮釋覺浪，江南諸檀護延主攝山棲霞寺；願雲歸廬山，三宜説戒真寂寺。

順治七年庚寅，六十三歲。

師住中峰。

正月，與妙湛、宜公、張静涵、李灌溪、吴仲寅有亮諸昆季雨中看梅玄墓華嚴閣，分韻賦詩。

道開年五十，自秀水歸虎丘，居蒀溪新香阜之東小庵。集有《道開五十》詩。

十月初二日，錢受之絳雲樓不戒於火，藏書悉毁。集有《寄詢》詩。

友蒼南歸金陵，居報恩寺，師贈詩，有『國破何家問，人餘隔世看』之句。按友蒼南歸，未知確期，惟當在順治三年以後、八年以前。

是年，曉庵從靈巖繼起受具足戒，方密之爲僧於粤；瞽醫胡白叔卒，年約七十餘。

順治八年辛卯，六十四歲。

師住中峰。

三月，寶華山僧見月五十，師壽以詩。

九月十八日，一雨忌辰，師以杯水作供。復至法螺庵，與照斯同遊，作詩紀事。詩序：「辛卯九月十八日，值先楞師忌辰，以杯水作供。悲感之餘，時正秋霪初霽，霜葉半酣，携友輩一二人，信步寒山道上，不覺已至法螺庵。照斯亦潔治瓶花茗椀，佐香蔬，展祭楞師，共憶師之見背二十七年于兹矣。撫今慨昔，時不我與，有感於衷，相與哀慟欲絶。飯罷，同至合流庵，隨喜懺禮。復沿溪深入，得二静室，把茅縛屋，乞食荒村，卓有古之住山家風。少憩，越嶺穿林，尋舊路而歸，有平生足迹皆所未到處。猶聞有師姑基者，由天峰一徑直上，即記傳所載白雲端禪師開法天平有萬僧千尼處。惜足力倦極，不能往探，期以異日。至化城前，照斯别去，獨友輩隨余歸喝獅窩，已不知夕陽之在樹，掩映丹楓，真似洞口桃花，或不笑人虚度此日，因拈絶記之。」

越十日，過華山默然洞看菊，留宿彈指閣，作《看菊無東》詩。詩序：「辛卯九月廿八日，偕法螺庵修公與其徒照斯過華山，同含友宿默然洞看菊久，待洞主不至，歸已抵暮。修公師弟先别去，予不能行，留宿彈指閣。是夜西風大作，竟不成寐，因同含友作六絶以紀其事云。」

王烟客六十，賦七律十章爲祝。

是年，願雲開法建陽雲，居山；木陳、繼起被執，諸義士謀救之；陳百史拜大學士；蕭伯玉卒於西陽僧舍，年六十七。

順治九年壬辰，六十五歲。

六月，道開疾，邀師坐榻前，手書訣别，擲筆而逝，年五十二，師賦二律悼之。

木陳、繼起質獄東甌，尋事解，還吴。繼起夢「深林坐石生秋隱」之句，覺後續以成章。時覺浪在棲霞，夢繼起寄詩，亦有此句，因作《同夢》詩。師與文介石諸人和之，語多感慨。

山中將續起《大經》講期，師往常熟、崑山、太倉諸地徵舊檀護，有詩紀事。詩序：「壬辰冬杪，山中將續起《大經》講期，自郡城過海虞候子晉毛居士，法緣偶合，願首倡初期，約四年告竟。因再過玉峰婁東訪諸舊檀護，王奉常偶偕府中，飯罷，隨謁吳梅村太史，雨中留宿。」

《梅村詩話》：「蒼公年老，有肺疾，然好談詩。以壬辰臘月過草堂，謂余曰：『今世狐禪盛行，一大藏教將墜于地矣。且無論義學，即求一詩人，不可復得。乃幸與子遇，我襆被來，不曾携詩卷，當爲子誦之。』是夜，風雨大作，師語音傖重，撼動四壁，疾動喉間，咯咯有聲。已呼茶復話，不爲倦。漏下三鼓，得數十篇，視階下雨深二尺矣。當其得意，軒眉抵掌，慷慨擊案，自謂生平於此證入不二法門，禪機詩學，總一參悟。其詩之蒼深清老、沉著痛快，當爲詩中第一，不徒爲僧中第一也。」

是年，萬年少卒。

順治十年癸巳，六十六歲。

春期解制，有詩紀事。

詩序：「癸巳，春期解制，同社中諸子分賦得七言近體九首，併謝前辦供諸檀護王言玉、居士喬梓自施勸施，且得席太僕儀禮五十三部，圓滿法筵，見聞隨喜，莫不讚歎希有。」按席太僕名本寧，卒於是年七月。」

竺塢一指窩恒宗禪師八十，集有贈詩。

白林九登明爲太倉知州。集有《攝六黄居士極頌白太守政聲感賦》詩。

是年，木陳由泰州至維揚，吳中慎交、同聲兩社大會於虎丘；吳梅村以總督馬國柱疏薦北行；

莊宜穉自蘇州移居瓜州，及海艘亂破瓜州，全家不知所終。

順治十一年甲午，六十七歲。

春，講《十地品》至第三地，病篤輟座，人或勸其且止，師曰：「我與汝兄炷香發願，人天鑑知，敢背捨乎！」集有《十地品即解制》詩。

休夏寶月庵，就醫，有詩紀事。

鄭敷教《蒼雪詩序》：「公老多病，畏寒。其孫學思跪而暖足，公喜，付以牙塔。詩人徐元歎、學士韓芹城爲之銘。」

繼起五十初度，以詩爲祝，並和《披雲頌》。集又有《靈巖掘石得井志喜》詩、《喜靈巖得泉》詩、《次繼公開池得泉》詩。

《靈巖志略》：「儲和尚五十誕辰，以檀資建二閣於法堂之左右，左曰『天山』，右曰『慈受』。已而浚池，得石，摩洗讀之，乃宋慈受禪師《披雲頌》也。慈受閣名，先爲之兆，衆皆驚異，遂用韻成十頌。適中峰徹大師至，各再三和於是，諸方知識及門弟子咸有和章。」

是年，木陳至青州；永定寺微密卒，含璞繼席；含光講經於太倉長壽庵；陳百史被劾，論死。

順治十二年乙未，六十八歲。

師住中峰。集有《過深栖庵贈寒松》詩。

吴人重修撫署，掘地得碑，因倡復朱明寺，延三宜開法師。《贈三宜和尚重興朱明寺》詩有云：

「威振轅門是命臣，僧寮久廢屬居民。那知翻轉開山地，猶待重來捨宅人。」

木陳六十，時自青州歸維揚。集有《祝虎巖山翁六秩時開枯木堂於維揚》詩、《寄訊山翁自東魯初歸維揚》詩、《寄虎岩山翁和尚》詩。

石林七十，以所箋李義山詩乞錢受之序，並募修常熟智林寺。集有贈詩。

王端士撰舉進士。集有《送王孝廉北上》詩。

是年，勖伊主普德寺；含光演《華嚴大鈔》於華山，春秋二會；范太蒙卒。

順治十三年丙申，六十九歲。

正月，偕繼起及張静涵、李灌溪登鄧尉山，坐華嚴閣，分韻賦詩。時春雨連作，梅花盛放。《宗統編年》：「落木庵主徐元歎波、靈巖退翁儲和尚，晚年俱相往來。儲住靈巖，每歲二三月間，草花滿田野，八九月間，白雁青楓天氣，一竹輿由中峰而天池，飯于落木，故儲挽辭有『寥寥今古幾知心，慚愧虔公與道林』之句。」

三月，應見月之請，講《楞嚴》於寶華山，以病未竟，作《自解》詩十章。詩序：「歲在丙申暮春，華山見月老師弟以《楞嚴》講期見召。使命載至，余以老病辭，不獲免。勉起以應，至山中，賓主相見，寸步必假人扶。載拜爲難，堂頭私念：能唱一經題下座，則吾願足矣。講至二卷末，惟餘一息，奄奄而已。堂頭固請，命弟子輩代之，如釋重擔，一放下，更不復振起。雖然，是役也，何必竟，亦何非竟？若語其竟，未及如是我聞，早已信受奉行；語其未竟，即塵説刹説，熾然無間，終無有竟。噫！斯言固自解，即以解嘲，枕上得詩十章，舉似諸方具眼，可共發一笑。」

閏五月二十二日，疊膝坐化。將寂，以衣付智光見《賢首宗乘》，以山繭袍及詩文集屬毛子晋見《宗統編年》。

附録二： 蒼雪《寄徒三和書》

吾不見汝已三十年矣。記與汝分别時，汝方十餘歲，今不但吾老，汝亦將老，即相見，恐亦不相識也。雖同在世，儼如隔世，自非土木無情，其何堪此？汝師祖師公伯叔兄弟輩，不知誰爲古人，誰是今人？邈兮漠兮，總如説夢。汝省城師祖，知去世已久，一姑婆亦不知近作何狀。言至此，吾腸欲絶矣，更復何言？汝今學業道業何如？朝夕親炙何人？所作何事？汝老母兄弟輩年來家計何如？皆無恙否？名山不致有内魔外撓否？後進有志向上者否？常住邇來增損何如？

方今海内盜賊縱横，國用告乏，賦税加派日復一日，民不聊生，天下皆然。以我吴爲田之累，雖得優免，接年蟲荒旱荒，吾鄉僧田之害，不問可知。故往往官長有宦游吾滇者，莫不以此爲念，欲得永免雜役，則受福無量。向者蔣太尊送其瀕行，諄諄曾以苦告，承公心許，惜其名山不幸，聞尚未果。如蜀中他處，依田派差，尚有僧夫俗兵守城禦敵之説，倘國家一時有不寧，法門有難，正未可知，是以僧又莫若無田之爲愈也。世道如此，深山窮谷、草衣木食，願自了粗足矣，更復何爲？前見汝來書，切切以居處衣食之道不得其所爲告，此亦見汝無遠大之志。世間但有衲子蒲團外飽死者多，幾曾見蒲團上餓死的人？況天地爲屋廬，何處非我所有，而必戀戀于一隅，老死鄉曲，其他盡失？我不愁汝無飯喫、無衣着，但恐汝衣暖食飽已所作何事，思之，思之！

法門八萬四千，何門不可入道？但看人骨氣强弱，莫問入門難易。汝試以一生事問之于心，先打一草稿在胸中，將來要作何等樣人，成何等樣事，何等是我力之能到或不能到。如此審定，然後用志不分，如老鼠嚙米倉，着力一處，久久自能豁然穿透，取用不盡；東嚙西嚙，枉費工夫，終有何用？即學問無人指點，無下手處，或隨持一經一咒、一佛名號，看一話頭，莫生取捨心、欣厭心，一條白練去，枯木寒灰去，即使此生不得，桶箍暴斷，當再出頭來，自是現成；如或悠悠忽忽，終日坐在無事甲裏，百劫千生，轉没交涉，活佛出世，亦與汝無分，况望歸來何爲？豈不聞阿難言：「將謂如來惠我三昧，不知身心本不相代。」父子上山，各自努力。

吾言只此。珍重，珍重！切忌，切忌！

吾以弘華嚴大法之願未終，故歸期難定，處所難定，歸與不歸，但看機緣何如耳。汝在山，須要親近識者，復引後進；師輩一一爲我致意，不知存没何人，難以通候。我雖身在方外，心常照見受業之處，實未能忘汝。水月師祖塔建何處？塔銘行狀皆曾有否？衆師公骨塔亦在何處？每于祭掃時節，惟有設靈遥拜，痛哭而已。

我一生得力受用處，全得汝水月師祖些些子，如人飲水，冷暖自知，向人吐露不得，即此真是衣鉢相承。向者分囑水月田租並我自治衣鉢田，以世法論之，皆汝承受，不知何故與汝無分，吾不得知。量汝師輩必有高明，定不謬也，汝亦但隨時隨分可耳。我雖在方外，創業治産，于宗祖分上毫無有補，言之慚愧，汝亦何苦升合相争？聞汝野師翁近習静鷄山，亦是名由之實。汝當時時就教，執侍巾瓶，勝見吾也。法潤師來吳，奉木檀越命，以《華嚴懺法》相委，多恐爲謀不終。安仁、弘辯師及諸山耆德，見時一一皆爲申念，不盡。所寄之物，俱惟片紙及法師弟書，爲我一一轉致。萬里鴻毛，恐爲行人之累，聊見一念耳。

崇禎辛巳五月初十日，南來老人筆。

跋

目前，蒼雪詩歌的注釋整理本，已有楊爲星先生的《蒼雪大師〈南來堂詩集〉詩注》（雲南人民出版社，二〇一一年），篳路藍縷，讓人受益匪淺。不過，學術研究，往往能相互促動，角度不同，可以出新，劃定領地、不許別人觸碰的行爲，不見得是一件好事。

蒼雪的詩歌，成就卓越，影響深遠，這一點毋庸置疑。明清之際，蒼雪與擔當，可謂高僧大德雙峰，彼時及後來較長時期，全國詩僧中，總體成就如二人者，屈指可數；滇雲地處邊疆，明清以來，生於斯長於斯或雲遊至此並久居的僧人，其詩歌成就如二人者，誰耶？然而，通常情況下，凡對明清雲南文學頗爲熟悉或稍有瞭解的讀者，大多推舉擔當，於蒼雪則一知半解，甚至茫然不知。具有諷刺意味的是，近幾十年間，學術界相關領域的學者，亦多喜宣揚擔當，追捧擔當，相比之下，蒼雪則頗受冷落。愚以爲，從學識論，蒼雪不亞於擔當，從詩藝及詩歌成就論，蒼雪却高於擔當。世俗自來喜愛華麗，一熱一冷，在所難免，學界若亦如之，就實在令人費解了。由是言之，此《選注》並不是没有目的的。

此外，蒼雪的交際往來，幾乎遍及明末清初江南一帶的文壇領袖及思想文化領域的高傑之士，可見其思想與人格之影響同樣是非常深遠的。這一點，應該特別强調，以期逐漸引起相當的注意。這本《選注》，如果能够起到抛磚引玉的作用，對我們而言，便是莫大的鼓勵。

因學識所限，整理注釋，或有不當，敬請讀者理解、指正；至於所選詩歌的標準與數量，亦或有不妥，懇請讀者包容、體諒。願來日可期，假我激情與精力，完成蒼雪現存全部詩作的整理、箋注。

書稿得以出版，離不開雲南民族大學文學與傳媒學院及字如祥院長的鼎力支持，在此深深感謝！上海古籍出版社方强先生不厭其煩審讀書稿，爲本書的出版花費了大量的精力，令人感動，一併致謝！

喬立智

二〇二〇年四月二十日於昆明居所

圖書在版編目(CIP)數據

蒼雪詩選注 / (明) 讀徹著;喬立智,王國旭選注. —上海: 上海古籍出版社, 2021. 3 (2023.3重印)
ISBN 978 - 7 - 5325 - 9889 - 2

Ⅰ. ①蒼… Ⅱ. ①讀… ②喬… ③王… Ⅲ. ①古典詩歌—詩集—中國—明代 Ⅳ. ①I222. 748

中國版本圖書館 CIP 數據核字(2021)第 041612 號

蒼雪詩選注

〔明〕讀 徹 著
喬立智 王國旭 選注

上海古籍出版社出版發行
(上海市閔行區號景路159弄1-5號A座5F 郵政編碼201101)
(1) 網址: www. guji. com. cn
(2) E-mail: guji1@guji. com. cn
(3) 易文網網址: www. ewen. co
上海惠敦印務科技有限公司印刷
開本 890×1240 1/32 印張 9. 875 插頁 3 字數 155,000
2021 年 3 月第 1 版 2023 年 3 月第 2 次印刷
印數: 1,051 - 1,650
ISBN 978 - 7 - 5325 - 9889 - 2
I · 3542 定價: 52. 00 元